Collection Fiction

DU MÊME AUTEUR

Prométhée vagabond, 2014
#MartyrsFrançais, 2017

DAVID-MARIE, Alexis. *Retour à l'âge ingrat*

ISBN : 978-2-373-05767-6
Dépôt légal : 1re édition, mars 2024

Couverture : Elena Vieillard
www.elenavieillard.fr

Les Éditions Aux forges de Vulcain
1 rue de la Montagne
77600 Bussy-Saint-Martin
www.auxforgesdevulcain.fr

Retour à l'âge ingrat

Alexis David-Marie

Les Éditions Aux forges de Vulcain

À madame S., qui fut ma professeure de français
au collège Wanda-Landowska et qui sut me pardonner.

« L'enfance nous est donnée comme un chaos brûlant, et nous n'avons pas trop de tout le reste de notre vie pour tenter de le mettre en ordre et de nous l'expliquer. »

Michel Tournier, *Le Vent Paraclet*, 1977.

... LE SURNOM...

Que reste-t-il de nos surnoms d'enfant ?

Ils surgissent souvent comme ça, de la famille ou des copains, au hasard d'une anecdote, d'un trait particulier ou parfois d'un jeu de sonorité. Certains s'éteignent comme ils sont apparus, d'autres s'inscrivent dans la durée. Dans certains cas, leur étymologie demeure mystérieuse et confuse, on ne se souvient plus d'où c'était venu. Naître, c'est toujours choir dans un nom, mais le surnom, c'est bien lui qui te tombe dessus. Tu ne le choisis pas non plus.

*

À peine es-tu venu au monde que tu cherches l'air. Tu ne sais rien de la planète où tu débarques que tu y rampes déjà, pleurant pour ta nourriture et tes câlins. Bientôt tu te redresses et marches, sans rien savoir encore de l'identité qui est la tienne, celle de ton état civil. Puis, à mesure que filent les jours, ballotté par la routine, le froid, le chaud, le jour, la nuit, les yeux doux, les gros yeux, tu découvres qui tu es. Comme chacun, tu comprends qu'il te faudra compter avec ce corps qui est le tien, cette famille, tout ce monde qui t'est fait, depuis la chambre où tu t'endors jusqu'à ce pays dont tu as appris la langue en passant par cette époque qui t'a cueilli dans le néant.

Bien sûr, tu peux t'exprimer, balbutier, murmurer ou même déclamer des poésies quand c'est la maîtresse qui le demande, mais ce sont toujours les autres qui te disent qui tu es. Mes parents avaient choisi Alexis, et c'est bien lui que connaissent la mairie et mes papiers d'identité. Mais je vis passer plusieurs surnoms, Aliocha de la part de mes parents, Quick, prononcé Kik, de la part de ma grand-mère, en référence je crois à la bande dessinée *Quick et Flupke* d'Hergé. Pour tes copains du collège, ce fut Nunus, en écho à mon patronyme et peut-être aussi à ma taille de minus.

Nunus, le surnom de l'âge ingrat, celui des conneries au collège, du conseil de discipline, des escapades nocturnes quand on faisait le mur, des joints sur les parkings, des branlettes sous la table en classe... Mes souvenirs sur son apparition sont flous. Vers mon année de troisième, peut-être un peu plus tôt, en tout cas vers la fin de mon passage au collège. Jamais ce ne fut un surnom dépréciatif ou moqueur, je l'ai toujours senti lourd de tendresse même si j'aurais préféré un autre. Mes copains d'alors devaient lui trouver une pertinence particulière car il resta longtemps en usage.

Au lycée, à mesure que je devenais enfin un élève sérieux et laissais les conneries derrière moi, c'était toujours ainsi qu'ils se référaient à moi. Tout en entendant parler de lui de loin en loin, je me sentais de moins en moins Nunus, de moins en moins solidaire de cette créature du collège, cette créature de l'âge ingrat. C'était aussi un surnom intime qui ne tournait qu'entre mes vieux potes, Romuald, dit Romu, Frédo, Aurélien et Julien, à l'exception de Stan, qui lui ne l'utilisa jamais vraiment. Lorsque ce dernier me dit, il n'y a pas très longtemps de cela, « tu resteras toujours mon petit Nunus », ce n'était que pour célébrer notre longue amitié. La dernière fois que ce surnom de Nunus me fut donné sans y penser, comme ça, avec naturel, je crois m'en souvenir avec précision, ce fut dans la voiture de Romu.

Un souvenir net car, intérieurement, je tressaillis du contraste entre celui que je pensais être devenu et ce surnom qui revenait justement de l'âge ingrat.

Je débutais ma carrière de professeur d'histoire dans un lycée de Normandie, près de Rouen, où j'avais dû faire mon année de stage après l'obtention du concours, et je revenais chez ma compagne à Paris, rue du Dessous-des-berges, dans le treizième arrondissement, tous les week-ends. Romu et Frédo étaient venus me voir pour passer une soirée à l'ancienne. Nous nous trouvions dans la voiture à fumer des joints.

Frédo avait ramassé sur le trottoir une page arrachée de petites annonces. Il s'agissait en fait de prostituées faisant leur réclame avec photo, commentaire et numéro même si elles ne disposaient que de minuscules vignettes pour susciter l'envie. Frédo avait tenté de défroisser un peu la page, avait gonflé ses joues pour en souffler la saleté, comme ça, pour le simple plaisir de regarder. Et il s'abîmait depuis dans leur contemplation. Puis la page poussiéreuse passait, comme les joints, de main en main, et nous ne disions rien. C'est alors que Frédo dit « tiens Nunus » en me tendant le bédo, sans lever les yeux de la page.

« Tiens Nunus. » Sans y penser plus que cela.

*

À mesure que nous nous perdions ensuite de vue, les occasions d'un « tiens Nunus » aussi naturel se faisaient plus rares.

Frédo trouva un emploi dans un CAT où il encadrait des patients psychiatriques travaillant dans les espaces verts et s'investissait beaucoup pour eux. Je me souviens de ce dimanche durant lequel l'un d'eux l'appela avant d'aller se promener car il avait besoin que Frédo lui certifie que les insultes qu'il entendait à longueur de journée étaient bien dans sa tête comme le médecin lui avait dit.

Romu devint quant à lui éducateur et finit par travailler au service de personnes âgées dont il assurait la toilette et les soins quotidiens. Mais l'éloignement géographique à l'autre bout de la région parisienne et l'étiolement des affinités finirent par nous éloigner.

La dernière fois que je les vis, ce fut lors de la naissance de mon premier enfant, aujourd'hui en CE1. Frédo, Aurélien, Dro, autre figure de l'âge ingrat, étaient là. Quelques Nunus fusèrent peut-être mais sans le naturel justement, simple surnom dit avec le sourire d'une réminiscence décalée.

*

Sûrement les reverrai-je, les amis de Nunus… Il nous était déjà arrivé de laisser passer une ou plusieurs années entre deux soirées à l'ancienne. Chaque fois, c'était une surprise de voir revenir tout de suite l'intimité, bonne mais pas que, toujours guettée par cette impression pâteuse de trop connaître la personne. Le présent, et ses préoccupations devenues si différentes, nous éloignait quand le passé nous reliait, cet âge ingrat partagé qui explique qu'une soirée comme celle passée dans la voiture de Romu, joints, petites annonces et silence, ne fut pas une mauvaise soirée.

Pour nous trois, cet âge de la vie restait celui de l'incubation du masculin. L'âge où chacun concocta, selon un mélange tout personnel de références familiales et d'injonctions culturelles plus ou moins latentes, et aussi selon le donné qui était le sien, taille, physique, etc., sa version de l'identité masculine.

Dans les années quatre-vingt-dix, celles de notre adolescence, cette identité allait encore de soi. On n'en était pas encore au grand questionnement dont elle a pu faire l'objet au début du XXIe siècle. Cette remise en cause et la compréhension de la part de construction culturelle dont elle est le résultat avaient commencé bien sûr, mais seulement dans les cercles intellectuels des universités américaines ou européennes.

Rares étaient les figures médiatiques venant publiquement incarner la remise en cause de cette identité. Des rockeurs de la génération de nos parents comme David Bowie ou d'autres passaient peut-être sous nos yeux à la télé mais ce n'était pas assez pour venir sérieusement inquiéter l'évidence de cette identité masculine que nous sentions instinctivement devoir nous approprier.

Elle n'avait pas de contenu clairement défini et son champ d'extension, le plus souvent implicite, cet implicite nourrissant toujours son évidence, se révélait autrement plus complexe et nébuleux que les clichés éculés et stupides que l'on peut y accoler. Dans ton cas, Nunus, ce que tu avais synthétisé inconsciemment comme étant la virilité, dans le laboratoire secret de ton petit crâne, constituait le marqueur secret te conduisant à approuver en toi telle ou telle pulsion. Virile, l'envie de faire des figures en skate au risque de se faire mal ; virils, l'envie et le fait de se tripoter (croyais-tu à l'époque) ; viril, le fait d'impressionner en prenant des risques... Un marqueur secret d'approbation.

Le machisme, l'exigence de domination du masculin sur le féminin, constituait bien sûr un aspect fondateur de cette identité. Entre toutes les familles de mes amis d'enfance, les ambiances variaient beaucoup mais deux d'entre elles restaient très marquées par le machisme ancienne manière, celle de Stan et la mienne. Et je me souviens que cela nous valait précisément auprès de nos amis un prestige particulier. Si tel ou tel de nos copains s'était trouvé témoin d'une scène attestant cette domination, mon père ou celui de Stan disant par exemple à leurs femmes de se taire quand elles leur reprochaient de conduire trop vite, cela donnait lieu à des anecdotes revenant régulièrement pour susciter l'approbation. Preuve que le machisme était bien le fond de l'air que nous respirions.

Les femmes de ma famille y participaient aussi, ma grand-mère maugréant pour elle-même, devant la télévision, « Pour qui se prend-elle, celle-là ? » quand elle voyait, dans un film ou une série, une femme en position d'autorité donnant des ordres à des hommes. Et ma mère adoptive répétant souvent, en pensant à mon père, au père de mon père, et à nous un peu aussi, mon frère et moi, que les hommes de notre famille étaient durs avec les femmes. Cette phrase, aussi résignée qu'un « Tiens, il pleut aujourd'hui », prononcé derrière la fenêtre un dimanche de pluie, sonnait plus à mes oreilles comme un appel secret à se conformer à ce modèle que comme une accusation.

Pour nous tous, l'identité masculine restait au cœur de notre curriculum caché, si l'on peut désigner ainsi tous les messages implicites qui accompagnent notre éducation, en famille ou à l'école. Te concernant, Nunus, ton tuteur en chef dans ce domaine était Thomas, ton grand frère âgé de trois ans de plus que toi. L'ambivalence de tes sentiments à son égard ne t'empêchait pas de suivre aveuglément ce parcours fléché qu'il t'indiquait. Tu le vis s'essayer au skate, il fallait faire du skate ; il écoutait les Doors, c'était donc une musique pour les garçons, et ainsi de suite. Thomas était celui qui venait certifier du label de la virilité telle ou telle activité, telle ou telle musique. Très souvent, il fut l'initiateur de ces conneries érigées en faits d'armes. Ce fut lui qui t'enseigna l'art de faire le mur la nuit pour aller croquer clandestinement le monde des adultes comme un fruit défendu.

Une nuit reste inaugurale à cet égard dans mon esprit.

Tu étais avec lui en vacances à Hossegor où vous passiez souvent un bout d'été. Un soir, il décida de t'embarquer pour une virée nocturne. Tu devais avoir onze ans, lui quatorze. L'idée t'exaltait autant qu'elle te terrifiait. L'obscurité venue, tu attendis anxieusement qu'il juge l'heure propice. « C'est bon, Alex, tout le monde dort, on peut y aller ! » La discipline fut alors aussi rigoureuse que pour une mission commando. « Baisse-toi ! Attends ! Maintenant ! Arrête-toi ! Vas-y ! Baisse-toi ! Cours ! » L'autorité de ton frère était totale.

Mais la récompense fut au rendez-vous. Les terrasses bondées des cafés, les verres qui s'entrechoquaient, les jeunes gens enlacés, les baisers goulus des amoureux de vingt ans, toute cette vie nocturne qui se révélait à vous, spectateurs fantômes et avides aux déplacements furtifs et militaires. « Regarde ! te dit ton frère. Le petit train ! Viens, on va le choper ! » Et il s'agrippa, en t'emmenant avec lui, sur la barrière arrière de l'engin. Ce fut un vrai moment de western, l'impression d'attaquer une diligence. Le train touristique était vide et prit bientôt de la vitesse. Il sortit de la ville et s'enfonça sur une route bornée de dunes. Il rentrait au dépôt. La nuit devint dense comme de l'encre et la peur commença à t'envahir. L'allure était bien trop rapide pour sauter. Et soudain, il pila. « Bande de petits salopards ! » hurla une voix. « Cours ! » te dit ton frère.

Tu filas te cacher dans des dunes broussailleuses, sans savoir quelle cachette avait pu trouver Thomas.

Blotti contre un buisson piquant, tu attendis ton sort quand le chauffeur de train te saisit au collet. « Viens avec moi, petit salaud ! » Et il t'emmena vers le véhicule. Ton frère sortit à découvert et menaça l'homme des pires ennuis s'il ne nous relâchait pas, lui disant que nous ne voulions que rigoler. Le chauffeur céda finalement et nous planta dans cette campagne sablonneuse aux abords de la ville.

Thomas venait de t'offrir un de tes premiers faits d'armes.

Des faits d'armes constitutifs de la masculinité telle que ton frère la définissait, lui-même ne faisant qu'interpréter à sa façon et selon ses moyens d'adolescent le machisme paternel.

*

Nous avions, mon frère et moi, d'autant plus de mal à tempérer cette influence du père que le suicide de notre mère en 1982 nous fit momentanément grandir dans une ambiance très masculine. La force de caractère de mon père, son tempérament de meneur et son dévouement avaient été pour elle un refuge, mais cela ne suffit pas à la sauver de ses démons qui la conduisirent à se défenestrer du quatrième étage de notre appartement de l'île Saint-Louis, à Paris. Je dormais dans la pièce à côté. Je n'avais que trois ans et m'apprêtais à faire ma rentrée à l'école.

Nous nous retrouvions sans mère et les années qui suivirent furent durement marquées par la lacune du féminin que je ressentis très profondément dans ma chair. Quand mon père recevait des amies femmes, j'adorais jouir de mon impunité de petit garçon chétif haut comme trois pommes pour me blottir contre elles, sur leurs genoux, et me lover contre leur poitrine.

À l'époque de la sortie en salle de *37°2 le matin*, le film de Jean-Jacques Beineix, je tombai par hasard sur sa bande-annonce au cinéma et celle-ci me retourna. J'en fus choqué et horrifié, notamment en raison de cette femme faisant une crise de nerfs et cassant des objets dans une chambre, éclairée seulement par la lumière bleue d'un orage. Cette image me hantait et résumait pour moi le féminin : inquiétant, non fiable et facilement en proie à la folie. Elle faisait écho à ces discussions d'adultes que j'avais entendues passer au-dessus de ma tête sur la maladie de Dominique, ma vraie mère, en fait sa dépression, et le dernier souvenir que je conservais d'elle, une colère justement.

Une colère qui avait eu lieu quelques jours avant sa mort. C'était la fin des vacances, nous étions en Ardèche et mon père nous avait trouvé des cartons au supermarché pour faire des lits à nos ours en peluche, celui de mon frère et le mien. Dominique avait ensuite fait, pour une raison que j'ignore, une crise de colère et déchiré les cartons en question. Ce dernier souvenir est l'unique que je conserve d'elle.

Le raisonnable, le sérieux, le fiable étaient du côté du masculin.

*

Des clichés de la virilité, ton frère, ses copains, les tiens et toi, Nunus, vous reteniez souvent le plus facile et le moins exigeant. Parfois, le seul dédain pour les activités ou les musiques considérées comme féminines suffisait à vous sentir virils, au prix de la mauvaise foi. Tu avais beau aimer les premières notes de guitare de la chanson *Hélène* de Roch Voisine, « Seuls sur le sable, les yeux dans l'eau... », le confesser relevait de l'inavouable. D'autant que, dans ton cas, la pente à gravir était longue tant tu étais physiquement à l'opposé des attentes de la virilité, minuscule et maigre comme un clou. Et petit bourgeois fragile, avec ça. Collectionneur d'heures de colles, tu gardais envers et contre tout une tête de premier de la classe.

Je peux même affirmer haut et fort que tu connus adolescent les discriminations pouvant frapper ceux que l'on associe aux catégories populaires ou immigrées, pour la raison simple que tu les subis à l'envers. Jamais on ne te demanda ton ticket dans le train de banlieue entre Saint-Leu-la-Forêt et Paris, jamais on ne contrôla ton identité. Et s'il t'arrivait de t'adresser à un policier, celui-ci te répondait toujours avec la gentillesse que l'on peut avoir pour une potentielle victime de la méchanceté du monde.

Cet âge ingrat qui fut le tien, Nunus, est souvent celui où la méchanceté nous traverse, nous transperçant d'un côté pour mieux ressortir de l'autre. Cela donna par exemple la lettre de menaces de mort qui te valut une semaine d'exclusion en cinquième. J'ai rassemblé dans une pochette de plastique rose les documents d'époque te concernant, bulletins du collège, notifications des sanctions par la direction du collège Wanda-Landowska dont j'avais besoin pour ce livre. Au moment où je tape ces lignes sur mon clavier, ils dorment juste en dessous, dans le tiroir de mon bureau. Je ne les ai même pas encore tous lus.

La photocopie de la lettre de menaces de mort y figure, réalisée par l'établissement pour en avertir tes parents, mais je n'ai pas encore eu le cœur de la relire. Confortablement assis devant mon ordinateur, cette jungle de l'âge ingrat me semble aujourd'hui d'une brutalité tellement inutile et bête que je ne comprends pas comment ce même Alexis qui écrit aujourd'hui ces mots a pu écrire cette lettre. Mais c'est justement pour visiter cette jungle, Nunus, que tu peux maintenant me servir de guide.

Pour cela, il faudra prendre les choses de loin.

Il fallait d'abord qu'il y ait ce petit bourgeois que ses potes auraient envie d'appeler Nunus, pour lui en rabattre aussi un peu. Tu n'aurais peut-être jamais existé si nous étions restés vivre sur l'île Saint-Louis. Il fallut le déménagement à Saint-Leu-la-Forêt, qui eut lieu en 1987, cinq ans après la mort de ma mère.

*

L'île Saint-Louis, c'était le temps du quai de Bourbon, où les bateaux-mouches illuminaient le plafond de ma chambre de taches mouvantes et orangées ; l'époque encore austère où nous étions seuls avec mon père, qui venait m'habiller le matin en m'expliquant que la chemise allait me faire froid sur le corps, qui nous emmenait à l'école de la rue Poulletier en passant par le quai, au ras de la Seine, ou par les rues. Terrassé par la douleur et le chagrin, il passait des heures à écouter les symphonies de Gustav Mahler, seul dans le salon, où je l'imagine faire crisser sa barbe sous sa paume, tête baissée. C'était une pièce interdite aux enfants dont je ne garde aucun souvenir. Tout ça n'était pas follement gai.

Mon père faisait pourtant ce qu'il pouvait. Je le revois par exemple punaiser un poster de Babar dans ma chambre, *Babar a cinquante ans*, et il nous emmenait le dimanche au jardin du Luxembourg faire du kart à pédales. Je me souviens aussi des beaux anniversaires qu'il nous organisait, ces vieux *Laurel et Hardy* que l'on visionnait par un vieux projecteur loué pour l'occasion. Pour trouver un peu de paix, il nous confiait parfois à Françoise, son ex-femme, sa première épouse, pour que nous puissions jouer avec nos grands demi-frères, Pierre, Gilles et Philippe. Mais, le plus souvent, nous allions chez nos grands-parents maternels, avec lesquels il avait pourtant connu bien des orages, eux qui étaient allés jusqu'à l'accuser du suicide de leur fille. Là, chez Bon Papa et Bonne Maman, c'est ainsi qu'on les appelait, dans l'immense appartement de la rue des Tournelles, mon frère et moi étions cette part de leur fille qui ne devait pas disparaître, et qu'ils gâtaient au-delà de tout. Deux petits dieux ayant toujours raison.

Puis, entre autres relations féminines dont nous ne sentions que le parfum le dimanche matin, est arrivée Claudia, une jeune assistante sociale de vingt neuf ans, beaucoup plus jeune que mon père, un psychiatre de quarante-huit ans. Thomas, du haut de ses trois ans de plus, se souvenait bien de sa mère ; mon père savait que ce ne serait pas facile. Me concernant, il ne se posa pas de questions et me jeta dans ses bras. Tu peux l'appeler maman, me dit-il à peine plus d'un an après leur rencontre tandis que nous allions la chercher au train. Je me laissais faire, plutôt satisfait de pouvoir enfin malaxer un corps de femme même si les câlins de Bonne Maman m'avaient permis de tenir le coup en attendant.

C'est donc avec Claudia que s'imposa vraiment l'idée d'un déménagement, histoire de ne pas vivre parmi les ombres. Michel, mon père, ne voulait plus voir la Seine depuis cette fenêtre où ma mère s'était jetée, ni ouvrir ce portail à côté duquel il l'avait retrouvée étendue, un filet de sang coulant de son oreille, après l'avoir retenue des deux bras au quatrième étage. C'est cette perte, Nunus, qui t'a persuadé d'avoir basculé dans l'extraordinaire, allant parfois jusqu'à faire de la normalité un Graal.

Je me souviens de ce soir à Saint-Leu, la veille d'un départ en vacances, où mes parents, mon père et ma mère adoptive, se disputaient sur la localisation d'une valise. J'assistais à la scène, heureux, depuis le haut de l'escalier. « Ça y est, on est une famille normale. Les familles normales se disputent pour ce genre de trucs. »

*

Mon père nous ménagea. Nous allions bientôt déménager, nous cherchions une maison, il était important qu'elle nous plaise aussi, ils auraient besoin de nous pour les visites. Nous aurions un jardin, un vélo, un chien… Je découvris alors ce monde inconnu de la grande couronne, moi pour qui la banlieue commençait après les ponts sortant de l'Île. De ces visites ne me reste que le souvenir d'un petit manoir triste à mourir, blanc craquelé, dans un grand jardin aux arbres vert foncé. Je ne sais même plus dans quelle commune il pouvait bien se trouver. Dans l'est, dans l'ouest de la région parisienne ?

Y aurait-il eu seulement un Nunus là-bas ?

C'est à Saint-Leu-la-Forêt, dans le Val-d'Oise, qu'on trouva la bonne. Une baraque immense. Vingt-deux pièces, en comptant comme les enfants, sans en omettre aucune, réparties sur quatre niveaux. Dans le vieux centre-ville, à deux pas de l'église, elle avait été construite à la toute fin du XIXe siècle par un pharmacien alsacien qui avait voulu conserver le souvenir de sa patrie à travers de faux colombages au premier et au deuxième étage. La façade du rez-de-chaussée était en pierres meulières. Dans un coin du salon trônait un magnifique poêle alsacien, une pièce d'antiquaire, d'un vert bouteille profond, où tu allais pouvoir emprisonner les figurines GI-Joe et les Playmobil qui avaient échoué en mission. Un beau piano à queue *Erard*, du même âge que la maison, allait bientôt y prendre place.

Le premier étage serait celui des parents, leur chambre, avec grande salle de bains de style Belle Époque, le bureau du père, la chambre d'appoint de Claudia, devenue ma mère adoptive. Je parle encore aujourd'hui de ma « vraie mère » pour désigner ma mère biologique. Le deuxième étage serait celui des enfants, salle télé-bibliothèque, ta chambre, une autre pour la famille de passage, salle de bains et buanderie. Tout en haut, au quatrième niveau de la maison, une grande pièce sous les toits deviendrait la chambre de Thomas.

Le déménagement entraîna toute une bouffée d'extraordinaire, repas au restaurant, pièces vides à décorer, papiers peints à maroufler, ce qui en fit un bon moment. Mon père tenait à ce que les choses ne traînent pas, que notre décor colle au plus vite à l'image que l'on peut se faire d'une enfance heureuse. Il nous fallait le chien promis, mais si possible un élégant, un pas ordinaire.

Sur l'île Saint-Louis, Michel était tombé sur un airedale terrier et avait été séduit par la robe marron et noir de cette race de chasseurs, le long museau carré, les chaussettes bien rembourrées lorsqu'ils sortent du toiletteur. On alla chercher le nôtre dans un élevage en Picardie alors qu'il était tout chiot. Nom : Des Lauriers du Patis. Prénom (choisi par nous) : Darwin. C'était l'année du D pour les chiens de race. Un vrai petit aristo.

Enfin, ce fut le vélo. Chacun le sien. Pour toi, ce fut un magnifique bicross MBK, d'un vert tirant sur le turquoise, celui de la vitrine du magasin de vélos de Saint-Leu, Ki-Ki Cross. En te voyant sur cette monture, les gamins du voisinage comprirent vite à quelle espèce de petit bourge ils avaient affaire. Le quartier, tout en vieilles meulières, n'avait pourtant rien de prolétaire.

Mais il y avait comme un écart par rapport à l'Île que tu pus très vite mesurer dans la cour de récré de la primaire.

Je me souviens encore de ton premier contact avec ton pote Frédo, le dernier à t'avoir appelé Nunus avec naturel dans la voiture de Romu. Enfant, il avait une tête de chou à la Gainsbarre. Même M. Massa, un instituteur, lui avait dit. Cheveux frisés, des oreilles écartées de chaque côté du sourire, tout plein de dents. Le voyant porter un survêtement vert remonté quasiment jusque sous les aisselles avec des chaussures de ville, tu lui en avais très innocemment fait la remarque, sur le ton de celui qui s'informe des mœurs locales. Il n'avait pas pris la peine de répondre et avait seulement répliqué par un grand coup de pied avant de se remettre à courir sans but, tel un canard sans tête...

Il y eut aussi cette question que tu posas au futur pote Julien, qui te la rappellera souvent (pour te la reprocher, évidemment), si lui aussi vivait dans une grande maison. Il habitait dans la résidence HLM de l'église.

En attendant, c'est sur ton bicross flamboyant que tu partais découvrir Saint-Leu.

Tu arpentais surtout le vieux centre-ville, juste à côté de la maison, ce quartier des écoles où tu allais faire ta rentrée, les pentes de l'Eauriette qui mènent à la forêt, les sentes sur la colline où se cachent des jardins plus douillets que ceux des Hobbits. Tu perçus assez vite la démarcation sociale que traçait la voie ferrée entre le Saint-Leu où tu allais faire ta vie d'écolier de primaire, entre la classe, les cours de musique, de tennis à la Châtaigneraie et de caté, et un autre Saint-Leu, celui du quartier de la Plaine. Ce Saint-Leu d'après la voie ferrée était plus composite, c'était celui du cimetière, du collège, des maisons plus récentes, années vingt et trente dans l'humeur de Louis-Ferdinand Céline, ou pavillons années soixante élevés sur sous-sol total, ou encore impasses de lotissements de maisons Phénix.

C'était là aussi qu'il y avait le quartier flippant des Diablots, la cité chaude qui vous faisait peur.

Il t'arrivait parfois de t'arrêter devant le collège Wanda-Landowska que tu ne connaissais que par ce que t'en racontaient Thomas, ses potes et les filles avec qui il sortait et qu'il ramenait parfois à la maison. Deux trois fois, il t'était même arrivé d'attendrir ces demoiselles en te pointant avec Darwin qui faisait toujours son petit effet. Le mercredi matin, vers midi trente, tu te postais ainsi au bout du passage piéton et d'elles-mêmes elles rappliquaient. « Tu es le petit frère de Thomas ? Il est trop mignon, ce chien, pourquoi il s'appelle Darwin ? On dirait qu'il a de la barbe. »

Thomas t'expliquait les modes du collège, la doudoune Chevignon avec l'oie, la veste à capuche Carhartt. Il avait eu l'occasion de s'illustrer en ramassant déjà quelques heures de colle, mais restait un excellent élève. Plafonnant à un niveau moyen, même en primaire, tu entendais au loin les mentions de Félicitations ou de Tableaux d'honneur qui ornaient ses bulletins.

… *LA CENTRIFUGEUSE*…

Quand eut lieu la rentrée là-bas, en septembre 1990, tu ne t'attendais pas particulièrement à en baver.

Thomas et ses potes seraient en troisième, tu en connaissais plein… Il n'y avait pas trop de raisons de se méfier. Mais c'est là où je suis bien obligé de détailler ta trogne, Nunus, pas très classique. Est-ce que ce sont les paquets de clopes réduits en cendre pendant la grossesse ? On dit que ça fabrique des bébés chétifs. Est-ce la simple et cruelle génétique ? Dominique, ta vraie mère, paraît bien menue sur les photos que je garde encore. En tout cas, tu as débarqué sur Terre en petit poids et tu refusas d'en prendre, du poids, dans les semaines qui suivirent ta naissance. Ton père te répétera souvent que tu inquiétais les médecins et qu'il était le seul à ne pas s'en faire.

Le résultat est que tu arrives en sixième galbé comme un gamin de huit ans.

Une tête en ogive plantée entre deux épaules osseuses, longue et plate de profil. Une proéminente bosse des maths à l'arrière, d'aucune aide dans cette discipline, l'ironie du sort sans doute ; à l'avant, une face de rat, décalage dentaire oblige. Le visage, en triangle par hérédité paternelle, est en partie mangé par des lunettes à épaisse monture plastique, mais les adultes s'échinent malgré tout à le trouver « mignon ». Ton frère a une beauté classique, mais toi, tu es mignon, disait Claudia. En attendant, les seules avances sexuelles dont tu pus te gratifier durant tes premières années de collège seront celles des pédophiles que tu dus éconduire et fuir par deux fois, la première en allant skater un soir à l'heure du dîner, la deuxième dans le métro en allant chez la psy à Paris.

*

Les parents sont toujours présents pour la rentrée des sixièmes. Il faut les comprendre, pour eux aussi, c'est un grand moment. Ce jour-là, dans la cour du collège Wanda-Landowska, de grands panneaux indiquaient la composition des classes. Le principal prononça son laïus à la petite foule à l'aide d'un mégaphone, un engin de gendarmes, de forces de l'ordre. Il y rappela l'importance de la ponctualité et de la connaissance du règlement intérieur. Chétif, pas très rassuré et donc enclin à vénérer l'autorité, tu apprécias sans doute ce discours de fermeté. Chaque professeur principal vint ensuite faire lui-même, parfois gêné par ce protocole un peu lourd, l'appel de sa classe. Exactement comme je le fais moi-même aujourd'hui à chaque rentrée. Tu suivis donc, motivé, Mme Bessaguet, professeure principale de la 6e 1, jusqu'à sa classe.

Une prof d'histoire-géo, Mme Bessaguet, à la fermeté douce et bienveillante, et qui sut, sans vous brusquer, vous mettre en confiance par tout un art secret de ne vous laisser aucun répit. Pas le loisir de se sentir épié et jugé par les autres. Il fut question de matériel, des cahiers à avoir, des crayons à apporter, des codes couleur à respecter dans l'écriture de la leçon au tableau, du règlement intérieur à connaître. Toi, tu savourais d'avoir déjà tout, ta nouvelle maman ayant consciencieusement lu la liste du matériel qui accompagnait la notice de rentrée.

C'est toujours amusant, le premier cours qu'on donne à une classe de sixième. J'adore aujourd'hui voir leurs yeux bien écarquillés, le menton en avant ; on les sent gonflés à bloc de bonnes résolutions. Les cinquièmes sont encore un peu comme ça. À ce moment, ils y croient presque plus que nous, à ce jeu qu'on les force à jouer. La moindre question et c'est une forêt de bras, tendus encore et souvent bondissants. Si des bavardages bruissent, il est si facile de leur faire peur qu'on se retient de sourire... On savoure intérieurement la fraîcheur de nos recrues et on sait qu'on pourra toujours compter sur leur curiosité. Les sixièmes n'aiment pas le flottement ni l'indécision, alors on se délecte à faire claquer ces mots leur détaillant toutes ces règles pointilleuses et arbitraires qu'on concède à leur plaisir, les titres en rouge, les définitions en noir, le cours en bleu. On joue les instituteurs de la IIIe République, hussards noirs droits et secs. C'est ce qu'il leur faut :

« Monsieur, je tourne la page quand je suis arrivé en bas ?

– Ben oui, tu vas pas écrire sur la table. »

Toi, Nunus, tu as tout à découvrir.

La disposition des lieux que tu arpentes en rase-mottes, à un mètre trente au-dessus du lino et dans la cohue du bétail : un bahut de deux bâtiments. Le principal, à deux étages et formant deux L emboîtés, comprend les salles de classe. Le second, sans étage, est celui du réfectoire mais accueille aussi deux salles de technologie. On y trouve d'épaisses tables d'atelier en bois. Dans les salles de science, ce sont des paillasses, recouvertes de carrelage blanc et munies de robinets. Marrant à découvrir. Rigolo aussi de pouvoir se servir soi-même au self à la cantine.

Ces premiers jours défilent les professeurs dont il est si facile pour l'instant de répondre aux attentes. Tu as même confectionné un cavalier de papier où est écrit ton prénom en gros, Alexis, que tu places devant ta trousse pour leur faciliter la tâche. Devançant leurs exigences, tu sors de toi-même ton carnet de correspondance que tu places dans le coin gauche de ta table, histoire de bien leur signifier ton adhésion aux valeurs d'ordre et de discipline qu'ils semblent chérir. Tu étais parfaitement d'accord lorsque Mme Bessaguet a expliqué que « le règlement intérieur n'est pas tombé du ciel » mais qu'il est là pour rendre possible la vie en collectivité.

Surprises de rentrée mais plaisirs vite émoussés car, encore et encore, survient l'urgence de se fondre. Les moments où les regards sont aimantés vers le tableau sont trop rares. Très vite, vos yeux se braquent sur les autres, comme de petits pistolets chargés. Ne jamais être seul est un impératif catégorique. Dans la cour, comme sous un blizzard froid,

Romuald, Cédric et toi, les potes de l'école Leclerc, la primaire, vous ne vous séparez pas. Le soleil brille pourtant haut en septembre. Dommage que vous ne soyez pas dans la même classe. Les parents de Romu l'ont mis chez ceux qui font allemand en première langue, des classes sérieuses à ce qu'on dit, voyant bien que leur fils n'avait pas trop de goût pour l'école. Lui avait au moins la chance d'être costaud.

L'autre jour, tu suivais le troupeau, tes onze kilos de barda sur le dos, quand des troisièmes ont fait valdinguer un petit mec de ta classe, un Nicolas. Ils le poussaient vers les uns et les autres en criant « woh ! woh ! » et de grandes filles assistaient à la scène avec des airs attendris, disant même que vous étiez mignons, les sixièmes, à être tout petits comme ça. Le Nicolas en question a juste pu remonter ses lunettes de son index quand ça s'est terminé. Mieux vaut donc rester près des barrières à la récré, pas loin du numéro de ta classe peint en blanc sur le bitume.

Au milieu de la cour discutent les grands, en petits groupes immobiles. Parmi eux, de belles filles aux cheveux longs, aussi grandes que des adultes ; elles sourient quand elles se parlent. Pour rien au monde tu ne voudrais qu'elles posent sur toi leurs yeux déjà maquillés. On ne t'a encore trop rien dit sur ton physique peu ordinaire, mais tu préfères ne pas les voir le jauger d'elles-mêmes. Plus loin, à l'opposé du coin de barrière que vous occupez, se trouve une table de ping-pong en béton. La Table. La semaine dernière, Romu a eu la naïveté d'apporter dans son cartable, il n'a pas encore de sac à dos, deux raquettes et une balle. Il avait gentiment pensé à toi, le candide. Il n'avait pas compris que c'était le squat de ces mecs que ton frère appelle zoulous. De petites brutes, des cas sociaux plus ou moins signalés dont c'est le poste de veille.

Là-bas, les jours d'exclusion, parfois les semaines, sont des trophées. On raconte, tu as du mal à y croire, qu'on y a déjà trouvé des mégots. Ils sont quatre ou cinq à pouvoir s'asseoir sur la Table en balançant leurs jambes, tandis que d'autres gravitent autour. Certains connaissent ton frère, bien sûr, mais ce n'est pas trop leur fief, la Table, aux amis de Thomas. Dommage. Le résultat est que tu ne connais que de réputation ceux qui y sont assis, comme ce grand mec dont on dit qu'il s'amuse à baisser le froc des sixièmes apeurés, ou cette fille, Cindy, dont on dit qu'elle « fait la pute » dans les toilettes des garçons contre des cigarettes. Vous l'entendez des fois chahuter et gueuler dans les couloirs quand vous êtes assis en classe.

Il n'y a qu'une seule ligne de conduite à tenir, songes-tu, ne pas s'intéresser à la Table pour qu'elle ne s'intéresse pas à toi. Et si ça devait être le cas, s'allonger par terre, les mains tournées vers le ciel, comme font les clebs pour éviter la bagarre. Pas le mieux placé dans la chaîne alimentaire du collège, même si ça pourrait pourtant être pire, à l'instar de Vivien, un garçon de ta classe, des hublots devant les yeux, toujours en jogging, seul, accroché à la barrière comme si le bitume de la cour allait l'avaler s'il lâchait prise et qui passe toutes ses récréations là, à regarder les scratchs de ses chaussures. Lui parler, aller vers lui, lui tendre la main ? Impossible, sinon tu coules avec lui.

*

Prémonitoire, Bon Papa vous avait demandé, à Thomas et toi, si les enfants d'ouvriers ne vous embêtaient pas trop dans cette nouvelle école si loin de votre île.

Les enfants d'ouvriers...

Aussitôt s'était remué dans ton crâne un petit Mario pixelisé tourmenté par tout plein de tortues Koopa Troopa appartenant sans doute à quelque classe laborieuse. En réalité, n'en déplaise au grand-père, celle-ci n'est pas en cause. Les premières moqueries tombent en tout cas au bout de quelques semaines. Il y avait eu des remarques bizarres de temps en temps de mecs de ta classe, comme Kamel ou Selim, mais ça n'était pas allé bien loin. Être dans la même classe crée du lien, vous êtes transbahutés ensemble d'une salle à l'autre, jetés dans la piscine par la prof d'EPS alors qu'il commence à cailler dehors. La prof d'anglais, Mme Joly, vous a même redonné à chacun un petit nom, ça rapproche.

Les quolibets qui font bien mal tombent à la cantine. Dans la queue, où des grappes d'élèves surexcités et de tous les âges, mal rangés, trépignent dans le préau en attendant que les pions vérifient les cartes d'accès au réfectoire. « Ratboy ! Hé, Ratboy ! qu'ils disent. Regardez, c'est Ratboy ! » C'est bête, c'est disproportionné, mais tu es déchiré.

Sans doute une question de public, le fait que les moqueries te frappent devant public, car quand les mêmes te rattrapent et te chopent au vol dans le garage à vélo ou ailleurs, ce qui n'est pas non plus si fréquent, tu es blessé bien sûr, mais rien à voir avec les quatre ou cinq fois où ces trois grands t'envoyèrent leur « Ratboy » à la gueule dans la queue de la cantine. À croire que se pointer au collège avec une tronche comme la tienne est d'une audace qu'ils ne peuvent laisser passer.

Et il n'y a pas que pour eux.

L'autre jour, c'est une fille, une grande, sans doute une quatrième, qui en sortant de la salle où ta classe entrait s'arrête soudain devant ta table, près du tableau. Tu étais déjà assis, prêt pour le cours. Appuyée sur les paumes de ses mains, tirant une mine affreuse, une moue vraiment dégoûtée par le mépris, elle t'explique que tu es moche, horrible, que c'est à peine si tu mérites de vivre, puis s'éclipse dans un fou rire.

Pour ne pas t'écrouler, pour ne pas fondre en larmes, tu songes alors aux Chevaliers du Zodiaque, à Seyar, qui en rassemblant les énergies du cosmos parvient à vaincre ses ennemis, et à Shiriu, le chevalier au dragon, qui d'un coup de pied parvient à retourner le sens de la cascade. C'est ça, retenir les larmes, inverser la cascade, ne pas pleurer.

Je ne peux même pas blâmer les surveillants qui ont pu assister à des moqueries. Dans le brouhaha du « grand groupe », comme disent les CPE, on entend de tout et on ne sait jamais quelle valeur les mots ont pour ceux qui se les envoient. Je ne sais même pas si j'aurais pu mesurer la gravité de tes blessures, Nunus, si, passant près du réfectoire, j'avais entendu voler un « Ratboy ». Piégé, tu l'es, comme beaucoup, dans la solitude de la honte.

Inaccessible à l'aide.

Il ne te vient pas même à l'idée de demander celle de Thomas, pourtant un troisième, maillon dominant de la chaîne alimentaire. Tu pensais à l'époque qu'il fallait mieux ne pas lui montrer de signes de faiblesse. Va savoir quel conseil pourri il pourrait encore sortir, te disais-tu, avec pour seul motif l'envie de peaufiner sa petite image à lui. Du genre que t'es con de mal le prendre, que t'es une sorte de lavette en fait, que lui aurait répondu ceci ou cela, et avec le sourire. Oui mais quoi ? Quelle vanne leur dire ? Tu en parles à ta mère mais elle ne sait que te caresser les cheveux avec bienveillance.

Papa, qui ne sait rien de tes malheurs, commence cependant à se préoccuper de rafistolage orthodontique. Juste parce qu'il a des yeux. C'est quand même ton pouce tout entier que tu peux placer entre les dents du haut et celle du bas, mâchoire fermée... Ratboy. Michel n'étant pas du genre à prendre rendez-vous avec un obscur orthodontiste de quartier, même si le quartier se trouve dans une banlieue plutôt chic, il t'en dégote un rue du Cherche-Midi, professeur à la faculté de médecine. Mais, parole, qu'est-ce que tout ça prend du temps ! Les radios, le constat, la période de croissance la plus favorable...

Qu'est-ce que tu ne donnerais pas pour qu'il te casse toutes les dents et même la mâchoire si c'était pour en refaire une nouvelle ? Une qui s'emboîte correctement. « Tu as compris, Alexis, qu'il faudra être sérieux avec tes appareils et bien les mettre comme je te le dirai ? » te demande le médecin. Mais envoie-les donc, tes machins de torture... Mais non, mais non, il faut attendre, prendre des moulages, et même une fois placés, attendre que le temps et ta croissance fassent leur œuvre.

*

Stabat Mater dolorosa, t'explique ton père un dimanche, en mettant dans le tourne-disque du salon un vinyle de Pergolèse, version Claudio Abbado, « la mère se tenait douloureuse » au pied de la croix. Tu aimes bien quand il enfile son vieux velours vert. Il est là, il fume sa pipe devant la cheminée, les jambes croisées. Le feu embaume, les bûches craquent. Tu apprécies de te laisser envelopper de ces voix spectrales et plaintives comme si c'était toi le crucifié que l'on venait de décrocher du lieu de son supplice.

Au collège, une lente machine s'est mise en branle, où tu es l'enfant douloureux que tout le monde ignore.

Sa rotation a commencé avec les notes, inégales, satisfaisantes parfois, décevantes d'autres fois. Rotation impitoyable qui vous demande de tourner tranquilles, silencieux dans les classes et si possible dans les couloirs. Rotation mécanique comme les sonneries qui tombent à heures fixes, qui exigent que vous sortiez vite d'une salle pour aller vous enfermer dans une autre.

« Mais dépêche-toi donc de sortir, Alexis ! Tu es toujours le dernier !

– Oui madame, oui monsieur. »

C'est en te revoyant galérer, Nunus, que je me retiens de houspiller trop fort les lambins à la fin des cours qui peinent à rassembler leurs affaires.

Rotation froide comme l'acier, froide comme cette piscine où l'on t'ordonne de plonger ton corps chétif, tandis qu'il ne fait que huit degrés dehors. Froide comme cette pluie d'automne où tu attends la fin de la récré. Les semaines passent, d'autres notes tombent, pas bien bonnes en mathématiques – tu « sembles distrait », tu es « dans la lune » –, la Centrifugeuse accélère. Tu t'accroches à ton bureau. Tu ne veux pas décrocher comme Vivien qui a volé depuis longtemps pour aller s'écraser sur le mur du fond, la tête plaquée sur le côté, la bave coulante.

Pourquoi la Centrifugeuse en arrache-t-elle certains tandis que son mouvement ne semble pas effleurer les autres ? Céline C., par exemple, qui n'a jamais moins de dix-huit sur vingt. Quel est leur secret ? On jurerait qu'ils sont au centre du dispositif, dans l'œil du cyclone, tant le mouvement ne les perturbe pas. Tout est simple pour eux. Obéir, être à l'heure, répondre aux questions ne pose aucune difficulté. Même aujourd'hui, je ne comprends pas.

Wesley F., Salima A., eux, n'ont déjà plus leurs fesses sur leurs chaises. Ils sont dans la tourmente, à l'horizontale, pris dans le cyclone, retenus de justesse par leurs doigts serrés sur l'avant de leur table. Tu sens qu'ils vont bientôt lâcher et finir comme Vivien. Pauvre Vivien... Il a pourtant un sac à dos comme vous autres, une trousse, des crayons... Il a même des cahiers, de la marque de l'hypermarché du coin, Cora, même si c'est vrai qu'il les oublie souvent, ce qui lui vaut bien des soufflantes de la part des professeurs.

Tu ne comprends pas bien où est son problème. Il n'est pas vraiment bavard ; d'ailleurs, avec qui bavarderait-il ? Il ne semble pas non plus rebelle à cet ordre dont tu es encore l'ami, mais ses devoirs ne sont jamais faits. Lorsque les professeurs lui demandent de les lui montrer, on a toujours l'impression qu'il ne savait pas. On lui hurle souvent dessus quand il plaide l'ignorance de bonne foi, mais dans son regard, on lit qu'il dit la vérité. Comment fait-il pour ne pas comprendre qu'oublier son classeur de français ou son cahier de maths revient à supplier que monte le volume sonore contre sa petite personne ?

Tu regardes tes cahiers Chipie, que des affaires de marque achetées à la papeterie du centre-ville, et tu te prends à imaginer Vivien déambulant dans les allées de Cora avec sa mère, choisissant ce qui leur semblait le meilleur cahier, le meilleur classeur. Comme ta maman, elle aussi devait souhaiter que l'année scolaire de son fils se passe bien. Mais une nécessité impérieuse, cette Faucheuse discrète et mystérieuse qu'est la Centrifugeuse, en a décidé autrement. Tu sais que c'est toujours comme ça, que toutes les classes ont leurs cancres que la Centrifugeuse a décollés de leurs chaises.

Ce que tu ignores encore, c'est que vient toujours un moment où ces décrochés finissent par se regarder du coin de l'œil, ressentant confusément qu'ils partagent quelque chose de l'ordre d'un sort commun. Ce sont souvent des regards furtifs, complices et amusés quand l'un d'eux subit l'orage d'un professeur. Déjà, Salima commence parfois à répondre. Des « c'est bon... » murmurés en sortant son carnet de liaison de son sac, qui lui ont déjà valu une heure de retenue.

Toi, Nunus, cela te scandalise toujours un peu intérieurement, ceux qui renâclent et râlent, sont insolents. Davantage même que moi aujourd'hui. Ce n'est vraiment pas ton genre pour le moment, même si tu comptes aussi parmi ceux pour qui le collège est une sorte de bagne où, sans costume rayé, tu traînes bel et bien un boulet, celui, tout mélangé, de ta tête de rat, de ta petite taille de minus. Un bagne ? Non, plutôt une colonie de souffrance, un camp, mais où tout est conçu pour votre bien.

Vous ne portez pas des briques mais onze kilos de livres et de cahiers. Le principal, son adjointe, la CPE, Mme Martino, bref, toutes les autorités du lieu ont envers vous des préoccupations d'éleveurs. Sur injonction du ministère, ils doivent faire en sorte que vous gardiez la truffe humide et le pelage soyeux. Pour éviter que les conditions de détention ne fassent trop fondre vos muscles, une matière est même prévue, l'EPS, pour compenser la contrainte de la position assise. On vous fait ainsi courir sans but sur une sorte de terrain vague à côté du collège et on nomme ça « endurance ». Certains camarades parlent de « sport », mais c'est un peu comme si on appelait « randonnée » le tour de la cour intérieure que font les prisonniers de la Santé.

... TA POUDRE DE PERLIMPINPIN...

Thomas, lui, se dévergonde.

Avec ses potes bikers, comprendre fans de Harley-Davidson, ils se surnomment les Affranchis depuis qu'ils ont vu le film de Scorsese. Ils se sont mis aux joints et traînent aux basques de vrais bikers, des adultes qui eux ont des motos, mais attention, pas de ces Japonaises de courses. Ils les suivent dans leurs rassemblements où on boit de la bière et où les filles font des concours de T-shirts mouillés. Toujours adepte de la mode la plus pointilleuse, Thomas exige de tes parents qu'ils ne le fournissent qu'en jeans Levi's 501 vraiment fabriqués aux États-Unis, ce qui les oblige à aller les chercher dans une des rares boutiques où on les trouve, rue des Écoles à Paris, dans le cinquième arrondissement.

C'est toujours désespérant de voir à quel point il fait encore figure de modèle pour tes copains... Même aux yeux de Romu, que ton frère surnommait pourtant le mollusque. Et bizarrement, ce frère gâche-bonheur, toujours prêt à te foutre une rouste au premier désaccord, aimerait bien t'affranchir toi aussi. C'est toi qui préfères rester de ton côté, sur la place de l'église, à faire du skate avec Stan et les autres, ou dans la salle télé sur la Nintendo à faire sauter Mario ou conduire un bolide dans *F-zéro*. Mais la porte de sa chambre, tout là-haut, sous les combles, vous est toujours ouverte.

Quand il a organisé sa fête, dans la cave, avec ses potes, pareil, tu étais le bienvenu. À l'insu de tes parents, ils avaient réussi à se procurer du whisky J&B. Ça avait été un grand bonheur de frimer devant la clique des Affranchis et leurs copains du bahut. Serrer un peu les poings, prendre son courage à deux mains comme quand tu sautes les quatre marches de la place de l'église en skate, et s'enfiler cinq rasades. Ça brûle, oui, mais ça vaut le coup : « Regardez comme il boit bien, le petit ! C'est ton frère ? » L'ennui, c'est juste qu'il a fallu recommencer et que ça a vraiment failli se finir aux chiottes, à dégueuler ses tripes. Ils t'emmenaient avec eux comme une mascotte pour que tu refasses ton numéro.

Tu avais déjà pu constater ça, en famille, ce pouvoir libérateur de l'alcool, quand les adultes te faisaient goûter un chablis, un côte-de-nuits, distraitement, un peu trop généreusement. La timidité qui se détache comme la mue du crabe, la chaîne te reliant à tes complexes cassée à cet effet. L'audace qui arrive enfin, toujours excusée par l'ivresse si elle va un peu trop loin.

C'est là, pendant la fête des Affranchis, qu'une idée t'est venue. Baladé de groupe en groupe, tu avais entendu un garçon demander à une fille de l'embrasser. « Lui faire un smack », disait-il. Tu as deviné que ça les ferait marrer que tu réclames aussi ton tour. Auprès de la fille en question, tout de suite, ils t'ont soutenu : « Allez, vas-y, tu t'en fous, c'est un petit. Que tu veuilles pas avec nous, on comprend, mais lui, c'est un petit. » Et ça a marché. Un smack, un seul, comme ça, pour rire. Il n'y a que pour toi que ce n'était pas drôle. Parce que, de Dieu, c'était magique, cette petite explosion fraîche et mouillée.

Voilà qui rachetait le monde de tout ce qu'il pouvait vous faire subir.

*

C'est aussi lors de cette fête que fut ouverte une voie d'escalade qui allait se révéler très importante pour toi, Nunus. Un Christophe en perfecto, un des Affranchis, s'est mis en tête d'escalader la baraque. Tarabiscotée comme elle était, des avancées de partout, des petits toits où s'appuyer en veux-tu en voilà, elle s'y prêtait. C'est lui, Christophe, qui a remarqué qu'on pouvait rejoindre la rue depuis la fenêtre de ta chambre, pourtant au deuxième étage et à plus de six mètres du sol.

Laisser pendre ses jambes au-dessus du vide, assis sur le rebord en zinc, se coller tout à droite, attraper le conduit extérieur de cheminée, rejoindre ainsi le petit toit de l'avancée qui abrite les toilettes (du palier menant au deuxième étage), se suspendre aux barreaux de la fenêtre du palier accédant à la chambre de ton frère (donc au troisième étage), se laisser tomber sur le toit plat de la cuisine, rejoindre ensuite celui du garage, enjamber le mur d'enceinte de la maison (deux mètres), se laisser pendre par les bras puis, enfin, se laisser choir dans la rue.

Cette voie-là, c'est ton frère qui l'emprunte parfois désormais, quand il veut faire le mur. Il vient dans ta chambre, tourne la crémone pour pouvoir ensuite ouvrir ta fenêtre sans bruit, puis revient après minuit. Il fait le coup comme ça deux ou trois fois.

*

Tu ne te dévergondes pas toi, Nunus, ou si peu encore.

Tu attrapes une, deux, trois heures de colle mais pour oubli de matériel, distrait que tu es. Peut-être une autre pour bavardage. Entre les cours de piano, de tennis, de catéchisme, tu n'as pas vraiment l'emploi du temps d'un rebelle. Il y a cette fois, par exemple, en permanence, aquarium flippant où se côtoient toutes les espèces, des plus petites aux plus grosses, où tu te réjouis de voir la neige tomber car elle retient l'attention de tous sur le dehors. C'est dire...

Quand Céline C., la meilleure de la classe, t'a invité avec presque toute la 6e 1 à sa boum, vous aviez même failli finir à la pêche aux canards. « Parents interdits », disait le carton, en lettres gélatineuses comme des bonbons Haribo, mais ce sont bien eux qui ont fini par jouer les DJ. *La Petite Sirène* d'abord, « tous ces secrets que j'ai gardés, ne crois-tu pas que les fées m'ont comblée », puis devant les protestations des garçons, *Capri c'est fini*, les tubes des parents, les seuls qui mettaient tout le monde d'accord. Céline, dans cette petite maison rose bonbon du quartier de la Plaine, t'avait invité à danser.

Ce n'était pas une douce élection, non, mais encore cette efficacité indécrottable, faire que tout le monde s'amuse. Elle y avait mis un sérieux, une détermination, les mêmes exactement que ceux avec lesquels elle récite par cœur ses dialogues du bouquin d'anglais *Apple Pie*, quand la prof l'interroge au tableau. « Capri ! C'est fini, et dire que c'était la ville de mon premier amour... » Elle guidait tes pas avec assurance et sérénité, une vraie professionnelle de la préadolescence, comme elle le sera de l'âge adulte. Je ne sais pas si tu te l'es dit alors mais c'est un vrai métier d'être si normal et adapté.

Tu t'étais laissé faire... Pas une terreur, ça non, sauf peut-être quand vous vous amusez, Romu et toi, à renverser les rôles avec vos ours. J'ai toujours aimé les peluches, paraît-il. Romu apporte son petit kangourou crasseux qu'il appelle Jérémie, tu prends ton ours Coco. L'âne offert par ton oncle, les Bisounours et autres kikis font office de figurants. Un vrai petit théâtre, un Wanda-Landowska miniature où c'est vous les rois de la scène et où les filles vous tombent dans les bras. Un bisounours lion, tonsure hirsute, joue le rôle de l'imbécile toujours dupé.

Vous vous sentez cool, Romu et toi, Cédric aussi, sur la place de l'église parmi les skateurs. Des grands traînent là, des mains à serrer au collège s'ils daignent vous remarquer, c'est toujours ça de pris. Julien L., le fils du vendeur de bicross, et d'autres. Ici, l'initiateur, c'est Stan, un blond joufflu de l'âge de Thomas. Lui n'est pas à Wanda mais à Bury, un bahut privé plutôt huppé. C'est lui qui a monté ta première vraie planche, vissé les trucks, collé le grip et tout ça, une Powell-Peralta, la Steve Caballero avec un dragon. Tu étais même allé l'acheter dans le temple du skate,

Street Machine, dans une ruelle près du Louvre, tout gêné d'être accompagné de ta grand-mère Bonne Maman, en manteau de fourrure.

Stan vit dans une belle baraque à quelques encablures de chez toi, et vous y invite souvent, vous les skateurs, pour mater un *Vendredi 13* ou des films pornos que son père planque dans le salon.

« Maman m'a dit que j'allais être traumatisé si je regarde ça, lui as-tu dit un jour.

– Hé, vous entendez, ce qu'il me dit, Alexis ? »

Il n'y avait plus qu'à se soumettre, c'est bon, j'arrive. Initié à se faire du bien, initié à se faire mal aussi, en skate, à s'éclater les tibias, tordre les poignets en essayant des *ollies*, des *flips*, des *boardslides* sur les parapets de la place de l'église. S'escrimer quelques heures pour une maigre figure, sur un bout de trottoir. Difficile à comprendre pour moi aujourd'hui, ton acharnement à provoquer le mobilier urbain, bien lassé que je suis des bobos évitables.

En attendant, Stan devient un truc que tu ne connais pas, quelque chose que tu n'avais vu que dans les films, un grand frère en doux. Un matin, au collège, dans la cohue des couloirs, la Cindy de la Table, cette déconneuse qui vous fait peur, à vous les sixièmes, t'a attrapé par le col et t'a embrassé sur la bouche. « C'est pour vous traumatiser, à ce qu'elle dit », t'a expliqué Thomas. Le pire est qu'il avait raison. N'empêche, c'était bon et c'est à Stan que t'as tenu à le raconter. Il ne chercherait pas à comprendre les circonstances ou fouiller le détail. Il s'en tiendrait au factuel : une fille t'a embrassé.

*

Le copain Cédric, lui, il y est arrivé, à *vraiment* embrasser une fille, avec la langue.

Une de sa classe qui a voulu sortir avec lui, il la fait rire, il t'avait raconté déjà qu'ils s'entendent bien. Toi, tu n'en es pas encore là, on fait ce qu'on peut, mais tu as trouvé quelque chose.

Un truc magique.

Ça s'est passé en sciences-nat. Vous deviez manipuler, sans doute, des feuilles d'arbres ou autre chose, je ne sais plus trop, vous aviez eu le droit de vous lever. Il y avait eu comme un flottement. Tu t'étais mis à chantonner avec une petite voix à la con, une mélodie idiote de dessin animé ou de pub. Le visage de Salima, une tête de plus que toi, une fille sympa mais qui te fait quand même un peu flipper, et la frimousse d'Adeline, une rousse invisible de timidité, s'étaient illuminés... Et c'est là que tu as compris quelle poudre tu tenais, cette poudre que tu semblais leur avoir soufflée au visage. Un souvenir ! Une leçon, même.

Il n'y a rien de tel que ces petites déconnades qui ne coûtent pas cher pour se rapprocher, agrandir le cercle des potes. Marylou et son fou rire de sorcière. Selim... Tu risques au plus une remarque, Alexis, du calme, rien d'effrayant. Un gros dur, Selim, qui avait même mis un coup de boule à une meuf de troisième qui devait le faire chier. Le genre de mec qu'il vaut mieux avoir à ses côtés. Il t'avait proposé un jour d'aller frapper des mecs pour toi, maintenant que vous êtes amis. Tu avais testé pour voir, sur un ancien copain de primaire qui avait fini par te préférer quelqu'un d'autre. Selim l'avait secoué par le sac. « C'est lui ? C'est lui ? » C'en était resté là. Mais c'était bon de savoir que ça pourrait resservir.

Les petites déconnades, ça vous ouvre des capsules de présent, de petites alvéoles bien à vous dans ce défilé monotone du temps scolaire, cette frise chronologique à sens unique, vers l'Avenir à ce qu'on dit, bien accaparée par le ministère et découpée infiniment jusqu'aux sonneries qui marquent les heures.

Il y a aussi ces sabotages minuscules.

Cette potence que vous imprimez, Cédric et toi, dans le bois d'une table d'une salle de maths, celle d'un prof que vous n'aimiez pas, après vous être rendu compte que vous y occupiez la même place, chacun dans vos classes respectives. Ce qu'il commence le lundi, tu le poursuis le mardi. Un amoncellement de minutes passées silencieusement à détester, matérialisé dans le dessin d'un engin de mort, trempé à l'encre indélébile des haines enfantines.

*

Après le conseil de classe qui concluait le premier trimestre en décembre, c'était avec curiosité que tu étais allé voir le délégué pour qu'il te dise ce que les professeurs pensaient de toi. « Trop dilettante » en maths, « n'aime pas l'effort » en EPS, « perpétuellement inattentif » en histoire-géo, mais correct en français, bien que « bavard et rêveur », et « bien » en sciences physiques et naturelles. En mention finale :

« Alexis doit être plus attentif et moins bavard ! Il faut réagir. Ensemble correct toutefois. »

Après le deuxième conseil, tu t'étais déjà montré moins pressé de savoir, par peur d'entendre un peu la même chose, tête en l'air, manque de rigueur.

« Ensemble inégal. De très bons résultats en anglais mais le reste est en baisse. Il faut se ressaisir pour ne pas rater le passage en cinquième ! »

Pour le compte rendu du troisième conseil de classe, tu n'as plus du tout envie de demander… « Moyen sans plus » en physique, « Alexis bavarde » en sciences-nat, « résultats corrects mais attitude pénible » en histoire…

« Niveau correct sans plus (sauf en anglais). Attention à la conduite… »
« Admis en classe de cinquième. »

Les Félicitations que ramène Thomas à la maison, les Tableaux d'honneur ou même les simples Encouragements sont autant de pommes d'amour de fêtes foraines que tes bras trop courts ou ton manque d'adresse aux jeux scolaires t'ont empêché d'attraper. La place de l'église, le rendez-vous des skateurs, t'explique que c'est des conneries et que, de toute façon, ce n'est plus la peine d'aller en cours, que tu peux sécher maintenant, que le mois de juin est un mois de vacances réservé aux plus malins.
« Et s'ils envoient un courrier à mes parents pour absences ?

– Tu interceptes le courrier, rien de plus simple. Les parents adorent confier des tâches à la con à leurs enfants, comme acheter le pain ou mettre le couvert. Ça sera pris comme une initiative : de lui-même, le petit va chercher le courrier... »

Tu assistes pourtant docilement aux cours du mois de juin, comme tous les sixièmes dont les effectifs de classe sont encore au complet tandis que ceux des troisièmes sont déjà plus clairsemés.

*

Ton année de cinquième, tu la commences comme je débute avec mes élèves de cinquième, tout sérieusement.

Il vaut toujours mieux impressionner les nouvelles recrues au premier abord, quitte à progressivement relâcher la pression. Du côté de ta classe, Nunus, c'est quasiment les mêmes têtes que l'an dernier. Ils ont à peine remanié la 6e 1 pour en faire une 5e 1.

En histoire, tu as Mme Germain, une prof pour toi, une collègue pour moi et à laquelle je repense souvent. Certaines de mes anecdotes me viennent directement des souvenirs de ses cours, comme celle sur ce seigneur cocufié par Louis XIV qui avait accroché des bois de cerf à son carrosse. Et je me souviens aussi que tu te demandais souvent, en l'écoutant parler, voix forte et sereine, assez *recto tono*, sortie d'un petit corps à tête d'aigrette, ce que c'était que l'autorité. Exactement en ces termes, pourquoi Mme Germain en a alors que Mme Wales n'en a pas ? Pour elle, ta prof d'histoire, tu as même accepté de répéter avec Kamel une sorte de saynète historique sur la cérémonie de l'hommage durant laquelle le vassal reçoit son fief.

Être un élève sérieux, savourer de l'être, améliorer ses résultats, décrocher leurs « Encouragements », leurs « Tableaux d'honneur » à la con. Tout ça te semble un scénario réalisable. Les Félicitations, elles, ne te laissent pas trop d'illusions. Après tout, les potes te l'ont assez dit, t'as quand même une gueule de premier de la classe. Il y avait eu un jour cette conversation étrange avec Romu, petit bourgeois lui aussi à sa façon. Vous vous étiez dit que vous aimiez bien jouer aux enfants sages le dimanche.

Enfiler les vieux pantalons de velours qui traînent encore dans vos penderies, ceux que vous n'oseriez jamais mettre au collège, pour ressembler à vos papas et regarder la brume automnale du dehors en fumant l'ennui comme vos pères la pipe. Septembre est toujours un peu suspendu. La Centrifugeuse, la grande Faucheuse, la Machine à classer, qu'on l'appelle comme on voudra, est encore calme. Aucune note n'est tombée. Chaque année, ça me fait comme un pincement au cœur de voir les cancres profiter à leur façon de ce temps béni.

*

Ce qui se passe ensuite n'est pas la faute de Thomas, même si lui et ses potes t'invitent souvent là-haut, laissent traîner des clopes, des joints, t'incitent à y goûter, parents ici ou pas, et qui de toute façon ne montent jamais jusqu'au grenier des Affranchis. Un mardi soir, au cœur laborieux de la semaine, tandis que maman était au yoga et papa encore au travail, tu redescends de là-haut, les entrailles si incertaines après avoir essayé la cigarette que la simple vue d'un paquet de Camel suffit à te faire dégobiller.

Ce n'est pas non plus la faute de maman qui vient de perdre son père. « Les relations difficiles font les deuils compliqués », répète papa. Ce n'est la faute de personne si une ambulance débarque un soir après qu'elle a abusé de somnifères. « Premier suicide, v'là le second », chantera plus tard le rappeur Oxmo Puccino.

Tu vas ressortir ta poudre de perlimpinpin.

Au maniement délicat de cette matière inflammable, tu as pu t'entraîner lors d'un séjour estival au Danemark où une partie de ta famille paternelle a émigré après la deuxième guerre mondiale. Une ribambelle de cousins et quelques jolies filles dans une grande maison à l'américaine. Thomas, qui parle déjà un peu anglais, est comme un poisson dans l'eau là-bas, à jouer le petit *frenchy* auprès de leurs copines. Vos cousines vous baladaient d'une maison à l'autre, vous étiez un peu l'attraction du quartier. Mais toi, tu étais cantonné dans le silence et la gêne. Me revient notamment ce moment où ton frère avait simplement voulu te présenter et où tu t'étais retrouvé bête, à ne pas savoir quoi dire devant ces belles adolescentes danoises, les mêmes grandes filles qui discutent immobiles, en petits groupes, dans la cour du collège.

Ta tante te l'avait dit : il faudra que tu attendes de parler quelques mots d'anglais pour pouvoir communiquer. Maintenant, tu les as, ces quelques mots, d'autant que l'anglais est ta meilleure matière au collège.

Il suffisait juste d'oser s'en servir. J'aimerais que tu m'aides un peu ici, Nunus, à retrouver de la précision. Que ce soit toi qui me racontes. Mes souvenirs de ce séjour danois sont flous. Ma seule certitude est que tu as ouvert soudain ta boîte à poudre de perlimpinpin, passant sans transition du petit être chétif et muet que son grand frère trimballe partout au déconneur scandaleux que les grands s'arrachent. Je te revois commencer d'un coup d'un seul à faire le con, à la façon d'un mec bourré.

Il m'en reste une impression de on/off, éteint puis allumé, jouant pour le bonheur de ces grands ados danois à l'obsédé sexuel, tu n'avais pas eu à beaucoup forcer le personnage, quémandant caresses et baisers aux filles, sur fond de « Mais vous êtes fou ? oh oui ! », de Benny B. C'était le tube du moment. Une impression aussi me revient, celle que toutes les tables t'étaient soudain ouvertes, ainsi que le lit de ta grande cousine de dix-huit ans qui, en tout bien tout honneur, voulait désormais que tu dormes avec elle, tellement tu étais drôle et mignon.

... FRAISE TAGADA...

Alors, de qui la faute, si tu fais le con pour exister ? La Centrifugeuse, bien sûr, mais aussi, je crois, pour celui que tu étais, Nunus, ce foutu communisme scolaire. Ce même régime dont je suis aujourd'hui le serviteur à képi mais qui, à l'époque, te paraissait un scandale. Ta famille, ton histoire, ton physique... extraordinaires dans le mauvais sens du terme, hors de l'ordinaire, anormaux, et la pulsion que tu as de crier ta différence face à tes camarades, ce mot que tu n'emploierais jamais, camarades que tu perçois à tort comme des petits chouchous de la normalité.

Je ne demande plus en début d'année ces fiches de renseignements que l'on exige classiquement des élèves. Longtemps je l'ai fait, histoire d'établir mes petites statistiques sociologiques personnelles. Ça m'est passé depuis. La fiche se terminait par la rubrique « problème personnel » que les élèves n'étaient pas obligés de remplir. J'en ai retenu le fait que les survoler suffit à faire voler en éclats l'illusion d'une famille standard, ou plutôt la croyance que le normal est le plus fréquent, suffit en somme à comprendre que le normal n'est finalement que le normatif. La vérité n'est pas du côté de ces publicités pour bagnoles qui nous font croire que la famille type vit dans un grand pavillon avec un papa et une maman.

La vérité a plus souvent le visage disgracieux de cette fille bien sage, la bouche un peu tordue et l'élocution qui va avec, qui t'a raconté que son père s'était flingué, elle aussi une orpheline de suicidé, une balle dans la tête sous un arbre. Vous étiez elle et toi au fond de la classe, murmurant à voix basse. Aucun souvenir ne me revient sur ce qui l'avait conduit, Alexandra G., à te raconter ça. Je sais juste que même si vous ne vous êtes plus jamais réellement parlé, tu gardais pour elle le respect sombre et secret d'une camarade d'anormalité.

*

En classe, c'est avec Aurélien que tu commences à déconner.

Un gamin du centre-ville, lui aussi du vieux Saint-Leu, qui habite une jolie maison ancienne dissimulée de la rue par un petit immeuble planté devant et dont ses parents sont les propriétaires. Un garçon dodu, rigolard, pas très grand. Petit Boudin Marrant de surnom. Votre grande affaire est le golio, un personnage de votre invention dont vous passez la journée à vous raconter les déboires, et le golio il fait ci et le golio il fait ça, avec la grimace associée, joues gonflées et voix débile.

Aurélien n'avait pas son pareil pour te faire oublier un moment, le temps d'un cours, les pesanteurs du collège : ce petit enfer de soumission à l'ordre du ministère de l'Éducation nationale, de comparaisons des uns avec les autres, de cancans, de réputations qui se font et se défont comme les cotes des entreprises chutent et remontent à la bourse sans qu'on n'y comprenne rien...

Sûr en revanche que ça ne vous grandit pas auprès des filles de la classe, dont les plus sages assistent à vos pitreries comme on regarde, blasé, un clochard hurler dans le vague sur le quai du RER à la station Nation. Elles n'ont pas non plus l'air de bien comprendre cet acharnement à toujours trouver de quoi foutre la honte à l'autre, le grotesquifier comme vous dites, du mot grotesque que ta grand-mère Bonne Maman aimait bien. Te faire figurer comme bouffon dans une rédaction de français destinée à être lue à haute voix... Demander à la professeure de physique que toute la classe assiste à ta manipulation au nom de l'avancée de la science...

Dommage que tes profs ne trouvent pas ça marrant.

Ils te demandent d'arrêter de faire le pitre comme on demanderait à quelqu'un d'arrêter de subir la gravité universelle pour se mettre volontairement en apesanteur. Tu n'as pas choisi de déconner. Faire le golio, c'est juste saisir la coupe de Champomy que l'on te tend en même temps qu'un bol d'huile de foie de morue. Et ce même si votre duo comique charrie son lot de retenues. Entrer en maths en hurlant façon golio : une heure. Ouvrir une salle de classe au hasard pour y pousser Aurélien afin qu'il s'étale devant tout le monde : une heure. Invoquer Satan en cours de maths les mains pleines d'encre rouge : une heure...

Avec d'autres trublions de cinquième, venus des autres classes, vous prenez l'habitude de vous retrouver devant le collège à seize heures pour aller ensuite errer dans les environs. Vous poussez souvent jusqu'au chemin du petit Boissy et le pont de l'autoroute pour aller jeter des graviers sur les voitures qui filent en dessous. Une juste vengeance, pour toi qui as toujours détesté la proximité immédiate de l'autoroute A115, y voyant une promesse d'évasion perpétuellement non tenue et une métaphore de l'abandon des adultes. D'autres fois, vous jetez votre dévolu sur les jeux d'enfants de la résidence des Diablots et le square Josquin-des-Prés d'où vous chassez par vos tapages les nounous et leurs poussettes. C'est là qu'un jour, du haut d'un module en tubes de fer, Selim a pissé sur la tête d'Aurélien, t'offrant un levier de « grotesquifications » maintes et maintes fois manié. « Selim, y a Aurélien qui se dessèche, il a besoin qu'on l'arrose. » Ou : « Pendant les vacances, n'oublie pas d'arroser Aurélien. »

Vous allez aussi picoler chez Alban après les cours, le lundi, quand vous finissez plus tôt, toi et la petite bande des noceurs. Vous tapez dans le bar de ses parents. Une joyeuse troupe donc, dont l'expertise en matière de rigolade commence à se savoir parmi les autres cinquièmes du collège. Ainsi, lorsqu'Estelle vous invite à passer chez elle un lundi après les cours, elle sait un peu à quoi s'attendre. Une grande et forte fille, à la poitrine déjà considérable, et peu farouche.

On propose, après quelques gorgées d'alcool, un « action ou vérité », un jeu qui d'ordinaire a du mal à tenir ses promesses quand les gages sont nazes mais qui cette fois-ci semble pouvoir conduire quelque part. Et dans la chambre de ses parents où le grand lit deux places mange toute la pièce, Estelle a refusé de répondre à une question de Kamel, le gage est donc tombé : emballer (votre expression pour rouler une pelle) les copains. Tu attends, incrédule, que ton tour vienne... Et il vient. Le menton relevé, les mains timidement posées sur ses hanches, tu laisses guider ta langue par la sienne, comme un danseur maladroit se laisse conduire.

Je me souviens encore parfaitement de la sensation de cette première « pelle », ainsi que de la réaction de Kamel qui se plaignit à Estelle qu'elle avait le goût des autres quand vint son tour. Le soir même, tu te vantas auprès de Claudia : « Maman, j'ai embrassé pour la première fois une fille avec la langue », tandis que Thomas ironisait à bon droit sur le fait que vous passiez les uns derrière les autres.

*

Mardi, tu as gagné un concours.

C'est Élodie, une fille sérieuse de ta classe, le genre de filles avec lesquelles tu n'as plus l'impression de partager la même planète, qui est venue te prévenir, avec l'air quand même un peu navré. « Bah voilà Alexis, on a organisé avec les copines un concours du garçon le plus moche de la classe et c'est toi qui as gagné, voilà quoi. » C'est vrai que ça ne s'améliore pas beaucoup côté physique. C'est peut-être la faute de ce cou tout fin qui est le tien, qui te fait vraiment une gueule impossible de profil. D'ailleurs, l'insulte qui fuse cette année, dans la file de la cantine ou dans le garage à vélo, ce n'est plus Ratboy mais E.T., dit à la française, et pas *iti* comme à l'anglaise, si bien qu'il t'a fallu un petit bout de temps pour comprendre. Tu détestes les mardis... Tu ne sais pas pourquoi, c'est le jour où elle a le plus de chance de tomber. Et en plus, il y a EPS.

Heureusement, ton premier appareil dentaire est arrivé. Tu t'es empressé de le mettre en gueule comme s'il s'était agi d'une fraise tagada. Un truc métallique et rose transparent que tu dois coller à ton palais. L'orthodontiste t'avait prévenu, tu le sentiras travailler, surtout au début, il se peut même que ça fasse un peu mal. Sauf que pour toi, il n'y a rien de meilleur, justement, que de le sentir travailler. Ça occuperait presque ton ennui dans les cours où quand tu n'en peux plus, il reste toujours encore dix minutes à tirer.

« Ma drôle de figure se rectifie », voilà ce que tu te dis quand ça tire un peu sur la mâchoire.

*

Là, ta prof principale insiste pour voir tes parents, car tu dégringoles.

En maths, il se passe des trucs au tableau que tu ne cherches même plus à comprendre. « Fallait pas demander, t'es avant-dernier. Tu vas rire, t'es avant-dernier, tu vas rire, t'es avant-dernier », répète en boucle Aurélien, comme dans la pub qui passe en ce moment pour un jeu de bagnoles sur la console *Megadrive*. En techno, il paraît que vous construisez un testeur de piles... En sport, on persiste à vous faire courir sans but autour du parc de l'aire des Diablots, ou à vous lancer la balle pour d'inutiles sports collectifs dont tu ne veux même pas connaître les règles. Tu te bouches les oreilles quand un camarade te les rappelle en te houspillant tandis qu'Aurélien ou Selim se prennent bêtement au jeu, en chatons qui ne peuvent s'empêcher de saisir le fil de laine qu'on leur tend.

La seule chose qui t'intéresse une fois que ta mère est allée rencontrer ta prof principale, c'est de savoir si elle t'aime bien, si on t'aime bien. Ce n'est pas la question, t'explique maman. Les profs ne sont pas là pour t'aimer ou pas.

Il me reste quelque chose de cette conversation quand moi-même, en tant que professeur, je reçois les parents pour leur parler des difficultés de leur enfant. Souvent, je leur dis, et peut-être est-ce toi, Nunus, qui m'y pousse, vous pouvez lui dire qu'on l'aime bien, nous les enseignants, qu'on le trouve sympathique, même si ceci, même si cela.

*

Thomas a décidé de prendre les choses en main.

Excellent en maths, il se propose comme répétiteur et a tôt fait de diagnostiquer le souci : « tu n'apprends pas tes cours », ce qui est parfaitement exact. À quoi ça sert, après, de se lancer dans les exos ? Il vérifie même ton cahier de textes. Il n'y a pas à dire, il prend ce nouveau rôle à cœur.

Malheureusement, cela devient un nouveau prétexte à des brutalités. D'ordinaire, c'était plutôt ton refus de faire tel ou tel jeu avec lui qui le poussait à te cogner, comme chercher les pièces Lego dont il avait besoin dans le grand tiroir sous ton lit. Mais ça, c'était quand vous étiez plus petits.

C'est un lundi que ça passe un cap, le jour où ton père dort à son cabinet à Paris, le soir où vous êtes seuls avec Claudia. Mme Mopilet, la femme de ménage, qui croit naïvement que ton grand frère veut juste t'aider un peu en maths, lui rapporte qu'elle t'a vu traîner en ville, sur la place de l'église, à fumer des cigarettes, alors que tu viens de reprendre une veste au dernier contrôle, un cinq sur vingt. Il te tombe dessus dans la salle télé, une droite dans la gueule qui te fait tomber par terre et des coups de pied au sol. Tu te tortilles, tu hurles, tu te recroquevilles et tu aperçois entre tes larmes le visage horrifié de Mme Mopilet qui ne s'attendait pas à ça. Dans ses yeux, tu lis ses pensées puisqu'elle les formule parfois telles quelles en râlant contre vous dans son coin : ça dit qu'il y a vraiment quelque chose qui ne tourne pas rond dans cette famille de bourges.

Maman doit le gronder et, une fois de plus, elle en parle à papa.

Mais, comme pour la chasse d'eau qui fuit aux toilettes du deuxième étage, il verra, il verra. Aujourd'hui, je pense avoir compris que, pour lui, au fond, la brutalité faisait partie de l'éducation des garçons. Curriculum caché. Petits, vous aviez droit, ton frère et toi, aux fessées déculottées, en cas de lampe renversée ou autres grosses maladresses. Le châtiment était bien ritualisé car, dixit ton père, on ne frappe jamais un enfant sous la colère. Ainsi la raclée était-elle administrée après le repas du soir et après, c'était un ordre, être passé par les toilettes pour éviter que la peur vous fasse uriner sur lui, ce qui ne manquait pourtant pas de se produire chaque fois. Il faut parfois ne pas craindre de se salir pour accomplir son devoir de père.

*

Quand il évoque pour toi son enfance, et Maurice, ce père fou qu'il a dû fuir avec l'aide de sa mère, vers l'âge de dix ans, ton père te raconte souvent la même histoire. Encore tout bambin, il s'était blessé assez gravement en courant dans un champ, un pieu lui était entré profondément dans le mollet. Pour séduire ce père violent et autoritaire qui lui préférait son grand frère, Michel avait alors pris sur lui pour ne pas verser une larme. Ainsi verrait-il quel dur il était et peut-être l'aimerait-il davantage. L'anecdote se termine sur le fait que ton grand-père l'a alors pris dans ses bras pour le ramener à la maison, que ce fut un moment magique, un de ceux où il fut le plus proche de lui.

Michel raconte aussi comment ce père, héritier chouchouté mais instable d'une famille de notables d'Argonne enrichie dans la vente de bois pour les vignerons de Champagne puis pour les traverses de chemins de fer, avait séduit ta grand-mère en conduisant comme un fou la voiture de sport que ses parents lui avaient achetée, allant jusqu'à dévaler des escaliers avec.

Ce qui me frappe aujourd'hui, c'est ce qui est resté de cela chez ton père.

Il se trouve que lui aussi conduit comme un vrai barjo, et toi, Nunus, tu adores, tandis que ta mère se terre sur le siège avant et se réfugie dans le sommeil. Michel met ses mitaines et atteint sa vitesse de croisière de 180 km/h sur l'autoroute, sur la file de gauche dont il ne dévie pas, les doigts sur le levier des phares pour les appels qu'il lance aux récalcitrants qu'il colle à un mètre s'ils ne dégagent pas assez rapidement pour céder la place. Je me souviens de voyages entiers vers notre maison d'Ardèche où, depuis Paris, pas une seule voiture ne vous doublait. Tu en faisais avec ton frère un jeu.

Et quand Michel parle de faire sauter une amende pour mauvais stationnement avec sa carte de médecin ou quand il vous raconte comment il retarde le paiement de ses impôts en ne signant pas ses chèques pour qu'on lui renvoie, tu en déduis que votre famille est un peu au-dessus des lois, ou plutôt que le respect pointilleux des règles est bon pour les blaireaux à l'esprit moutonnier, que la virilité consiste à ne pas accepter sans discuter l'arbitraire d'une ligne tracée comme ça entre ce qui est permis et ce qui ne l'est pas. Et ce message se distille d'autant plus efficacement qu'il est légitimé par le prestige indiscuté de ton père. Curriculum caché.

Même notre chien Darwin ne s'y trompe pas.

Il n'est pas seulement ce noble terrier qui te laisse lui peloter les oreilles comme les bébés leurs doudous, ce grand nounours à quatre pattes, au museau rectangulaire et à la robe noire et fauve qui te console le soir venu quand, au collège, se succèdent des jours en silex. Il est aussi notre inconscient familial. Il a ainsi intégré la place du père, qu'il craint plus que tout sans que Michel n'ait jamais levé la main sur lui. Comme si Darwin avait senti notre crainte à nous. Il y a aussi que ton père, Nunus, ne va pas se répandre en câlins mielleux sur lui et ça, Darwin, ça lui en impose. Ce barbu qui fume la pipe est sûrement le chef de meute, voilà ce qu'il en déduit.

Son pelage a beau se fondre parfaitement dans les coloris du salon, son pas a beau être feutré et ses aboiements rares, Darwin a lui aussi sa part d'ombre et de brutalité. Doux comme un agneau avec les hommes, agressif et dominateur avec ses congénères. On a toujours pensé que c'était parce qu'il s'était fait attaquer par un grand chien lorsqu'il n'avait que six mois, qu'il en était resté traumatisé, à croire que tous les chiens des parages étaient méchants et qu'il fallait d'abord les soumettre pour avoir la paix. Peut-être y a-t-il du vrai dans cette explication mais je ne peux m'empêcher de mettre ce trait de caractère en lien avec l'agressivité que mon père manifestait en voiture.

Darwin comme inconscient sur pattes du *pater familias*.

Le résultat était qu'il était impossible de le promener sans laisse de crainte qu'il n'attaque le premier gros chien venu. Comme avec le husky d'un voisin du quartier, Darwin court, lui mord l'oreille pour exiger la soumission et si l'autre résiste, bagarre il y a. Le voisin envoya la note de vétérinaire à tes parents. Depuis, ta terreur, quand tu le promènes, est de croiser des chiens qui ne soient pas attachés. Un jour de pluie, Darwin t'a même traîné sur le bitume en cherchant querelle à un berger allemand. Il aboyait debout sur ses pattes arrière et te traînait sur le ventre. C'était à l'époque de la primaire, tu dépassais à peine les vingt kilos et il avait plu. Tu avais glissé.

Peut-être aussi que c'était sa façon à lui de faire le mâle, comme c'était la vôtre, à vous, les fils, en prenant des risques et en suivant vos propres règles, suivant là encore le modèle du père. Chez nous, seul ce dernier est habilité à prendre le volant quand il s'agit de conduire la voiture, ce qui était encore banal à l'époque, mais c'est à lui seul que revient aussi le droit de disposer de la parole. Il vous signale quand vous avez assez parlé et maman n'est pas libre de choisir les sujets de conversation.

L'évocation de son travail d'assistante sociale n'est possible que pour quelques minutes : trop tristes, les anecdotes de chef de service difficile à supporter ou d'enfants maltraités, et les sujets déprimants sont proscrits. Se servir du vin toute seule lui est interdit, interprétation personnelle de la traditionnelle galanterie, car c'est à l'homme de servir son épouse. Lui ne demande en revanche à personne pour se couler son petit *single malt* du soir. Les tâches ménagères que la femme de ménage n'accomplit pas, chercher le pain, mettre la table, débarrasser, faire la vaisselle sont pour vous et pour elle. Lui ramène le gros de l'argent à la maison. Et si maman veut sortir un soir pour aller voir une amie de jeunesse, elle doit lui demander la permission qu'il n'accorde pas toujours tandis qu'il reste tous les lundis soir dormir au cabinet à Paris.

... DES CANAPÉS EN SOUS-SOL...

Novembre.

Dans les rues embrumées, l'humidité froide de l'automne bruisse de partout, sous les roues des voitures, sur les feuillages fanés au moindre coup de vent. Tu te faufiles par d'anciennes ruelles du vieux Saint-Leu où habite aussi Alban. Une maison de ville du XIXe siècle, à deux étages. La chambre d'Alban est au grenier que ses parents ont séparé en deux pièces symétriques pour son frère et lui.

Deux chambres couvertes de lambris qui communiquent par un jour au-dessus de la cloison. Alban a collé des punaises renversées dessus, au cas où son petit frère s'aviserait de fureter. Alban dit que c'est comme avec les chiottes du collège, où on entend tout ce qui se passe dedans.

Ton partage-misère, voilà ce qu'il est devenu.

Vous remontez souvent du bahut ensemble. Il t'explique alors par le menu pourquoi le collège est pourri, pourquoi sa classe l'est aussi, ainsi que les profs. La dernière fois que tu es venu chez lui, il t'avait montré une planche à clous qu'il avait fabriquée pour buter des rats qu'il n'a jamais réussi à trouver et un arc à flèches avec lequel il essayait de tuer le chien de son voisin en tirant en l'air. Ce soir-là, en allant t'ouvrir la porte en bas et en te conduisant vers sa chambre au deuxième étage, c'est d'autre chose qu'il t'entretient.

Le plus sérieusement du monde, il te détaille les différents moyens qu'il a sous les mains pour en finir. Un sac en plastique à mettre sur la tête, bien collé sur le visage ; une foule de cachets d'aspirine progressivement barbotés à ses parents pour une overdose médicamenteuse, c'est possible, assure-t-il ; une bouteille de champagne encore bouchée, volée elle aussi, qu'il cache sous son lit, tu remues très fort et le bouchon part si fort que si tu le mets contre ton visage, ton os du nez remonte dans ton cerveau et puis tu meurs.

Les quelques peluches qui traînent encore dans sa chambre depuis les âges plus tendres de son enfance sont maltraitées. À l'une d'entre elles, un gros ours rose de fête foraine, il a fait un trou à l'entre-pattes pour pouvoir lui faire l'amour. Toi, tu es venu pour maudire encore ces petits couples qui se forment au collège et partager avec Alban l'atroce évidence que les filles ne veulent pas de vous. Évidemment, les filles, c'est une question de courage.

Se lancer, oser leur demander de sortir avec toi, même de but en blanc, même lorsque tu ne leur as jamais parlé. Même si tu ne les connais pas ? Oui, c'est finalement presque plus facile. Tu t'y étais essayé une fois, avec une fille, une autre cinquième, la petite sœur d'un mec qui était dans la classe de ton frère. Il t'avait fallu un ambassadeur, tu avais envoyé un pote.

« Est-ce que tu veux sortir avec Alexis ? Non ? Te fâche pas, c'était juste comme ça. OK, je vais lui dire. »

Elle ne te connaissait que par ce qu'elle voyait dans la cour. Or, tes deux grands jeux du moment, chat perché avec Aurélien et pelotage forcé des filles avec Alban, n'avaient rien pour la séduire... Tes frasques ne me sont pas toujours faciles à raconter, Nunus, mais il faut bien avouer qu'était venu un moment où Alban et toi vous étiez dit que vous alliez finalement vous servir par vous-mêmes. Tu t'y étais essayé avec Séverine, une copine de la primaire. Elle s'était retrouvée coincée en gym la tête en bas, tu avais posé la main entre ses jambes. Heure de retenue. Une super bonne copine, Séverine, à la gentillesse infinie. Elle avait même fini par accepter de sortir avec toi après que tu l'aies suppliée une heure entière jusqu'à ce que, une fois cachés sous l'escalier du bâtiment A, elle dise finalement qu'elle ne pouvait pas.

À l'instar de Rachel, une autre copine sérieuse du temps de la primaire, avec qui tu remontes parfois du collège, Séverine était un appui de stabilité dans ton petit monde de brutes. Même à tes moments les plus sombres, lorsque Julien te dira « mais tu fais peur aux meufs, Nunus », ceux du conseil de discipline et des conneries à gogo, tu resteras pour elle le petit Alexis, ce camarade de classe du CM2.

Ce fut surtout Marylou et Daphné que vous avez choisies comme vachettes de votre petite corrida. D'abord parce qu'elles étaient très belles. En sixième, Marylou se vantait d'avoir reçu des compliments ambigus de garçons de troisième comme :

« Reviens me voir quand tu auras quinze ans. » Et il y a aussi qu'elles avaient tressé avec vous une complicité taquine de même texture que celle des copains, Marylou éclatant par exemple de son délicieux rire de sorcière, en pointant du doigt, quand l'un d'entre vous, Aurélien, Alban ou toi, se grotesquifiait involontairement. Intouchables en tant que filles et bien trop belles, vous n'auriez d'ailleurs pas songé une seconde à leur demander de sortir avec vous, elles redevenaient touchables par cette complicité des tendres vacheries.

Ainsi, le jeu consistait à leur toucher les fesses dans la cour, furtivement, en tournoyant autour d'elles pour éviter leurs coups qui ne vous touchaient jamais. C'était un peu le prolongement lubrique du chat perché auquel tu t'adonnais avec Aurélien. Sauf que pour ce jeu-là, il n'y avait qu'Alban et toi. Curieusement, ce harcèlement sexuel des plus répréhensibles, contacts forcés, répétés, en présence de témoins, n'a nui d'aucune façon à votre amitié. Tout juste les avez-vous soûlées. Je me souviens d'ailleurs de ce moment où, de guerre lasse, Marylou avait laissé ta main sur ses fesses tandis que vous étiez assis, l'un à côté de l'autre. Évidemment, je ne comprends pas aujourd'hui comment un reliquat d'orgueil ne t'a pas empêché de faire ça. Laisser ta main comme ça après une victoire par l'usure... Dans mon effort pour retrouver le souvenir de ce moment, je ne retrouve que la joie d'une soif que l'on étanche.

Une copine, une intouchable, étanche ma soif, merci, je vais me calmer, merci.

Daphné, qui avait fait de même avec Alban, le laisser comme ça, la main, là, avait eu sa façon à elle de vous sécher. Du définitif. Vous aviez cru (douloureux aveu) pouvoir l'impressionner en lui proposant de lui montrer vos zizis, comme ça, en pleine classe, sous la table. Elle vous avait répondu oui d'un air curieux, trop curieux, au point d'insister après que vous vous soyez dégonflés. Il n'y avait là aucune gourmandise, bien sûr, et une part de vous avait déjà senti que sa curiosité tenait plus à ce voyeurisme malsain que les ados peuvent avoir pour les curiosités dermatologiques ou les malformations génétiques.

Je me souviens qu'Aurélien était un peu surpris de cette faim de filles qui t'assaillait si tôt, quand la plupart, et lui en particulier, n'en était pas encore là. Il m'avait même dit une fois, sur le perron de sa porte, avec un air vraiment inquiet, une inquiétude pas simulée, et pas du tout sur le ton d'une vanne, que j'étais quand même un peu taré, et force est de remarquer, quand j'y repense aujourd'hui, que c'était effectivement les plus tarés d'entre nous qui furent tiraillés par cette faim les premiers. Alban, Selim, toi, pour ceux de notre petite bande.

Aurélien par exemple, Petit Boudin Marrant, ne se serait jamais fait avoir par Lallemant, un mec grand, très chelou, légèrement attardé. Ce mec-là nous avait fait croire en perm' que dans la cave de son immeuble se trouvaient des filles qui se laissent faire. C'était exactement ses mots. Se laissent faire. Tu avais voulu demander des précisions, mais comment ça ? Sur le béton ? Sur des matelas ? Des canapés en sous-sol ?

Se laisser faire quoi ?

Lallemant avait laissé planer un flou mais il tenait à ce qu'on vienne voir. Évidemment, qui s'est fait avoir à seize heures, à la sortie des cours ? Selim et toi. Tous les deux, vous avez suivi Lallemant jusqu'à ce qu'il vous avoue tristement, les épaules basses, que non, c'était pas vrai... Pourtant, pas un instant vous lui en avez voulu. À sa façon, il vous avait fait rêver un peu et tu savais qu'il y avait toutes les chances que ça soit faux... Lallemant, tout le monde connaissait ce mec... mais vous l'aviez suivi, pour le 0,000001% de chances que ça soit vrai.

*

Un soir, chez Alban. « *Stir it up ! Little darling* », chante encore Bob Marley, sous les lambris de la chambre. Comment vous vous débrouillez tous les deux pour la rendre si triste, cette chanson ? Mazoutée de frustration jusqu'à mes oreilles d'aujourd'hui, je ne pourrai plus jamais l'aimer.

Peut-être pour meubler la conversation, Alban te propose des camarades à haïr. Untel parce qu'il parle trop, tel autre car on voit ses dents lorsqu'il rit. Des os à ronger, déjà bien mordillés et encore gluants de sa salive, qu'il t'invite à partager. « C'est vrai que Kamel, il est con », dis-tu lâchement. « Viens, on lui fait boire des médicaments, propose Alban, quand il viendra pour les cocktails lundi après les cours, je lui dirai que c'est plus marrant de boire dans des verres et je lui ferai un mélange. »

*

Le jour dit, votre petite troupe évolue bruyamment dans les rues de Saint-Leu en rentrant du collège, parlant jeux vidéo et ragots du collège. Parfois, l'un d'entre vous tape sur un panneau de signalisation ou crache sur un chien qui aboie, collé au grillage de son jardin. Les bouteilles des parents d'Alban vous attendent dans une remise au-delà de la cuisine.

« C'est moi qui fais les verres ! lance-t-il. Et vous, vous devinez ce que j'ai mis dedans, d'accord ? »

Personne ne se méfie.

« On peut fumer chez toi ? demande un des mecs de la bande.

– Ouvrez la fenêtre pour pas que mes parents sentent, leur dit Alban, et bougez pas, vous êtes mes invités.

– Quel taré ce mec ! » dit sans doute Cédric en s'allumant une clope.

Il disait souvent ce genre de trucs. Tu tires toi aussi quelques lattes. Alban arrive avec un plateau dans les mains.

« C'est moi qui vous sers, d'accord ? Tiens, Kamel, c'est ton verre. »

Je me souviens avoir vu Kamel renifler le récipient qu'on lui tendait d'un air soupçonneux, se demandant sans doute quel tord-boyaux Alban avait pu mettre dedans. « Tu t'es pas gouré de verre, hein ? » demandes-tu, avant de reprendre une latte en avalant bien la fumée. Kamel trempe ses doigts dans son verre et t'envoie une pichenette d'éclaboussure au visage. « Hé, pourquoi tu fais ça, connard ? »

Ça l'agace, Kamel, que tu fumes. Il trouve que tu devrais pas.

« T'es intelligent, toi, dit-il, eux, c'est des crétins. Toi, tu devrais pas faire ça.

– Pourquoi tu bois pas ? relance Alban. C'est trop fort pour toi ? »

Kamel en prend une toute petite gorgée et s'arrête.

« Putain, ça a un goût bizarre ton truc, moi je bois pas ça, c'est un taré ce mec, on peut pas savoir ce qu'il a mis dedans. L'autre fois, il voulait qu'on mette des médicaments dans les brocs d'eau. »

Alban commence à se marrer en lui assurant qu'il n'a rien à craindre.

« Alors, vas-y, bois-en, toi ! » lui dit Kamel.

Alban se marre de plus en plus. Assez pour que Kamel se fasse son idée.

« Moi, je bois pas ça. »

Voilà comment s'est terminée sa tentative d'empoisonnement. Plus tard, Alban t'expliquera avoir écrasé des Doliprane dans le verre.

*

Après Kamel est venu le tour du chat.

Un mercredi après-midi, Alban a voulu aller tuer son propre chat dans la forêt. Il a pris un sac à dos et il a mis dedans un maillet et un couteau. Pas le petit opinel qu'il a toujours sur lui mais un vrai couteau de cuisine qu'il a trouvé dans un tiroir. Ensuite, il a installé son chat dans sa caisse grillagée de voyage. Après, il a fermé la porte de chez lui et s'en est allé par le chemin de l'ermitage qu'il a remonté jusqu'à la forêt avant de s'enfoncer hors des sentiers. Sur une vieille souche, Alban a sorti ses ustensiles de mise à mort.

Délicatement, il s'est saisi du chat, au pelage blanc taché de noir et de brun. Il l'a soulevé de la main gauche par le dessous. Dans l'autre, il avait son maillet dont il comptait se servir pour l'estourbir. Perché sur la main de son petit maître, se méfiant de pas grand-chose, le chat était prêt au sacrifice. Alban a levé sa main, lourde du maillet, pour se donner de l'élan puis s'est figé.

« Oh, puis non », a-t-il juste dit, avant de laisser repartir son chat, finalement épargné.

*

C'est à se demander parfois si Wanda n'a pas été construit sur une sorte de cimetière hanté. Un truc à la Stephen King. Comme dans *Simetierre*, avec un s et deux r, un autre film d'horreur que t'a imposé Stan, ce cimetière pour animaux où les enfants du bled vont enterrer leurs chiens et leurs chats pour qu'ils reviennent et où il ne vaut mieux pas enterrer un être humain, au risque de le voir revenir en déglingo, comme dirait le pote Julien. Eh bien c'est pile ce qui se passe là-bas, au collège Wanda-Landowska. Vous arrivez bien portants, enfants pleins de santé, grands sourires et joues roses, et vous ressortez à la Alban... déglingo. Car il est loin d'être le seul cas.

Prenons Selim.

Selim n'est pas seulement une des plus grosses brutes du collège, qui t'avait proposé, comme je l'ai déjà dit, d'aller frapper des mecs à ta demande et qui continue à en balader d'autres dans la cour pour leur faire dire, en leur pinçant l'oreille, qu'il est un dieu du foot. Selim, c'est aussi une enfance fêlée. Lui qui te supplie de dire à ta mère, assistante sociale, que son père le frappe à coups de ceinture, qui, en laissant traîner sa main sur les grillages de la rue Maurice Berteaux, craint que des micros y soient placés, grâce auxquels les parents pouvaient entendre vos conversations.

Après qu'il fut viré définitivement, je ne sus ce qu'il devint. J'ignore même dans quel bahut il fut placé. Tu ne devais le recroiser que quelques fois encore, devant le collège ou plus tard, devant le lycée. Devenu adulte, je n'eus de nouvelles de lui que deux fois. Une première pour entendre dire qu'il était devenu proxo à Paris, ce qui m'a toujours semblé douteux ; une autre fois par mon pote Frédo qui le croisa dans la rue. Il me décrivit Selim fagoté en monsieur, veste et tout, comme ça nous est tous arrivé quand on est devenus grands, mais malgré tout l'air mal en point, se plaignant de troubles schizophréniques et de séjours en HP. Il demanda même après toi : « Et Alexis, le petit, t'as des nouvelles, tu sais ce qu'il devient ? » m'a rapporté Frédo. « Nunus ? Il est devenu prof d'histoire dans un bahut tranquille de banlieue. » Selim semblait garder un souvenir tendre de votre camaraderie.

*

Ton année de cinquième, tu vas la redoubler, Nunus, c'est sûr.

En maths, physique ou sciences-nat, « aucun travail », ailleurs « ne songe qu'à faire rire la classe... » Et, en mention finale :

« Des possibilités certaines non exploitées. Une attitude fort désagréable. Il est grand temps de réagir. »

« Avertissement travail »
« Avertissement conduite »

Pas d'avertissements au deuxième trimestre, mais une phrase du principal stipulant que l'ensemble restait insuffisant pour passer en quatrième.

Au dernier conseil de classe de fin d'année :

« Une année gâchée. »

*

À l'époque, le redoublement n'était pas encore le quasi-privilège qu'il est aujourd'hui où, devenu exceptionnel, il se fait sur demande des parents avec avis du conseil de classe pour savoir si l'élève saura en bénéficier ou non. De ton temps, c'était encore une menace qui pouvait porter : attention, si tu continues comme ça, tu risques de repiquer ! Franchement, sur le coup, la possibilité de redoubler n'a jamais occupé la priorité de tes soucis. Elle n'était pas plus inquiétante que tout ce qui, par ailleurs, pouvait te tourmenter, disons, les moqueries sur ta gueule à la E.T., les sales notes, les filles intouchables, la brutalité de Thomas... Tu avançais dans les jours comme dans un colin-maillard cruel. Le redoublement ne te semblait qu'une énième menace tournoyant dans le noir autour de toi.

Cette image du colin-maillard involontaire auquel jouent malgré eux les mauvais élèves me vient toujours quand je vois ceux de mes classes qui ne s'en sortent pas. Il m'arrive bien sûr de leur parler de leur avenir, sur le mode « tu risques de ne pas pouvoir choisir ton orientation et ton métier plus tard », et je pense qu'il faut le faire, il faut qu'ils aient entendu cette vérité, mais je me souviens de toi, Nunus, et alors je m'en veux presque d'ajouter un autre fantôme à leur brouillard. Mais il faut bien qu'ils comprennent que le futur est une surface sur laquelle on peut se cogner, et se faire mal.

Nunus, c'était ça, l'époque où l'avenir était fantôme.

... TON AURA MALÉFIQUE...

Le redoublement fut pour toi une sorte de bannissement.

Au collège Wanda-Landowska, la cour était organisée en secteurs de niveaux, sixième, cinquième, quatrième et troisième, et chaque classe était censée se ranger devant son numéro quand retentissait la sonnerie. Ainsi le redoublant était-il condamné à voir se former le troupeau auquel il n'appartenait plus.

Cela présentait au moins l'avantage de t'éviter la juxtaposition avec ceux de ton âge.

Car il a dû se passer quelque chose pendant l'été. Tes anciens camarades passés en quatrième ont tous gagné quinze centimètres. Beaucoup font plus d'une tête de plus que toi. Pourtant, le carnet de santé, que tu compulses régulièrement en douce le soir dans ta chambre avant la branlette, te l'affirme : tu es normal.

Mais tout juste.

Vers le milieu du carnet, une double page est consacrée aux courbes de poids et de taille, sur la période zéro à vingt ans. Elles forment deux chemins de couleur rose qui vont en augmentant et en s'élargissant à mesure que l'âge avance. Chacune de ces deux courbes est délimitée, en haut comme en bas, par une ligne noire qui définit donc la normalité. Être normal, c'est être dans le rose. Tu n'as que faire de la courbe de poids, c'est bien plus celle de la taille qui t'obsède et que tu surveilles en permanence.

Un mètre quarante à treize ans pour une trentaine de kilos.

Tu chemines donc, avec d'autres un peu partout en France et dans le vaste monde, sur cette ligne noire qui constitue la limite inférieure de la normalité, comme d'autres, rares eux aussi, s'en vont par la ligne supérieure. Lors de ta première cinquième, vous, les « ligne-inférieure-de-la-courbe », étiez encore trois ou quatre dans tout le collège. Désormais vous n'êtes plus que deux. Ce qui signifie que, cette année, il n'y a plus qu'un seul autre garçon de ta tranche d'âge qui soit aussi petit que toi.

Même dans ta classe, ta deuxième cinquième, seul un garçon est de ta taille.

Tous sont plus grands. Un nouveau qui débarquerait au collège pourrait croire à ton allure que tu es un intello de sixième à qui on a fait sauter une classe. Alors que c'est exactement l'inverse. Pourtant, quelque chose s'est passé depuis les années précédentes car, tu as beau guetter, anxieusement comme toujours, aucune moquerie ne fuse.

Plus de Ratboy, ni d'E.T.

Quelques vannes sur le nom, parfois, comme toujours, mais celles-ci ne t'atteignent jamais vraiment, aucune commune mesure avec celles sur ce physique que tu traques matin et soir devant la glace. C'est que ton capital social n'est plus le même qu'à ton arrivée. N'importe quelle main à serrer est bonne à prendre, deux mots échangés à l'improviste avec untel et hop on se serrera la main, si possible à la vue de tous, comme font les politiciens en campagne. Mais il y a autre chose.

Ton aura maléfique grandissante.

Tu n'as pas oublié cette heure de colle de l'an dernier donnée par Mme Wales. Celle-ci avait voulu que tu l'effectues dans sa classe. Dans le collège où j'enseigne aujourd'hui, le professeur peut également choisir si l'élève fera sa retenue en perm' ou dans sa classe. Tu t'étais ainsi retrouvé par hasard dans une classe de sixièmes dont certains te regardaient avec un air impressionné.

Tu avais pu sentir les bénéfices de l'aura maléfique.

*

Les autorités régissantes de Wanda ont bien veillé à te séparer d'Alban et d'Aurélien qui repiquent eux aussi, mais dans d'autres cinquièmes. Tu t'acoquines donc avec les éléments pas sérieux que tu rencontres dans ta classe.

Cette année, ce sont des filles.

Audrey C., très grande en taille, au teint blafard et au visage de rate, trois jours d'exclusion en sixième au palmarès, et Salomé, une grande fille elle aussi, belle à tomber, longs cheveux noirs et yeux bleus.

La maison de Salomé, son jardin, avec ou sans elle, allaient devenir des lieux emblématiques de Saint-Leu-la-Forêt, au même titre que la place de l'église, la chambre-grenier de ton frère, la forêt et quelques autres. Des lieux de réunion mythiques dont chacun garde une anecdote à raconter ou d'autres qu'il espère que les autres ne raconteront pas.

*

Quand je me remémore ces conversations avec ma mère dans la cuisine, mon père travaillant comme toujours dans son bureau, quand tu voulais croire avec elle que cette fois allait être la bonne, celle où tu deviendrais enfin le bon élève que tu étais potentiellement, je mesure à quel point il n'y avait nulle stratégie de ta part dans la gestation de cette aura maléfique.

Ses bénéfices éventuels n'étaient que des profits aléatoires et secondaires sans commune mesure avec ce qu'elle te coûtait en tracas et emmerdes. Je te revois même vexé un de ces soirs après avoir convaincu ta mère que tout compte fait, l'école n'était vraiment pas faite pour toi et que c'était comme ça.

Tu aurais voulu que ce soit elle qui te convainque du contraire.

Au lieu de ça, elle avait fini par lâcher un « peut-être, après tout, que l'école n'est pas faite pour toi ». Et ce faisant, elle avait fissuré ta confiance en cette magie sociale qui allait à coup sûr te transformer un jour prochain en ton père, c'est-à-dire en un homme sérieux, barbu, fumeur de pipes, doté de lunettes à grosses montures, et travailleur.

Le goût du travail venait certainement comme les poils sous les bras, avec la puberté.

*

Tu ne voyais pas l'urgence qui saturait ta cervelle.

Celle de hurler ta différence, serait-ce par le pire des moyens. Que se répare enfin cette fragile image de toi-même que tout brise au collège. Que se colmate la fissure entre ce qu'on te met dans le crâne à la maison, « garçon bien bâti » selon Bonne Maman, « très intelligent » selon Bon Papa, orphelin de mère au destin donc exceptionnel aux yeux des adultes, et ce qui se passe au collège où tout le monde s'en fout, où le seul verdict social sont les notes données par les profs et les meufs avec lesquelles on sort.

D'où cette faim pour les expériences que les autres ne feront pas.

Parce que trop « caves », aurait-on dit autrefois, trop « blaireaux » selon votre mot. Les grands sont toujours pourvoyeurs de ces expériences. Thomas bien sûr, qui t'emmène comme ça sur son scooter *Active* dans une de ses soirées, où ses potes te regardent incrédules, ne comprenant pas bien ce que ce petit garçon au torse creux comme un élève de CM2 peut bien faire là, et toi qui refais le coup de la bouteille, quelques lampées de Glenfiddich envoyées sans sourciller.

Mais aussi Stan qui t'avait initié au skate, aux films pornos et aux films d'horreur.

Il vient de déménager pour une immense baraque que son père, industriel dans l'acier, a fait construire sur les hauteurs du vieux Saint-Prix. L'arrogance d'une maison de maître, un porche à colonnades, et le confort à l'américaine, deux garages doubles qui se font face dans la cour de devant. Lycéen depuis l'an dernier, de moins en moins skateur, tu sens et redoutes qu'il ne t'échappe.

Son truc en ce moment, avec Julien L., le fils du vendeur de bicross, en plus d'écouter sa cassette du *Black album* de Metallica, *Nothing else matters* et *Exit light*, c'est d'emprunter la moto de trial de son père pour de furieuses chevauchées clandestines. Toi, tu n'as qu'à faire comme devant les *Vendredi 13*, serrer les fesses et attendre que ça passe quand ils t'emmènent en passager, sans casque sur la selle dure, monter des escaliers dans le vieux Saint-Prix ou descendre des buttes en forêt.

Mais supporter la peur vaut le coup quand Julien te remet un jour ta capuche de blouson qui était mal mise. « Ça va là ? C'est bon ? » « Oui, merci Julien. » Tu t'étais senti honoré, ou quand il te laisse essayer son Chappy et que tu manques t'éclater contre un mur faute de savoir bien tourner. Frayeur contre honneur, encore une façon à toi de racheter le monde de ce qu'il te fait subir.

Toujours cette fâcheuse tendance à croire que ledit monde doit se conquérir par des victoires contre la peur.

*

Dédoublement de personnalité.

D'un côté, l'enfant Alexis, le petit bourgeois, fils de médecin, de l'autre, le déconneur, Nunus. Le premier étudie encore le piano et prend des cours de tennis où il côtoie d'autres enfants de son milieu. Je pense notamment à Ludovic S. qui me racontait en cours de solfège, sans plaisanter le moins du monde, que sa religion à lui, c'était la mythologie grecque, Zeus, Poséidon, que c'était en eux qu'il croyait.

Les murs de ta chambre étaient un champ de lutte entre ces deux Alexis. Les posters d'animaux de l'enfant sage avaient tendance à perdre du terrain face aux photos de skateurs découpées dans les magazines spécialisés qui allaient bientôt recouvrir intégralement un pan de mur.

Chacun de ces deux Alexis avait ses lieux dans Saint-Leu.

L'école de musique du centre-ville, la Châtaigneraie et ses cours de tennis là-haut près de la forêt de Montmorency pour l'enfant sage ; la chambre de Thomas au grenier, la place de l'église pour Nunus, lieux d'incubation de cette contre-culture de la déconne. Le point commun des gamins qui se retrouvaient là-haut pour fumer des joints ou là-bas pour skater était d'avoir beaucoup de temps pour eux.

Trop, sans aucun doute.

De longues après-midis à traîner dans les rues, d'un spot à l'autre, à déranger les riverains... Vous, les skateurs, Stan, Romu, Julien H., un an de moins que toi, un petit encore, mais qui monte en puissance, connaissiez tous les bons plans, les verres d'eau que l'on peut demander gratuitement à la crêperie, les cierges que l'on va barboter à l'église pour faire glisser les rebords des trottoirs (indispensable pour certaines figures comme les *grinds* ou les *noseslides*), et les endroits à éviter comme les marches délicieusement lisses de carrelage rouge du presbytère (férocement gardées par le curé), l'entrée du parking devant l'école de musique (car deux femmes aux cheveux courts vivent juste au-dessus dans un appart et vous menacent de coups de fusil si vous stationnez trop longtemps).

C'est sans doute pour ça que tu avais écrit « *skateboarding is not a crime* » sur le rebord de tes converses. Fuir parfois en courant des spots dont on vous chasse finit par créer des liens. Notamment cette résidence du carrefour de la rue Pasteur et de la rue du Château, gardée par un cerbère de gardien, un blédard de la vieille école au fort accent maghrébin qui vous saisissait parfois au collet et manquait vraiment de peu de vous coller une beigne. « Y a des personnes âgées (il prononçait achées) qui se reposent ici. »

*

C'est cette solidarité de skateurs qui fait que tu te retrouves à fréquenter des mecs comme Y. Carbotte.

Carbotte...

Un grand échalas de deux ans de plus que toi, blafard, au teint franchement gris, joues et torse creux. Un style de hardos. Personne n'allait jamais chez lui. Seul Stan y avait mis les pieds une fois. De ce qu'il t'en avait dit, tu t'étais figuré un pavillon minable, des volets toujours fermés, un intérieur renfermé, poussiéreux, de vieux lustres en toc alourdis de toiles d'araignée, des parents âgés assommés par la torpeur, la dépression, les médocs. Et le hard rock, Metallica, Iron Maiden, qui envahit la maison depuis la chambre de Carbotte.

Ce dernier fait partie de ces mecs qui allaient vite devenir légendaires à Saint-Leu. Lui aussi, à la façon de Selim, avait une enfance fêlée. À cette époque, ta deuxième cinquième, il n'était encore qu'en quatrième et n'avait pas encore accompli ses plus hauts faits d'armes. Tu te disais seulement en le voyant qu'il s'était déglingué chez les Dupont. C'est Carbotte lui-même qui t'avait raconté y être allé.

Les Dupont, ainsi que les gamins de la cité des Diablots les surnommaient, étaient deux jumeaux au crâne chauve, la cinquantaine bien tassée, débiles mentaux, qui vivaient chez leur mère et avaient pour coutume, lorsque cette dernière était absente, d'inviter des enfants du quartier les regarder se sodomiser l'un l'autre. Tu avais découvert cette sordide non-légende urbaine (car c'était tout à fait réel) par Selim qui y était allé aussi.

Tu n'étais même pas loin de penser que l'apparence physique de Carbotte était la conséquence de cette vision d'horreur. Qu'il était revenu gris justement en sortant de chez les Dupont. Que juste avant, il avait sans doute encore le teint rose d'un enfant sain. Quand je pense aujourd'hui à lui, c'est un souvenir sur le parking de l'église, notre spot capital, qui me vient spontanément, où je le revois éclater contre un mur des bouteilles vides abandonnées près d'une poubelle en gueulant « va chercher ! » en imitant un accent arabe. « Va chercher ! » bam, éclats de verre, « va chercher ! » bam, éclats de verre, et vous, continuant à skater à côté. En fait, Carbotte se foutait pour s'amuser lui-même du gardien qui vous barrait l'entrée de la résidence de la rue du Château.

Il accéda vraiment à la hauteur du mythe local avec l'histoire de l'ambulance, épisode bien plus tardif que sa période skateur. Lycéen en filière pro, Carbotte sombra dans une sorte d'alcoolisme juvénile et ses frasques défrayèrent souvent la chronique à Saint-Leu, comme celle où il se baigna nu dans l'étang Godard, dans la forêt de Montmorency, en plein hiver... Une de ses mauvaises nuits, il chuta depuis un muret où il déambulait bourré et se retrouva sérieusement blessé aux cervicales. Il demeura quelque temps hospitalisé et tenta de s'enfuir, après avoir réussi à se soûler là-bas, en volant une ambulance qu'il planta aussitôt sans même être parvenu à sortir du parking de l'hôpital. Ce fut son plus haut fait d'armes. Le coup de l'ambulance.

*

Cette adhésion à cette contre-culture de la déconne, infusée chez Thomas ou sur la place de l'église, une voix en toi voulait qu'elle se voie.

Je ne peux pas expliquer autrement cette idée d'arriver au collège « fonce-dé », comme vous disiez, que ça soit au shit ou à l'alcool. Ça se passait le mardi matin, sur le parking de la gare, côté quartier de la Plaine, avec Aurélien et Alban, qui commençaient eux aussi à neuf heures et demie ce jour-là. Les joints étaient roulés par Alban avec du matos que vous filait Thomas ou le cousin d'Aurélien. Parfois, une bouteille de vodka, planquée du week-end, vous attendait dans des buissons pisseux.

Vous y alliez par petites bouffées prudentes, en surveillant bien les boyaux pour éviter de vous faire surprendre par la nausée. Chacun votre tour, vous preniez votre « claque ». Ça bourdonnait sans doute un peu là-haut mais vous surjouiez la défonce en arrivant devant le collège, titubant et répétant que, putain, oui, vous étiez défoncés !

Et tous les mardis matins, Salima, qui bouffait pourtant les heures de colle par paquets, vous sermonnait ; d'abord tout le trio, puis un par un, en vous emmenant à l'écart par le bras. « Vous êtes fous ! Vous allez gâcher vos vies ! »

On commençait à vous faire une réputation d'élèves bizarres, de désaxés, et c'était exactement ce que vous vous vouliez. Un jour, on t'a même vu, Nunus, sauter à pieds joints, le pantalon baissé, un baggy de skateur aux chevilles, en pleine récréation. Pour faire le con parce que tu étais bourré. On ne choisit pas toujours les éléments de sa légende, Carbotte en sait sans doute quelque chose avec son histoire d'ambulance, mais le coup du pantalon baissé dans la cour allait devenir mythique.

Cet obscur plaisir de passer pour un taré…

Cela payait-il, seulement ?

*

Il y eut bien cette fois, avec Lélé.

Je te revois à Saint Prix, une salle des fêtes, la nuit, un événement lié au collège, sans doute une des fêtes qu'organisait Mme Peureux, une prof d'anglais, pour financer le voyage aux États-Unis qui avait lieu chaque année. Je t'aperçois sur des marches, un peu bourré, occasion rêvée de passer pour un taré devant les élèves du bahut rassemblés pour s'amuser, leur montrer ce que c'était qu'être un vrai déconneur. Lélé, une petite Africaine, en troisième, deux ans de plus que toi, à la réputation bien installée de déconneuse, était venue te voir.

« Qu'est-ce que t'as bu ? T'es rigolo, toi, mais t'as quel âge ? »

Peut-être une occasion avec une fille...

Mais tu n'y croyais même pas, tout ça semblait tellement impossible, qu'une fille comme elle, plus âgée que toi en plus, puisse s'intéresser à toi autrement que comme à une mascotte folklorique. Un tout petit mec avec une touche de premier de la classe qui se bourre la gueule. Elle te proposa quand même de te revoir.

L'idée était de se retrouver un mercredi après-midi, pour picoler et faire les cons. Tu t'y étais rendu, dans un petit lotissement populaire du quartier de la Plaine. Lélé était seule. Chez elle régnait une ambiance de camping. Très peu de meubles. De l'ultra utilitaire uniquement. Comme si sa famille ne faisait que passer dans cette maison. Lélé avait chopé par-ci par-là des trucs à boire, dont du Malibu, la bouteille blanche avec les palmiers, l'alcool des filles comme on disait souvent alors. Tu bus au goulot, trop pressé que l'ivresse te délivre de la gêne de savoir quoi dire de cool. Tu n'avais rien en tête de précis la concernant et n'avoir qu'à te laisser faire n'était pas désagréable.

Comme sur un bateau ivre, bras dessus, bras dessous, vous êtes ensuite sortis dans la rue chantant à tue-tête et tournoyant jusqu'à la place de l'église, à l'autre bout de Saint-Leu. Et quel plaisir ça avait été d'être surpris par les potes au bras de Lélé, à gueuler et à dégommer quelques rétroviseurs de voiture par-ci par-là, à passer encore une fois pour un « ouf ».

Et ce même si cela ne mena nulle part... À aucune explosion fraîche et mouillée.

Une fois rentrés chez vous, une fois que ça fut fini, il n'en resta rien. Point de suite. Seulement l'impossibilité de boire à nouveau du Malibu.

À jamais.

...GOÛT POUR L'ARRACHE...

Oui, cet obscur plaisir de passer pour un taré.

C'est aussi lui qui t'a poussé à grimper sur le toit de la maison de Salomé quand elle a organisé sa boum.

Tu étais sorti par un Velux et tu t'étais posté comme ça sur le faîtage du toit, tout là-haut, content de toi, jambes écartées et bras tendus en V, pendant que les autres te regardaient ahuris depuis le jardin. Je revois, cerné de flou comme dans les rêves, la main de son père, tendue par le Velux pour me faire revenir, et son visage, sur lequel étaient peintes la peur et l'incompréhension. Je me souviens aussi d'avoir été surpris de voir cette crainte car les parents de Salomé, qui étaient séparés, passaient pour l'archétype des parents laxistes, ne posant jamais aucune contrainte.

La maison de Salomé, sise dans une petite impasse du vieux Saint-Leu, n'avait rien d'ordinaire. Un jardin de bric et de broc, laissé à l'abandon ou presque, où d'antiques pavés délimitaient des parterres dont seules les mauvaises herbes profitaient. Un intérieur bohème. Une large baignoire couleur bordeaux, en forme de triangle, trônait dans le salon, sur une petite estrade, peut-être destinée à servir à des orgies, au vu des mœurs très libres de la mère de Salomé que tu allais découvrir plus tard.

Deux chambres à l'étage, celle de Salomé, et celle, plus grande, de sa mère, dans laquelle se trouvait un grand sac en jute rempli de marijuana de fabrication locale, légère et fade. Une maison qui allait devenir, en cette deuxième année de cinquième, ton repaire avec Alban. C'est là que vous vous retrouviez souvent le mercredi après-midi, au lieu de faire les devoirs.

Tous enfouis dans le canapé de sa chambre, avec sa grande copine du moment Audrey C., Salomé te caresse les cheveux en répétant qu'avant, elle ne t'aimait pas, mais que maintenant elle t'adore. Peut-être t'écrit-elle en classe des petits mots dans l'agenda, avec cette belle écriture aux lettres rondes que les filles ont toujours ou presque.

*

Audrey C. devint elle aussi, comme Alban, une compagne du côté obscur, pour cette période qui fut ta plus sombre, Nunus, et pour laquelle il m'est aujourd'hui le plus difficile de te suivre.

Si je m'en tenais aux faits, rien qu'aux faits, je raconterais que c'est avec elle que tu prenais à partie les personnes âgées passant devant la fenêtre de son appartement. Cette sombre période fut aussi celle des rétros, celle où vous déambuliez Alban et toi dans les rues de Saint-Leu, toi vissé sur le guidon d'Alban, pour péter des rétroviseurs de voitures en tendant la jambe. Il y a eu cette fois, par exemple, un mercredi encore, où tu en avais explosé un sous les yeux de sa propriétaire, une maman-femme active en tailleur. Jamais tu ne fus puni car jamais attrapé.

Mais en faire le récit, l'écrire aujourd'hui, m'oblige à tenter de comprendre. Si j'avais dû transposer cet épisode dans une fiction, et faire de toi un personnage de roman (c'était le projet que je me donnais initialement), j'aurais décrit ton vandalisme comme une révolte de l'anormal, ou de ce qui se perçoit comme tel, à tort ou à raison, contre le normal, contre ce qui fonctionne, ce qui arrive à l'heure, etc.

Une révolte contre les sourires de Playmobil.

Cela aurait eu le mérite de donner un sens, sinon une excuse, que l'on peut admettre. Mais tu n'as pas voulu de la fiction, Nunus. Une voix en moi s'est insurgée contre toute transformation, exagération ou atténuation. La vérité, rien que la vérité, disait la voix. Tout juste m'autorisa-t-elle à changer quelques noms, trop facilement reconnaissables, pour ne pas compromettre les personnes évoquées.

L'âge ingrat fut un temps de souffrance et tu refusas de le laisser se prostituer dans la fiction.

Je me retrouve donc seul.

Pour tenter de rendre tout cela intelligible, je dirais qu'il y avait quelque chose comme une volonté de s'approprier le décor, ce monde quotidien que les adultes font tourner sous tes pieds, que tu trébuches ou marches.

Ne plus subir le cadre.

*

Identique pulsion qui t'a conduit à t'en prendre au registre des absences qui accompagnait toujours le cahier de textes et qu'un élève devait trimballer d'une salle à l'autre. C'était avant Pronote et la gestion des absences par Internet. Le professeur y notait les noms des élèves absents et tu devinas qu'il suffisait d'y rayer son nom pour échapper à la surveillance de la caserne à blaireaux du ministère de l'Éducation nationale. Un nom rayé, c'était plausible en plus, une erreur était possible pendant l'appel, le prof avait pu se tromper, ou l'élève en question avait pu arriver en retard.

Tu réussis d'abord à soudoyer Nicolas P. pour qu'il raye le nom à ta place, ce qu'il fit quelques fois, te permettant de libérer quelques après-midis pour le skate avec Romu. Le choix de Nicolas P. pour cette basse besogne est intéressant. Par certains points, tu le voyais alors comme un double inversé de toi. Il faisait partie des plus petits de la classe, même taille que toi, ce qui à l'époque créait toujours un lien fort avec un camarade.

Encore aujourd'hui, je me souviens parfaitement du nom et même de la voix des garçons qui, au collège, étaient aussi petits que toi. Mais Nicolas P. avait un an de moins, ce qui lui donnait une excuse. De plus, lui était beau, cheveux courts et longue mèche sur le devant, pas une tête d'obus comme la tienne, de Ratboy ou d'E.T., et il sortait avec des filles.

Lui demander de rayer ton nom, faire donc de lui ton complice pour une entrave à la bonne marche du collège à la gravité évidente, revenait donc à le mettre devant l'épreuve du feu. Qu'il montre à quel point il pouvait être transgressif, lui qui jouait au mec cool.

Quand il accepta, il était tombé dans le piège : il travaillait pour toi ; et quand il refusa de continuer, c'était qu'il avait peur. Mais la manœuvre fut découverte par la CPE, Mme Martino, et la sanction tomba. Tu te payas tout de même le luxe, la classe ultime, de ne balancer personne.

Première semaine d'exclusion.

Passée au travail de maman, le service d'assistance sociale dans lequel elle travaillait, à Persan, au cœur d'une cité, à skater un peu mais prudemment, jamais bien loin. Persan était une ville mal famée à vos yeux, petits bourgeois de Saint-Leu. Une ville de racailles pour les potes et toi, qui n'avaient osé qu'une seule fois prendre le train pour rejoindre le skatepark qu'ils ont là-bas. Et encore, la peur au ventre.

*

Oui, ne plus subir le cadre.

C'est aussi ça, je pense, qui se jouait dans ton goût pour l'arrache.

Faire le mur, si possible par les voies les plus improbables, arpenter la rue la nuit lorsque tout le monde dort, à l'heure où Saint-Leu devient le négatif photographique de ton décor quotidien, irréel comme une ville de western qu'on irait visiter après le tournage d'un film pour se rendre compte qu'elle n'était qu'en carton-pâte. Le bruit des pas est différent… plus sonore, les rues inertes et menaçantes. Une voiture qui arrive au loin et c'est la panique. Et si c'était un pédophile qui allait vous enlever ?

Vous avez commencé chichement, Alban, Romu et toi. Thomas vous avait donné l'idée, en empruntant la voie que son pote Christophe lui avait montrée, par la fenêtre de ta chambre, à plus de six mètres de haut. Ton frère l'avait prise quelques fois pour se rendre en soirée, t'obligeant à la laisser ouverte afin que le bruit de la crémone ne réveille pas les parents.

Pour déguerpir dans la nuit, Romu n'avait que la porte-fenêtre de sa chambre à ouvrir, depuis sa maison en lisière de forêt. Alban, quant à lui, passait par en bas, la porte d'entrée, en prenant mille précautions, mais il méditait un itinéraire par les toits. Toi, tu commenças par une voie plus simple que celle de ta chambre : passer par une fenêtre du rez-de-chaussée, celle de la pièce appelée « salle d'attente » car c'est là que les patients venaient attendre pour les consultations du mercredi après-midi, le seul jour où ton père ne recevait pas dans son cabinet de l'île Saint-Louis.

Une fois dehors, vous vous retrouviez sous le préau de l'école Leclerc à savourer le plaisir de ne pas être du tout à l'endroit où vous étiez censés être, comme dans les vieux *cartoons* lorsque les personnages sortent de la bobine.

En dehors de la bobine, c'était vraiment ça ; en dehors du monde qui tourne.

Alban, qui n'avait pas son pareil pour grimper, avait même dégoté un passage où escalader depuis le préau en se servant d'une gouttière pour se retrouver sur les toits, de l'école d'abord, puis, en poursuivant l'exploration, sur ceux des immeubles alentour. D'un toit à l'autre, vous pouviez vous retrouver d'un coup en péril de chute imminente et trop à découvert, ou, à l'inverse, bien à l'abri sur ce toit plat de zinc, invisibles de la ville entière, seuls à en écouter le silence interdit.

*

Ce fut avec Alban que tu te lanças la première fois par l'itinéraire des preux, la fenêtre de ta chambre.

Il était venu dormir un soir et, vers minuit et demi, vous aviez ouvert la fenêtre. C'est lui qui, le premier, attrapa sur la droite l'épais conduit de cheminée, pour aller s'asseoir sur le petit toit en saillie qui abrite les toilettes du deuxième étage de la maison. De là, il put te guider. Le plus impressionnant était de devoir d'abord s'asseoir sur le rebord en zinc de la fenêtre les pieds dans le vide juste avant d'attraper de la main gauche le rebord du conduit. Une fois sur le petit toit des toilettes, ne restait plus qu'à se laisser tomber sur le toit-terrasse puis, depuis le mur d'enceinte de la maison, jusque dans la rue. Pendu à bout de bras dans les deux cas, ne restait qu'un mètre de chute, peut-être un peu plus.

Cette nuit d'hiver, vous étiez sortis Alban et toi, à peine couverts, pour mieux constater qu'on n'a jamais froid quand on s'arrache. Il n'y avait pas de bouteille planquée ni de joint à fumer, cette fois. Il s'était seulement agi d'ouvrir la voie et restait la remontée à négocier, par le portail, dont il avait fallu gérer prudemment le couinement sournois, puis par le mur du garage jusqu'au toit-terrasse.

Alban et toi étiez sortis de cette victoire obsédés par l'ouverture de voies d'arrache par les escalades les plus dangereuses. Et chacun des potes, invité à dormir à tour de rôle à la maison, avait dû faire ses preuves en montrant qu'il était capable de sortir par la fenêtre de ta chambre et revenir par là. Romu avait tout de suite décliné le défi. Il ne s'est jamais risqué dans cet itinéraire. Stan s'y était essayé, avec succès jusqu'au moment du retour où, voulant éviter le couinement du portail, vous aviez choisi d'escalader le mur d'enceinte au fond du jardin, sous le grand pin. C'est là qu'il s'était retrouvé, embonpoint oblige, coincé à cheval en haut du mur, à deux mètres cinquante de haut, bombardé de pommes de pin par Alban, Romu et toi sous les moqueries proférées à mi-voix de peur de réveiller tout le monde. J'ai encore dans l'oreille son ricanement plaintif, mi-complice de vos railleries, mi-suppliant qu'on le laisse tranquille.

*

Le souvenir de ta première arrache par la fenêtre de ta chambre reste assez confus tant il se mêle à celui de toutes les autres fois où tu es sorti par là. Ne me reste de vraiment vivace que la voix et la main d'Alban me guidant pour me permettre d'y arriver. Il était le plus téméraire. Mais je te retrouve très net dans sa chambre tout en lambris au grenier, attendant l'heure pour sortir par le Velux au-dessus de votre tête et découvrir cette nouvelle voie qu'Alban disait possible.

Après le repas dont ne reste aucune image dans ma mémoire, vous patientez dans sa chambre, la cassette *Legend* de Bob Marley mise à bas volume. Aucun bruit ne sort plus de la chambre de son petit frère Mathieu qui doit sans doute déjà dormir. Les parents d'Alban vous croient en train de vous endormir vous aussi. Tu reluques une revue porno pour routiers qu'Alban a dégotée et que tu as pris soin de glisser dans *Le Crabe aux pinces d'or* au cas, peu probable, où ses parents viennent vous dire un dernier « bonne nuit ». Vous vous rapprochez du moment où vous déciderez que c'est bon, que le silence a suffisamment imposé sa loi dans la maison pour que vous puissiez y aller. L'excitation afflue jusqu'au bout de tes doigts et réveille tes muscles qui croyaient pouvoir s'assoupir. Une impression de liberté immense et de force, mêlée de peur, te galvanise.

En ouvrant son Velux, Alban semble déchirer le décor.

Ses Reebok aux pieds, il passe sur le toit avec une agilité de chat. « Merde, il pleut. Merde ! Mais ça va, ça va en fait, viens. » Évidemment, les blousons sont en bas mais tu sais que ce n'est pas grave car, même s'il pleut, même si c'est l'hiver, vous n'aurez pas froid.

Tu n'as aucun mal à te hisser et te voilà aussi sur le toit, plus plat que tu ne l'aurais cru. Si la peur était une laisse qui nous tient à la gorge, elle te laisse alors du mou. Tu ne te sens pas en danger immédiat, à condition bien sûr de ne pas trop bouger. Le plus effrayant n'est pour l'instant pas la hauteur mais plutôt le cliquetis fragile que font les tuiles quand vous vous déplacez dessus. Sous l'excitation, la pluie fine est un rafraîchissement. Il s'agit maintenant de rejoindre l'extrémité de la toiture, là où elle surplombe la ruelle, ruelle où se trouve le poteau qui vous permettra de descendre. Pas plus dur que sur une échelle, t'assure Alban.

Il passe en premier, t'incite à bien regarder comment il procède et attrape le poteau pour amorcer sa descente. Seul sur le toit, tu ne la sens plus très bien, cette arrache, tout d'un coup. Il remonte ensuite, te laisse passer devant pour guider chacun de tes gestes. C'est un de ces poteaux percés d'ouvertures ovales de plus en plus petites permettant aux techniciens d'y grimper. Tu places tes mains sur le béton glacé et râpeux, l'une puis l'autre, et tu places tes pieds, assis sur le rebord de la toiture à une dizaine de mètres du sol, guidé par Alban. Tu t'étonnes d'y arriver et te voilà déjà qui descends. Le claquement des semelles de caoutchouc sur le sol mouillé de la ruelle sonne comme une libération. Sûr, vous n'avez pas froid.

De la suite de cette nuit-là, je ne garde aucune trace dans ma mémoire. Même de la remontée, curieusement, alors même qu'elle ne dut pas être simple. Je sais juste que vous êtes devenus, auprès de la cour de récré à Wanda, je veux dire ce qu'elle compte de déconneurs, des experts de l'arrache, rapidement promus consultants en ouverture de voies.

Ton amie Clémentine, sa copine Justine aussi, veulent que vous veniez inspecter leurs maisons pour trouver comment elles pourraient faire pour s'arracher la nuit elles aussi. Vous promettez de venir voir. Lassés de vos anciens repaires – le préau de l'école Leclerc et la petite maison pour élèves de maternelle qui soutient le toboggan de la cour de l'école un peu plus loin –, vous vous retrouvez de plus en plus souvent chez Salomé dont la mère ne trouve rien à redire à vous voir débarquer à une heure du matin.

...N'IMPORTE QUEL LINGE...

De Salomé, tu tombes amoureux.

Doucement, sans trop le reconnaître, même seul face à toi-même pour la paluche du soir. La crainte sans doute de te faire le jardinier scrupuleux de ta souffrance. Comme si le fait de dire « je suis amoureux » revenait à prendre soin de ta douleur, à caresser ses épines, à l'arroser, à la tailler. « Je suis amoureux », ces seuls mots te feraient baisser les yeux sur ta poitrine creuse d'adolescent prépubère pour contempler la blessure que son visage y a fait, le grain suave et ambré de sa peau, sa nuque. Ce ne sont pas ses jambes, à ton âge, on ignore tout des jambes des filles, ce ne sont pas ses seins, à peine visibles sous ses vêtements d'hiver, mais la simple grâce de son visage : elle t'a saigné et tu refuses de voir le sang couler.

Tu contemples donc en classe, à différents angles selon la place que vous occupez dans chaque matière, son dos, son profil, son visage en partie dissimulé par ses longs cheveux noirs, ses yeux bleus et rieurs. Tu préférerais qu'elle soit moins belle, fatigué que tu es d'avoir des amies belles, intouchables évidemment. Quelle fille belle pourrait vouloir de toi ? Surtout si elle fait presque une tête de plus que toi. Elle te parle tout le temps de Nicolas P., celui que tu avais soudoyé un temps pour tes basses besognes. Elle le trouve mignon et elle aimerait bien sortir avec lui. Et quand Benoît M. lui a demandé de sortir avec elle, elle lui a répondu qu'elle verrait peut-être après Nicolas P.

Une liste où ton nom n'apparaît pas.

Qu'est-ce que tu ne donnerais pas pour un simple essayage ? Qu'elle fasse de toi n'importe quel linge, enfilé une fois seulement avant d'être jeté sur la pile des non désirés.

Un soir de grâce au téléphone, entortillant tes doigts dans le fil déjà entortillé du combiné, tu te lances et, comme ça, à mi-voix, tu proposes ton nom pour sa liste. En somme, tu lui déclares que tu aimerais sortir avec elle. Sa réponse, une vague fin de non-recevoir, est suffisamment évasive pour te laisser de fous espoirs, surtout quand elle accepte de poursuivre cette conversation chez elle, cette nuit, dans sa chambre, à condition que tu t'arraches bien sûr pour la rejoindre.

Il va donc falloir s'arracher seul, cette fois.

Ta première crainte est bien sûr celle des mauvaises rencontres, brutes épaisses ou autres créatures de l'obscur. Les potes et toi aviez déjà eu droit à vos coups de frayeur comme lors de cette nuit où, marchant le long de la rue du général Leclerc, presque en face de la mairie, une voiture avait pilé juste après vous avoir croisés. Vous n'aviez eu le temps que d'entendre gueuler « C'est eux ! » avant de prendre vos jambes à vos cous et de vous planquer dans des bosquets un peu plus loin. Les mecs étaient descendus de la voiture et vous avaient coursés, avant de ralentir et d'approcher à pas lents. Alban et Romu étaient avec toi, blottis dans leurs cachettes. Tu grelottais littéralement de peur, comme les Romains dans *Asterix*. Tu claquais des dents au sens propre. C'est fou, tu croyais que ce n'était qu'une expression.

« Ils sont là », dit une des voix à deux pas de vous. Qu'allaient-ils donc vous faire ? Vous voler ? Ça serait le meilleur scénario. Vous tabasser ? Non, s'il vous plaît. Vous violer ? Tu avais entendu dire que cela pouvait aussi arriver aux garçons, même si tu n'arrivais pas à te résoudre à comment ça pouvait bien se passer. « Hé, c'est des mioches ! » dit la voix. Il y avait eu méprise. Ces mecs en cherchaient d'autres qui les avaient volés.

Les mauvaises rencontres que tu redoutes, ce sont aussi celles des pédophiles. Tu en avais déjà croisé et ne tenais vraiment pas à en savoir plus. La première fois, cela avait été à Vendôme, en vacances chez Bon Papa et Bonne Maman, tu étais allé skater vers vingt heures dans la rue. C'était les grandes vacances d'été. Le jour était encore chaud. Une voiture s'était arrêtée et un type, dont je n'oublierai jamais le regard, brûlant de désir et de crainte, avait ouvert sa portière passager et t'avait dit d'une petite voix timide « viens, viens ».

Tu avais fui à toute allure sur ton skate et avais rejoint une impasse de pavillons tout neufs où des familles avec enfants en bas âge profitaient tranquillement de leurs jardins. Tu étais resté là une bonne demi-heure à attendre que le danger passe. Maman t'avait bien briefé et t'avait toujours dit quoi faire en pareille situation : partir, rejoindre des gens et garder en tête que le pédophile qui tente de t'attraper a encore plus peur que toi. Les jours suivants, le sentiment d'avoir échappé de justesse à un danger extrême te hantait.

Ta deuxième rencontre avec un pédophile eut lieu dans les couloirs du métro parisien. Tu devais, chaque jeudi soir, te rendre à Paris depuis Saint-Leu par le train, pour aller chez ta psychologue, dans le quartier de la Motte-Piquet. Une heure et demie aller, la même chose au retour, seul, après les cours, selon un itinéraire soigneusement expliqué par tes parents. Un jeune type, moins de vingt-cinq ans, bien habillé, joli blouson de cuir d'aviateur, était derrière toi sur l'escalier roulant de la station Saint-Michel-Notre-Dame, il te sourit gentiment. Plus loin sur ton parcours, tu le croisas à nouveau à la station de la Motte-Piquet-Grenelle. De la même façon, il te sourit, tu répondis à son sourire, croyant le voir simplement amusé du hasard de se recroiser dans une tout autre station. Il pressa le pas, te dépassa et, juste avant le dernier escalier de la sortie, il était là, blotti dans un coin en train de se tripoter, la main sur le pantalon, dans une sorte de danse grotesque, les mêmes yeux brûlants que le type dans la bagnole à Vendôme.

Voilà donc le genre de rencontres que tu redoutes en envisageant de t'arracher tout seul pour rejoindre Salomé.

D'autant que c'est dimanche soir, vraiment pas une nuit à faire le mur. Dans ton lit, prétendument couché mais attendant secrètement que minuit sonne, tu inaugures ce qui deviendra la coutume : écouter la cassette *Sounds of silence* de Simon and Garfunkel au chaud sous la couette, fenêtre grande ouverte. Tu t'étais persuadé qu'il était dangereux car trop bruyant de l'ouvrir juste avant de partir. Le froid du dehors envahit ta chambre. Depuis ton lit, le ciel de nuit te semble rouge et la guitare mélancolique de *Kathy's song* te berce.

Minuit à peine passé, tu sors.

Rebord en zinc, conduit de cheminée, petit toit des toilettes, barreau de la fenêtre du palier de dessus, chute contrôlée sur la terrasse, idem depuis le mur d'enceinte jusque dans la rue. La fenêtre de la chambre de tes parents est toujours éclairée. Un bruit de roues sur le sol mouillé de la rue se profile au loin, tu sautes te cacher derrière une voiture garée. Tu te déplaces en ninja dans la rue. Chaque encablure passée est comme une épreuve à franchir. Tu alternes la course et la pose repliée derrière les voitures ou les porches d'immeuble.

Salomé t'ouvre enfin sa porte.

« T'es venu comme ça ? Sans manteau ?

– Ouais, réponds-tu, je t'ai pas déjà dit qu'on a jamais froid quand on s'arrache ?

– Ma mère est à un concert ce soir, dit-elle, un truc à la Cigale, rentre. »

Vous montez vous blottir sous la couette qu'elle laisse sur le canapé, sous la mezzanine de son lit. La conversation du téléphone se poursuit sur des riens. Tu t'amuses avec une mèche de ses cheveux.

Quelque chose peut arriver, tu le sens, mais il te faudrait une étincelle. Salomé sent un peu le dodo, mais quand son odeur t'envahit les narines, tu sens que sa peau et sa caresse pourraient te faire tout accepter, les coups de Thomas, les moqueries, les heures de colle, les séances d'endurance en EPS, la piscine pas assez chauffée, tout. Cette vie de brutes. Tu laisses Salomé parler des choses qui l'intéressent. Patient, tu endures la lancinante revue des blaireaux avec qui elle se verrait sortir. « Il est mignon, Nicolas, avec sa mèche », dit-elle. Une tempête glacée sur ton cœur mais tu tiens bon car tu as une mèche de ses cheveux, une mèche à elle, dans ta main.

Vous êtes collés l'un contre l'autre dans son canapé, la chaleur de son corps te gagne. Tu en as marre de jouer la bonne copine, feignant le calme et la tranquillité alors que tu bouillonnes d'excitation. Comme la première fois sur le petit toit des toilettes, en pleine arrache, un faux pas te ferait chuter tandis qu'un geste heureux ferait de toi un conquérant. Ta frêle carcasse a du mal à contenir tes entrailles qui se tordent mais Salomé ne se doute de rien, insouciante du désir fou qu'elle t'inspire. Tu as eu le courage, penses-tu pour te motiver, d'attraper le conduit de cheminée pour te mettre sur le petit toit des toilettes, tu as eu ce courage, alors tu te lances. Tu lui caresses le visage du revers de tes doigts, une caresse, c'est tout. Mais une clé s'active dans la serrure de la porte d'entrée en bas.

« Tiens, c'est ma mère », dit seulement Salomé, pas affolée du tout. Il est deux heures du matin, un lundi où il y a école, mais Nadine, sa mère, se contente de te saluer sous un sourire chaud et enroué. Elle n'est pas étonnée de te trouver là ni ne se demande comment tu rentreras chez toi.

Tu sais que tu n'obtiendras rien de plus cette nuit. Il faut donc s'en revenir et affronter le dehors. Après l'aller, négocier le retour, courir, se baisser derrière les voitures garées, guetter celles qui passent, se faufiler pour n'être vu de personne, jusqu'à ta couette, au deuxième étage de ta maison, en passant par les toits et les murs.

*

Te revoilà chez elle le dimanche soir suivant.

Il faudra être au collège demain à huit heures trente. Vous risquez d'être fatigués. Il est à peine minuit, tu as dû t'arracher plus tôt que d'habitude. Salomé ne veut pas que tu restes longtemps. Et de nouveau, vous vous enfouissez dans le canapé, sous son épais édredon. Parlant de tout et de rien, tu t'appliques à recréer cette tension si particulière qui rendrait possible un geste de ta part, quelque chose, une tentative, tu ne sais pas très bien au juste. Salomé remarque à peine que ton attention est ailleurs que dans les mots que tu prononces. À moins qu'elle ne te guette, elle aussi. Elle porte encore son vieux T-shirt Mickey, beaucoup trop grand pour elle, dans lequel elle dort. Tu effleures l'intérieur de son avant-bras, elle frissonne. Tu saisis l'occasion d'en faire un jeu. À son tour, elle t'effleure du bout des doigts en partant du poignet jusqu'au creux de ton bras. C'est à celui qui résistera le plus longtemps avant de retirer son bras, trop chatouilleux. Tu lui proposes d'essayer sur ton torse. « Oh, t'as la peau douce comme un bébé », dit-elle.

C'est à ton tour de passer le bout de tes doigts sur sa nuque et de descendre le long de sa colonne. Elle est moins stoïque que toi et tout de suite se contorsionne, vaincue par les chatouilles. Naïve, elle s'étonne de ta résistance et descend jusqu'à ton nombril. Les muscles de ta poitrine, qui est encore celle d'un petit garçon, se tendent mais tu ne te contorsionnes pas. Tu ne veux pas qu'elle cesse. Tu te sens au seuil de ce qui fait que ça valait la peine de te battre, de te débattre toi aussi dans le troupeau des gamins séquestrés par l'Éducation nationale, dans la cour de récré, dans les escaliers où les cartables s'entrechoquent, les blousons se frottent et les corps se bousculent. Le grain délicieusement suave de la jeune peau de Salomé te fait comprendre que l'on t'avait caché ce qu'est vraiment la vie et pourquoi on dit qu'elle est belle et pourquoi dans les films ceux qui sont braqués supplient qu'on les laisse vivre.

Tu embrasses Salomé sur la bouche.

Un simple bisou comme ceux que tu donnes à tes parents sur la joue avant de te coucher. Elle se laisse faire d'une façon qui en redemande. Tu recommences, donc, mais en refermant cette fois-ci délicieusement tes lèvres sur les siennes, et ce ne sont plus des baisers d'enfant. Salomé répond alors, elle n'est plus passive, et mêle aussi ses lèvres aux tiennes.

Sa main, passée sous ton T-shirt, caresse ton torse et ce ne sont plus des effleurements. C'est bien ce que tu pensais, la rédemption de toutes les souffrances et de toutes les offenses. « En tout cas, tu embrasses bien », dit-elle. Cet « en tout cas » te fait l'effet d'une pierre à l'estomac. Il dit « malgré tout ce que tu es », il dit « ne crois surtout pas qu'on sorte ensemble ». Toute cette impossibilité qui vous sépare mais qui n'a aucune importance pour le moment. Seuls comptent ces baisers que tu dévores et où son haleine te monte aux narines en un délicieux arôme. Une mèche de ses longs cheveux vient parfois se coller entre vous et elle l'enlève comme pour en redemander encore. Tu sais que pour toi, ces instants sont une conquête quand ils ne sont pour elle qu'un abandon.

D'ailleurs, le lendemain, en physique-chimie, au hasard d'un énième bavardage, elle énumère devant toi tous les garçons avec qui elle est sortie, signifiant par-là embrassés, et chuchote un petit « toi » tout à la fin. Un chuchotement qui ne doit rien à la tendresse ou à la complicité, juste un chuchotement de honte pour que les autres ne l'entendent pas.

Qu'ils n'apprennent pas qu'elle t'a cédé.

*

Tu es vraiment tout sauf une histoire de cœur et c'est elle-même qui le prononce, ce mot de honte.

Ça s'est passé quelques jours plus tard chez Audrey C., par un triste mercredi après-midi. Salomé t'a dit, sans aucune intention de te blesser ou t'humilier, ton visage peut-être même au creux de ses mains, une pointe de compassion dans la voix : « C'est la honte de sortir avec toi, Alexis. » Un coup de massue qui t'a laissé abasourdi. Il t'a même fallu un prétexte pour sortir, des exos de maths ou d'anglais à terminer... Tu as erré chancelant dans la résidence où habite Audrey, t'appuyant sur un arbre, puis sur un banc. Tu as tout de suite compris qu'il faudrait une vengeance.

Mais comment faire payer une meuf ?

Un mec, on lui envoie Selim ou on peut à la limite se battre avec lui, comme ça t'était arrivé une fois avec Aurélien parce qu'il avait sali un tout nouveau blouson que tu adorais.

Mais là ?

Une idée t'est venue. Lui faire croire qu'il t'est arrivé un truc. Le paradoxe étant que tu ne veux surtout pas qu'elle comprenne pourquoi tu lui veux du mal.

Te venger, mais sans qu'elle sache de quoi.

*

Thomas, toujours partant pour jouer des mauvais tours, accepte d'endosser le rôle du flic et appelle donc Salomé en prenant une grosse voix. « Bonjour, mademoiselle, c'est le commissaire Machin, c'était juste pour vous dire qu'Alexis, vous le connaissez ? Eh bien, il s'est jeté sous un train. Voilà, c'est tout. Bonne journée. »

...ÉCLAIR VIOLET...

En deux jours, Alban était retourné.

Tu es parvenu à le convaincre que Salomé n'est en réalité qu'une conne, qu'il ne faut plus la fréquenter, une meuf superficielle, ce genre de choses. Évidemment, tu ne lui as rien dit des vraies raisons de ce retournement. Mais deux jours ont suffi pour que ton compagnon de misère se range derrière toi, comme il le fait chaque fois. Si tu exprimes un avis qui n'est pas le sien, il n'est pas d'accord le premier jour, mais finit par l'être le deuxième. Toujours il te suivra dans les mauvaises idées, comme cette fois où Thomas vous proposa un test de virilité. Ton frère était encore dans sa période biker.

L'épreuve consistait à accepter de se voir appliquer une baguette de métal rougi à la bougie sur le bras et de tenir le plus longtemps possible, ce qui eut lieu là-haut dans sa chambre au grenier où les parents ne montaient jamais, encouragés par la voix de Jim Morrisson, « *show me the way to the next whisky bar* », *Alabama song*. Je garde encore la marque de cette brûlure sur mon avant-bras gauche. Cela ne faisait pas si mal que ça. Je revois la croûte grise des jours suivants que tu arrachas consciencieusement en cours et la plaie suintant d'une lymphe transparente qu'elle révéla.

Alban était allé encore plus loin. Il avait sculpté un bon tiers de son avant-bras gauche en bas-reliefs de cicatrices de brûlure qui finit par ressembler à ces tablettes d'écriture cunéiforme de la Mésopotamie antique.

Des points et des traits.

*

La fugue en point de fuite.

Car dans le prolongement de vos arraches, Alban a fugué une fois de chez lui pour aller se cacher chez toi. Je ne me souviens même pas que tu lui aies demandé ses raisons. L'origine de son mal-être ne fut jamais claire pour toi et ne l'était sans doute pas pour lui non plus. Ces éléments mis bout à bout dressent aujourd'hui un tableau assez inquiétant et j'aurais été le premier à l'époque pour dire qu'Alban était quand même taré, mais c'est ce qui te plaisait alors, notamment cette façon bien à vous de remodeler le cadre.

Encore une fois cette sensation puissante de s'approprier le monde.

Le message qu'il voulait faire passer à ses parents en leur infligeant une telle frayeur, ne pas le voir à la maison à vingt heures passées, demeura donc totalement opaque à tes yeux. L'essentiel était de partager avec lui cette nouvelle expérience hors du cadre. Il y avait un côté jouissif aussi à voir les adultes inquiets, obligés de s'intéresser à vous et incapables en l'occurrence de vous gronder.

L'impression que cet épisode t'avait laissée fut forte, à tel point que tu utilisas le même stratagème pour faire avancer ta cause à toi, faire que ton père te protège enfin définitivement de la violence de ton frère.

Ma mère ne pouvait rien ou presque, son autorité ne s'étendait pas jusque-là. Sans être inexistante, cette autorité était réduite à ce que mon père lui déléguait. La gestion du quotidien était pour elle « rangez vos chambres les garçons », ce genre de choses, ainsi que la répression de ce qu'il tenait pour des broutilles, mots dans le carnet et heures de colle. Toi qui craignais ton père plus que tout n'eus pas pour l'heure à craindre son châtiment pour des histoires d'indiscipline scolaire. Une maladresse à table et la calotte s'abattait à l'arrière de ton crâne, pareil en cas de plaisanterie un peu trop insolente à son goût. Cela s'était produit un dimanche midi quelques semaines plus tôt, un repas de famille, tu avais demandé le pain et, lentement, il s'était levé et avait fait le tour de la table, une miette encore prise dans la barbe, pour te gratifier d'une généreuse calotte devant tout le monde, avouant juste après qu'il n'avait pas compris ta demande et avait cru à une insolence.

Jamais tu n'aurais manqué à l'obligation d'aller acheter la baguette ou d'avoir mis le couvert pour vingt heures qui était l'heure due, l'heure à laquelle il rentrait du travail. Malheur à vous s'il ne trouvait pas la table dressée. Cela ne t'arriva qu'une seule fois, un mardi où tu étais, je ne sais plus pourquoi, seul avec lui. Ce soir-là, tu étais tombé de sommeil à dix-huit heures et n'avais ni acheté le pain, ni mis la table. À vingt heures trente, sa voix sévère, deux étages en dessous, t'éveilla en sursaut. Tu descendis affolé et vis Darwin raser les murs ; les raser, marchant les pattes fléchies et crispées, la queue basse, dégoulinant de crainte comme chaque fois que ton père haussait le ton. Sa colère, froide, c'était son style, fut telle que tu ne pus même pas expliquer que tu t'étais simplement endormi ; tu n'eus plus le cœur d'avaler quoi que ce soit ce soir-là.

Voir votre mère sous l'autorité du père, craignant elle aussi les rares moments où se profilait son courroux, limitait son autorité à elle. Son pouvoir de coercition finissait par s'apparenter à celui d'une grande sœur, incapable de te protéger de Thomas.

Je revois notamment un samedi midi. Pour une raison qui m'échappe aujourd'hui, vous étiez dans la grande salle à manger, comme pour un dimanche, la pièce baignée de soleil. La discussion se porta sur un mec du collège qui te faisait peur. Thomas laissa entendre qu'il pourrait t'en protéger et, quand tu te montras sceptique, il abattit un puissant crochet sur ta pommette gauche. Un éclair violet, figuré sur les bandes dessinées par des étoiles et un petit tourbillon, comme dans Tintin, les trente-six chandelles. Cela avait eu lieu en présence de ta mère. Un nouveau cap était passé. Tu fuguas donc aussi à ton tour, chez Alban, symétrie oblige. Ce ne fut pas grand-chose : à vingt heures trente, tes parents t'avaient déjà retrouvé.

C'était aussi ce que tu voulais, un coup de semonce.

Ils en furent sur le coup tout de même un peu secoués. De ne pas te trouver à la maison à l'heure dite, d'avoir eu à te chercher, de ce que cela disait de ton état.

Un temps, tu pus croire que ta cause, qu'ils te défendent enfin efficacement de la brutalité de ton frère, allait avancer. Thomas fut sermonné. Mais quelques jours plus tard, ton père t'expliqua que c'était aussi à toi de lui donner moins d'importance... Tu venais de lui confesser que ses coups te gâchaient tout simplement la vie.

Ainsi put-il retourner à son bureau et à ses écrits.

*

Tes parents s'en souciaient pourtant, de tes difficultés. Tes mauvaises notes, ces sanctions à répétition, cette pseudo-fugue, tout cela les inquiétait, bien sûr. Le redoublement ne se révélait pas très concluant.

Au premier trimestre, la mention finale du bulletin disait :

« Il faut se mettre sérieusement au travail dans toutes les matières ; le niveau est beaucoup trop moyen pour un redoublant. »

Au deuxième :

« Ensemble très hétérogène. L'anglais excepté, ce n'est pas brillant pour un redoublant. De gros efforts à fournir ! »

« Avertissement travail. »

« Peut mieux faire, du moins je l'espère pour lui ! » avait noté le prof de maths. « Attitude entièrement à revoir », selon sa collègue d'histoire-géo.

Sur le plan scolaire, ton père gardait pourtant fondamentalement confiance en toi et se disait que ce n'était qu'une mauvaise passe. Ta mère ne partageait pas cette confiance et estimait plutôt qu'il te faudrait trouver une voie qui ne serait pas forcément celle des études. Ils voulurent en tout cas t'aider de toutes les façons possibles, te dégotèrent des professeurs particuliers de maths et décidèrent de t'envoyer chez une psychologue.

Mais tes ennuis gardaient pour eux une part de mystère tant le contraste était grand avec celui que tu étais en leur présence.

Pour un visiteur extérieur, la grande maison de Saint-Leu aurait eu toutes les apparences d'une maison du bonheur et, à bien des égards, elle l'était. Des ribambelles de pré-ados et d'adolescents, facilement une dizaine entre les amis de Thomas et les tiens, s'amusant dans le jardin, devant la console ou discutant là-haut au grenier... Jamais tu n'étais difficile ou insolent avec tes parents. En leur présence, la maison était ton havre de paix et restait ton quartier général.

De temps en temps, Nathalie, une amie de ta mère, qu'elle avait connue en s'occupant d'elle en tant qu'assistante sociale lorsqu'elle vivait en cité à Nanterre, venait avec son fils Mehdi qu'elle élevait seule. Pour eux aussi, la maison de Saint-Leu était un refuge. Les copains et toi jouiez avec le petit Mehdi et cela aussi y mettait du bonheur.

Cette maison était le repaire des copains, notamment le samedi, ton jour préféré de la semaine. C'était le jour du skate, du retour du marché à midi, de l'ambiance jeune et détendue que maman mettait à la maison. Le jour moderne de la semaine, quand le dimanche, avec papa à la maison, était celui de la tradition.

C'était alors une tout autre atmosphère et d'autres rituels qui prenaient place, comme les repas pris sur la belle table XVIIe siècle de la grande salle à manger, l'interdiction des copains avant quinze heures. Cette ambiance paternelle passait aussi par la musique qui était la sienne, le *Stabat mater* de Pergolèse, beaucoup, Fauré et surtout Rachmaninov, le piano concerto numéro deux et ses *Vêpres*, la bande-son de mon enfance.

Ce contraste entre l'actuel qu'incarnait ta mère et le temps long qu'incarnait ton père était au cœur de l'image que tes potes se faisaient de l'ambiance chez Nunus. Tu adorais les deux et étais fier de raconter que ton père ne savait même pas allumer la télévision qu'il ne regardait jamais, non parce que cela pouvait passer pour un gage d'intellectualisme mais car cela le rangeait sans équivoque du côté de l'ancien et de la profondeur du temps.

Et souvent, les amis qui restaient dormir à la maison, ce qui était très souvent le cas, avaient alors l'occasion de sentir ce passage de l'actuel, de l'ambiance maternelle, à la sévérité à l'ancienne de mon père lorsqu'il rentrait à la maison. Encore aujourd'hui, Romu, quand il s'essaie à imiter mon père, figure une pipe avec sa main droite, simule une mèche rageuse qui tombe sur le front de la main gauche, prend un air sévère et dit « Mais voyons Claudia... » comme s'il grondait une petite fille.

*

Mon père n'a jamais connu Nunus, il n'a jamais su que c'était ton surnom.

La distance entre vos deux mondes était trop importante et, même s'il est vrai qu'il travaillait énormément, sur ses écrits et recherches en psychologie, il n'était pourtant pas absent de tes semaines. Il en occupait même le mercredi et Thomas et toi aimiez ce jour pour cela. C'était le jour où il restait à la maison.

La coutume voulait qu'il vous prépare chaque fois pour midi un délicieux repas de fruits de mer et de poissons, rouget barbet, turbot, pétoncles sauce beurre et ail... Ta mère détestant cela, c'était notre seul créneau puisqu'elle n'était pas à la maison. Ton père se levait donc très tôt, comme à son habitude, passait d'abord à la boulangerie pour nous rapporter des pains au lait, puis repartait au marché afin de se fournir pour le repas.

À table, tu savourais cette sève si particulière qui reliait votre trio, ton père, ton frère Thomas et toi. Jusqu'à en oublier la violence.

Un lien très puissant soudé par la mort, un lien forgé par ces jours passés sans mère, ceux d'après son suicide. De cette sève, je retiens la chaleur, une impression de sécurité et de force, à l'unisson du timbre grave de sa voix. Avec lui, votre passé était une force, tout ce que vous étiez, des gringalets pourtant, était une force.

L'inverse exactement de ce duo douloureux que tu formais avec ton frère, l'opposé symétrique de ces moments où, seul avec toi, Thomas relisait notre passé. Ceux où tu le voyais tirer les conclusions amères de longues ruminations intérieures sur qui vous étiez, et où tu le sentais si seul, ces moments où tu l'aimais pourtant mais en serrant les poings, refusant d'être aussi pathétique, te jurant que tu apprendrais à te battre, même si c'était avec tes propres armes.

Après le repas, les grandes cocottes fumantes de moules vidées, c'est souvent toi que ton père réquisitionnait pour essuyer la vaisselle. Il gardait son cigare en bouche, tout en frictionnant les plats à la Spontex, la barbe toujours sérieuse et déterminée vue de profil. Aucune de ses expressions ne t'était inconnue, toi qui ne cessais de l'épier. Le torchon à la main, le jeu était alors d'essayer de le provoquer gentiment.

Mon oncle André avait dit en nous voyant qu'on aurait dit trois copains ? Très bien, tu le taquinais avec ça : papa, tu es un père copain, papa, tu es un père copain… sachant qu'il répétait toujours qu'un père ne doit jamais être un copain. C'était l'antithèse de son image de la paternité.

*

Tester les limites de ce qu'il pouvait admettre de tes taquineries était pour toi un moyen d'hameçonner son attention. Je pense que c'était un jeu qu'il appréciait, sauf que pour toi, c'était bien plus que ça. Son attention était une obsession, le sel de la vie sans lequel elle n'aurait pas valu la peine d'être vécue.

Thomas était très certainement sur cette question un rival.

Il t'arriva même de harceler ta mère comme le ferait un inspecteur de police avec son unique témoin : « Est-ce que papa préfère Thomas ? »

Lorsque les consultations ont commencé chez la psychologue à Paris, tu fus ravi que tes parents aillent s'entretenir avec elle à ton sujet. « Alors, vous avez parlé de moi ? » Il te tardait qu'ils y retournent. Tu fus déçu lorsque ta psychologue t'expliqua qu'elle n'avait plus de raisons de les voir et que c'était toi seul qui importais.

*

Désormais, la psychologue, une fois par semaine à Paris, le jeudi soir, et l'orthodontiste, ton sauveur, une fois par mois, ont remplacé les activités d'autrefois, le piano et le tennis.

Pour éviter les entraînements du mercredi, tu avais commencé à faire de faux mots d'excuse, copiant la signature de ta mère qui ressemblait à la silhouette de Snoopy, mais vite grillés par les entraîneurs. Il y avait eu des ratures dedans, cela t'avait valu leurs sarcasmes.

Les parents d'Alban, eux aussi, décidèrent de l'envoyer déballer ses états d'âme. Vous compariez donc vos psychologues et votre grand jeu fut au début, bien naïvement, d'essayer de les choquer en leur racontant vos nuits d'arrache et vos délires sous Jack Daniels, les bouteilles éclatées sur les murs...

Un jour, Alban te rapporta, tout content de lui, qu'il avait médusé sa psychologue en faisant ses devoirs devant elle. Tu voulus tester toi aussi la même ruse, dans son petit cabinet blanc et austère du quartier de la Motte-Piquet à Paris, avant qu'elle ne te reprenne sèchement.

« Qu'est-ce que tu fais, Alexis ? Tu n'es pas là pour ça. »

Mouché, tu remballas aussitôt. Au moins lui avais-tu tiré des mots de la bouche, toi qui regrettais que sa parole soit si rare. Je me souviens avec tendresse aujourd'hui de cette psychologue à l'allure compassée, tailleurs en tweed, foulards aux motifs cachemires. Elle finit par t'en imposer, cette femme à la placidité impérieuse.

Tu voulus enquêter et, ayant compris qu'elle habitait l'appartement juste à côté de son cabinet, tu lui chipas un jour un tas de courrier qui traînait sur son paillasson pour aller l'éplucher dans le métro, déçu de n'y trouver que factures et autres courriers impersonnels qui ne te permirent pas de mieux la connaître. Tu avais cru pouvoir l'impressionner mais elle avait su par ses silences te dresser un miroir qui te fit progressivement basculer dans la sincérité. Finalement, elle t'aida à ne jamais te confondre complètement avec Nunus.

Elle fut pendant trois ans ta reporter de guerre. Tu lui racontais, sans rien trahir de tes combats, tes stratégies, alliances, victoires et déboires dans ce petit enfer de soumission aux ordres du ministère de l'Éducation nationale.

Il y eut par exemple ce jeudi soir où tu arrivas en pleurs chez elle parce qu'Audrey C. t'avait balancé que ta vraie mère était folle et que c'était pour ça qu'elle s'était suicidée. Tu avais toujours trouvé ça con, les mecs qui se fâchent parce qu'on traite leur mère. Mais la rage t'avait rattrapé dans le train pour Paris et était progressivement montée. Et avec elle, les larmes.

...POLICIÈRE EN TENUE DE VILLE...

À l'étage des enfants, le deuxième, tu as désormais un bureau.

Non pas un simple meuble comme n'importe quel collégien, blotti contre un mur de sa chambre, mais une pièce entière. Comme chez les notaires ou les chefs d'entreprise, y trône au milieu une vaste table de bureau, de style Empire, qu'une tante vous a transmise. À côté demeure un lit, puisque cette pièce était jusque-là la chambre d'amis et continuera accessoirement à remplir cet office, le cas échéant. Ton bureau d'enfant, celui qui était dans ta chambre, a été remisé.

En notaire justement, magistrat ou médecin, tu travailles tourné vers la porte et non la fenêtre, ce qui pourrait pourtant te permettre de profiter de la belle vue sur les toits des maisons du vieux Saint-Leu. On pourrait croire que tu t'apprêtes à recevoir un client.

*

C'est ici qu'Alban te parle un mercredi de son projet de lettre de menaces de mort.

« Faut pas que ça soit mon écriture, dit-il, ce serait trop grillé, il faudrait juste que tu la recopies pour moi.

– À qui tu veux envoyer ça ? demandes-tu.
– Une meuf de ma classe, Mélanie S. », dit-il.
Toi, Nunus, tu ne la connais pas, même pas de vue.
« Qu'est-ce qu'elle a cette meuf ?
– Elle m'énerve, répond Alban.
– Pourquoi ?
– Regarde », dit-il.

C'est maintenant que je suis obligé de la relire, cette foutue lettre, ce que je n'ai pas fait une seule fois depuis que j'ai accepté de la recopier au printemps 1993. Elle est là, dans la pochette rose que m'a rendue ma mère, le « dossier Nunus », tous mes bulletins du collège ainsi que les lettres du principal notifiant mes exclusions temporaires.

Je savais bien que pour écrire ce livre, il me faudrait la relire, mais chaque fois l'écœurement me gagnait et l'envie de procrastiner prenait le dessus. Oui, je la lirai bien sûr mais plus tard, plus tard... Pour gagner du temps, je préférais classer les bulletins de la pochette rose dans le sens chronologique, relire telle ou telle appréciation. Une fois, j'ai même googlé le nom de Mélanie S., notre victime, pour voir ce qu'elle était devenue. Je découvris sur mon écran une jolie femme, une mère de famille (comme je suis père moi aussi) au regard doux et aimant. La peine et la honte m'envahirent alors plus encore.

Je me lance, je la lis.

*

Avec ses fautes originales que je laisse telles quelles ici, la lettre d'Alban disait ceci :

« Mélanie que j'aime !!

Alors sale grosse, on fait du zèle Dans l'exploitation de sa copine, Tu sais que c'est pas bien ça, en plus t'es laide, tu ressembles à une grosse truie en chaleur qui se roule dans le fumier (…). De plus, on est très bien renseigner sur toi : on sait que tu as beaucoup influencer ta copine aux elections des 5e 4, on sait aussi que ta mère est prof de français au collège et qu'elle est très con et aussi que tu n'aide pas beaucoup tes camarades au conseil. Dois-je continuer la liste ? »

Les insultes et les griefs étaient agrémentés de menaces.

« Mes amis (ies) et moi on va pas louper une seule occasion de te couler, au moindre faux pas, on te loupera pas, t'en prendras plein la gueule pour un rond. (…) Si tu veux un conseil, fais plus attention a tes fréquentations et surtout écrase toi sinon tu auras de gros problèmes. (…) Si tu n'arrete pas de faire chier ton monde grosse vache, voilà un aperçu de ce qui t'attends. On te tue. »

Cette dernière phrase était écrite en grandes lettres rouge sang, juste sous une cordelette de pendu qu'Alban avait punaisée.

*

Bien sûr, l'idée d'envoyer une telle lettre à une inconnue ne t'emballait pas, mais cette stupide solidarité des moments sombres fit son œuvre.

Tu ne voulais pas qu'Alban puisse penser qu'on ne pouvait rien te demander, que tu n'étais pas loyal, quand lui t'avait suivi, sans même savoir pourquoi, contre Salomé suite à sa réflexion sur la honte qu'il y avait à sortir avec toi. Voilà comment tu te laissas embarquer, au point de proposer quelques tournures pour améliorer l'ensemble.

*

Après ça, l'engrenage des emmerdes s'est vite mis en branle ; et pour cause. Trois ou quatre jours plus tard, à peine plus.

Alban a commencé par te dire que ça tournait mal, que le principal et l'adjoint, et même la CPE, avaient convoqué chaque élève individuellement pour les soumettre à un interrogatoire. Que son tour à lui allait bientôt venir. Ah bon, c'était grave alors, en fait ? te demandais-tu bêtement. On passe la journée à se traiter de connard et d'enculé, à se menacer de ceci cela, mais là c'est grave ? D'accord...

« Un interrogatoire ? demandas-tu.

– Ouais ! Il paraît que même la police est prévenue.

– Naaaan ?

– Si ! »

D'un coup tu te figuras, mais sans plaisir aucun, l'étage de l'administration, le rez-de-chaussée du bâtiment A comme le commissariat de *Navarro*, la série que Bon Papa et Bonne Maman aiment bien, avec le principal en Roger Hanin, harcelant les suspects de questions, sa lampe de bureau en pleine face. Tout ça ne sentait pas bon...

Le tour d'Alban arriva.

« Je leur ai dit que c'était toi qui l'avais écrite, confessa-t-il tristement.

– Tu veux dire recopiée, plutôt ? »

Ce fut ton tour d'être convoqué.

« Sais-tu, Alexis, que depuis votre lettre, les parents de Mélanie viennent la chercher tous les jours en voiture ? D'accord, sa maman enseigne ici, mais son papa a dû s'arranger avec son travail pour venir quand sa mère est en cours. Tu mesures les conséquences de tes actes, le mal que vous avez fait ? »

Tu commençais péniblement à t'en rendre compte. Un papa qui s'arrange pour venir chercher sa fille au bahut, quand ton père à toi aurait été incapable de donner le nom de l'établissement, Wanda-Landowska, ni même celui d'un de tes professeurs...

Cela t'en imposa et te fit réfléchir.

*

Ce fut ta deuxième semaine d'exclusion pour la même année scolaire. La lettre du principal à tes parents pour leur notifier ton renvoi disait ceci :

« J'ai le regret de vous confirmer la mesure d'exclusion temporaire de huit jours que j'ai dû prendre à l'égard de votre fils. (...) Nous souhaitons vivement que cette mesure disciplinaire incite Alexis à réfléchir sur les conséquences graves que peut avoir une telle agression "écrite" envers une de ses camarades, déléguée de surcroit, et envers sa mère. »

Ce fut aussi ta première convocation au commissariat de police, à Taverny, commune voisine.

Tu n'en revenais pas de voir ta carrière criminelle décoller au point que la police municipale de Saint-Leu ne soit même plus compétente pour s'occuper de ton cas. Une policière en tenue de ville, autre symbole intimidant, s'appliqua à te faire comprendre qu'une menace de mort est un délit et que les conséquences auraient pu être beaucoup plus lourdes si tu avais été majeur.

Ton père fut convoqué lui aussi au collège et en fut agacé. Ce n'était pour lui, comme tu l'entendis le dire à ta mère, qu'une bêtise de gamin. Il trouvait l'emballement autour de cette affaire largement excessif. Ils firent parvenir un bouquet de fleurs chez la famille de Mélanie et voulurent que tu t'excuses au téléphone auprès de ses parents.

Cette démarche fut pour toi un soulagement. Ce n'était plus de l'œil pour œil, dent pour dent, tu fais ça, tu prends ça, comme avec la répression scolaire. C'était une réparation possible. Tu tombas sur sa mère, Mme S., qui enseignait donc le français à Wanda. La voix chevrotante, les yeux brouillés de larmes, tu lui juras que tu ne voulais aucun mal à sa fille Mélanie, que tu ne la connaissais même pas, même pas de vue, vous vous rendez compte madame, comment aurais-tu pu avoir une dent contre elle ? Que tu étais « désespéré », c'est le mot que tu avais utilisé.

Ton père en fut touché et je revois son sourire attendri à te voir si penaud. Tu voulais dire « désolé », te dit-il en passant la main dans tes cheveux. Cela allait devenir une constante de ton père pour toute la période dure de tes conneries, Nunus : intraitable et même sévère pour les broutilles comme la tenue à table, la baguette achetée, etc., mais aidant, presque compatissant, dans les moments les plus compliqués.

*

Un moment compliqué, cela en fut clairement un.

Une de ses premières conséquences fut de faire voler en éclats ton amitié avec Alban. Il t'avait balancé pour une connerie, même pas drôle, dans laquelle il t'avait entraîné. Bien sûr, tu te sentais trahi (il prit tout de même une semaine d'exclusion lui aussi), mais il y avait aussi autre chose, une sorte de fatigue. Une lassitude de sa folie, de sa négativité, de la noirceur dans laquelle il se complaisait et d'où lui venait certainement, tu n'en doutais pas à l'époque, la carnation cireuse de son visage.

Pourtant, et c'était son paradoxe, Alban n'était pas foncièrement méchant et la facilité avec laquelle les autorités de Wanda l'avaient fait craquer le prouvent. Sa fragilité avait tout de suite plu à ta mère et si elle avait dû décrire Alban, sans doute aurait-elle commencé par là. Son regard et sa voix avaient toujours en effet quelque chose de tremblant, de vacillant comme une petite flamme, verte, la couleur de ses yeux. On le sentait en recherche de quelque chose, et c'était cette différence, cette espèce de quête intérieure qui te séduisait le plus chez lui, tant elle tranchait avec tous ces blaireaux qui encombraient ton quotidien.

Ce fut lui qui t'avait fait découvrir Baudelaire, *Les Fleurs du mal*. C'est sûr qu'un poème comme *Une charogne* ne pouvait que lui plaire... tout comme

Les Paradis artificiels dont il te rapportait des pépites dans les vestiaires du gymnase quand les autres se disputaient sur des scores de jeux de balle en enlevant leur bas de jogging. C'est avec lui que tu avais commencé à écouter les Doors que Thomas vous avait fait découvrir.

Gentil donc, mais fêlé lui aussi. Abîmé par tu ne sais quoi.

Maman ne put pas t'emmener à son travail cette fois-ci pour occuper ta semaine d'exclusion. Tu la passas avec Darwin, finalement peu tracassé par les devoirs à faire. Les profs n'ont jamais le temps de prévoir un vrai programme de travail aux exclus. Tu en profitas aussi pour aller skater, quelques fois jusqu'à Paris, le spot du Palais de Tokyo près du Trocadéro, un haut lieu du skate français, où tu pus même voir Stéphane Larance, un pro, un mec sponso dont tu avais pu voir les photos dans *Anyway*, le magazine des skateurs.

Tu allais alors jusqu'à la gare quand les potes au collège continuaient à se trimballer d'une salle à l'autre, après avoir mangé ton plat réchauffé au micro-ondes plus tôt que d'habitude, et tu montais dans le train pour Paris, comme tu savais le faire pour aller chez la psy ou chez l'orthodontiste. Pas la peine de prévoir un ticket, les contrôleurs ne te contrôlent jamais. Il suffisait de paraître légèrement assoupi.

Discrimination inversée du petit bourgeois.

*

Je garde des impressions du retour d'une de ces virées clandestines à Paris.

Des griffures sur la banquette en faux cuir orange retinrent ton attention. Des coups de cutter ou peut-être de ciseaux. Autour de toi, l'odeur métallique et chaude du wagon de train de banlieue. Une odeur familière qui te reliait toujours à ton père ; d'abord parce que c'était lui qui t'accompagnait afin de t'expliquer les itinéraires à suivre dans les transports d'Île-de-France pour te rendre quelque part à Paris, ensuite parce qu'il prenait ces mêmes trains de banlieue le matin et le soir pour se rendre à son cabinet.

Dehors, les feuillages de la belle saison défilaient, plus nombreux à mesure que le train s'éloignait de la capitale, Épinay-Villetaneuse, Ermont-Eaubonne... Un passager ouvrit peut-être une de ces petites fenêtres en haut de la vitre du train, laissant le fracas du rail emplir la voiture, et avec le fracas, une odeur de chlorophylle, de végétation fraîche qui a pris le soleil. C'était une belle journée et, comme chaque fois, cette odeur te ramenait au printemps de l'an dernier. Cette superposition involontaire de la mémoire par les saisons est d'ordinaire une expérience agréable mais elle fut ce jour-là gâchée par son contexte clandestin (tu n'étais pas du tout censé aller skater à Paris) et par ces griffures sur la banquette. Un petit vandalisme dans le mauvais goût de tes graffitis sur les tables ou de tes arrachages de rétroviseurs qui te ramena à ta condition, même temporaire, d'exclu du collège.

Un détail qui faisait que tout le reste, l'odeur familière et métallique de la voiture, puis celle du printemps qui revenait par un fenestron, clochait. C'est bête mais tu aurais préféré, et de loin, passer cette journée au collège, même si tu étais allé skater au Palais de Tokyo, même si tu avais vu Stéphane Larance, même si tu avais discuté avec un grand, un super bon skateur qui hallucinait que tu sois venu comme ça depuis de ta banlieue alors que tu t'étais fait virer du bahut.

*

Être un paria du collège, même pour une simple semaine, est un truc dont tu ne peux pas te foutre.

Comme une sorte de jeu de société à la con mais dans lequel tu serais coincé. Tu as beau entendre rouler le dé, voir s'agiter des mains géantes qui vous déplaceraient comme des pions, vous, les élèves du collège Wanda-Landowska de Saint-Leu-la-Forêt, 95, comme tous les autres blaireaux de tous les collèges de France, tu ne peux pas t'en foutre et retirer ta mise. Coincé dans le jeu : si tout le monde veut les Tableaux d'honneur et les Félicitations à la fin du trimestre, ces faux billets de Monopoly deviennent de vrais billets verts, et les bonnes notes de la monnaie sonnante et trébuchante.

Ce soir-là, tu arrivas à la maison un bon quart d'heure avant que maman ne revienne du boulot à dix-neuf heures. Tu n'oublias même pas le pain. Thomas hallucina lui aussi un peu quand tu lui dis que tu étais allé skater à Paris mais, malgré tous ses défauts, il n'était vraiment pas une balance. Tout s'était bien passé en somme, une belle histoire à raconter aux potes en plus, et pourtant tout clochait.

Un jeu auquel tout le monde joue n'est plus un jeu, voilà ce qu'inscrit dans ta chair une semaine d'exclusion. C'est pourquoi aujourd'hui encore je ne suis jamais complètement d'accord quand j'entends mes collègues dire en salle des profs, à propos de tel ou tel de nos élèves qui vient de se faire virer, qu'il doit être content de pouvoir rester chez lui.

Non, je sais qu'il ne peut pas s'en foutre.

...TAVERNE À TABLE UNIQUE...

Plus d'arrache avec Alban la nuit, plus de parking de la gare le mardi matin pour fumer un bédo avant d'aller en cours. C'était un peu couillon de se retrouver seulement avec Aurélien... Romu commençait à huit heures et demie ce jour-là, il ne pouvait jamais être là. Dans la cour, le vide laissé par Alban te ramena dans l'orbite de la classe d'Aurélien, des nouveaux potes qu'il avait pu s'y faire. Parmi eux, Sureshanan, qu'on appelait tous Suresh.

Lui était un sage.

Il était arrivé en cours d'année, en provenance directe du Sri Lanka dont sa famille avait fui la guerre civile. Il avait seize ans, je crois, et seulement quelques notions de français en poche. On le plaça dans une classe de cinquième, au milieu d'élèves beaucoup plus jeunes que lui afin qu'il soit en mesure de suivre. Il en imposa tout de suite à Aurélien avec sa moustache et son sérieux sans faille. En retour, Suresh se prit d'affection pour lui.

Il n'avait de cesse d'essayer de ramener ton compagnon de golio dans le droit chemin. Parfois, il lui racontait les horreurs, maisons brûlées ou autres, dont il gardait les images gravées et souvent il tentait de l'empêcher de déconner plus que ça. « A**ête ! A**ête ! » comme l'imitait avec tendresse Aurélien, car Suresh ne savait pas prononcer les r.

Le même genre de tendresse qu'un jeune toxico peut ressentir pour son éducateur qui s'échine à le sortir de là. Aurélien voulait vraiment décrocher des conneries. Moins anarchiste que galopin, il n'en pouvait lui-même plus du golio qui avait foutu sa première année de cinquième en l'air. Et très souvent, à la cantine, entre des carottes râpées et un hachis Parmentier, il nous disait sans rire, l'air dégoûté comme un alcoolique qui aurait perdu maison, travail et épouse, que c'était fini, le golio, qu'il arrêtait ! « On m'y reprendra plus », jurait-il. Et l'après-midi, on le revoyait, louchant, les joues gonflées, poussant le cri du golio dans la cohue des couloirs ou en rentrant en classe...

Pour Suresh, en revanche, suivre l'enseignement public en France était un privilège qui n'avait rien d'abstrait, ce qui expliquait bien sûr la vénération qu'il pouvait avoir pour l'institution, les professeurs et tout le décorum de l'Éducation nationale.

*

Sûr que ce n'était pas lui qui viendrait vous rejoindre, Aurélien et toi, sur le parking de la gare pour le joint du mardi matin.

Frédéric D., celui qui allait devenir Frédo, était pour cela meilleur client.

Aurélien avait passé l'année à te parler de lui. « Mais si Alex, tu verras, il est trop marrant, disait-il, il s'écrit des faux mots dans son carnet, du genre se lève sur la table en classe et crie "Anarchie !" »

Toi, tu en étais resté au garçon à tête de chou, bas de jogging vert et chaussures de ville, qui t'avait donné un coup de pied car tu lui avais fait remarquer son manque de goût. C'était en primaire et tu venais de débarquer de ton île, une île bien loin du Sri Lanka de Suresh, mais qui avait elle aussi son exotisme.

Tu ne doutais pas qu'il fût déconneur mais sa tête à la Gainsbarre ne te revenait pas. De son côté, Aurélien lui avait aussi parlé de toi et il arrivait audit Frédéric de t'arrêter comme ça dans les couloirs sombres et bondés du collège, entre deux cours, pour te demander de lui montrer ta tête de golio. Ah ça, il en était vraiment fan et partait toujours en rigolade. C'était plutôt flatteur de voir qu'il lui tardait de te connaître. Finalement tu acceptas qu'il vienne un mardi matin. Aurélien disait qu'il avait envie d'essayer les bédos.

*

Il fallait pour cela du shit.

Cela tombait bien, Thomas en était un grand pourvoyeur. Il vous suffisait de monter dans sa chambre, de suivre la voix du jeune Bob Marley, période Wailers, ou l'orgue de Ray Manzarek, des Doors.

Un album de ce groupe reste d'ailleurs pour moi associé à cette période, justement parce que Thomas l'écoutait tout le temps. Il s'agit de *Strange Days*, de 1967. La pochette de la cassette avec sa troupe de cirque à l'ancienne, son nain bizarroïde et son jongleur, dans une rue sinistre, résume assez l'aspect inquiétant et attrayant que cette musique pouvait avoir sur toi.

L'écouter aujourd'hui sur Spotify en rédigeant ces lignes me ramène aussitôt le goût âcre du shit, surtout celui des premières bouffées, et la crainte permanente de la nausée qui te ferait tout gerber aux chiottes. Participer à un joint était toujours entamer un duel avec tes entrailles et le combat se jouait souvent à la taffe près. Une de trop et c'était fini.

*

Frédéric allait donc pouvoir essayer à son tour la défonce des grands le prochain mardi et se faire engueuler ensuite par Salima.

Sa première fois s'est passée dans un recoin de l'allée de l'Innovation, dans des touffes d'herbe, juste devant les portails dépareillés des jolies meulières qui s'y nichent. Trop de monde ce jour-là sur le parking de la gare. Tu laissas Aurélien commencer et allumer le bédo. Tu détestais ces premières lattes écœurantes à la fumée opaque. En fait, tu n'aimais même pas fumer, ce que tu aimais, c'était de te voir fumer. Vint le tour de Frédéric et là, il ne vous déçut pas.

Pris de spasmes, il commença par piquer du nez comme si son cou était devenu gélatineux et se mit des baffes de sa main pendante. C'était magnifique ! Fallait vraiment que Thomas et ses potes voient ça ! Bien sûr, il prétendit ne rien ressentir, ne pas être fonce-dé le moins du monde, mais tous les nouveaux disent ça la première fois. Il eut par contre droit au sermon de Salima : « Non ! Pas toi, lui dit-elle. Tu vas pas t'y mettre aussi ? Tu es au-dessus de ça. »

Et elle n'avait pas tort. Frédo était bel et bien une personnalité spéciale.

Il recelait en lui-même un paquet de surprises. Son âge pour commencer : douze ans, alors même qu'on lui en aurait donné quatorze ou quinze. Poils sous les bras, sur les jambes... et grand, très grand, facilement une tête de plus que toi. Il t'expliqua aussi plus tard avoir changé de nom. Jusqu'à ses sept ans, il portait un prénom et un nom arabes, Reda K., qui lui venaient de son vrai père, un homme qu'il n'avait jamais connu et dont sa mère s'était séparée. C'était donc de son géniteur que lui venaient son teint mat et ses cheveux bouclés.

Son visage aussi était typé et lui avait valu quelques sobriquets de Carbotte sur la place de l'église, bicot, pif d'aigle et autres... Le plus surprenant chez Frédo était pourtant son côté intellectuel. Pendant que Bonne Maman et Bon Papa, tes grands-parents, te traitaient de génie à la première réflexion un peu sentie, lui se tapait du Sartre et du Zola. Là-haut, dans son lit en mezzanine, dans la minuscule chambre, un cagibi cosy que sa mère et son père adoptif lui avaient fait dans leur appartement du centre-ville, juste derrière le bijoutier Caille, au premier étage d'un ancien corps de ferme.

Il avait ainsi lu *Le Mur* et, quand tu appris à le connaître, il était dans *Germinal*. Ce qui n'était guère étonnant au vu de ses préoccupations. Frédéric était déjà très politisé, fasciné par les conflits sociaux et ces messieurs sérieux d'autrefois, à barbe noire, qui écrivaient des livres sérieux comme leurs figures et dont son père adoptif, Raymond, lui déconseillait la lecture en raison de son jeune âge, et qui expliquaient, ces augustes messieurs, que ce n'était pas mieux d'être un bourgeois, qu'il n'y avait même aucune raison de s'en vanter. Que les gens simples et modestes avaient plus de noblesse en eux que les possédants.

Ses parents se trouvaient d'ailleurs parfaitement correspondre à l'image que l'on peut se faire de gens modestes, avec leur intérieur douillet comme celui des mamies, tableaux de paysages rustiques en coutures, plaids en patchwork de pilou... C'était Raymond, un méridional doux et patient, à la pilosité poivre et sel et au sourire jovial, passionné de Brassens, qui lui avait donné ce goût de la politique. Lui travaillait comme technicien en électricité sur des chantiers publics dans le Val-de-Marne, à l'autre bout de la région parisienne. Sa mère, une femme fragile, toujours en lutte contre la dépression, point commun avec ta vraie mère, travaillait comme secrétaire médicale.

Frédo n'habitait pas non plus Saint-Leu depuis très longtemps. Il avait d'abord grandi à Loches, dans un quartier ouvrier dont il gardait un excellent souvenir. L'arrivée dans le centre de Saint-Leu, dans ce petit trois-pièces entouré de belles maisons bourgeoises, avait été socialement violente pour lui, comme elle l'avait été pour toi, venu de l'île Saint-Louis, à l'opposé du spectre. Lui aussi se souvenait, mais dans un éclat de rire moqueur, vengeur même, du coup de pied donné en primaire à ce petit connard de bourge à face de souris, minuscule, qui lui avait fait une réflexion sur ses chaussures de ville avec jogging.

Pour lui aussi, cette anecdote résumait la brutalité sociale de l'arrivée à Saint-Leu.

Ce jeu d'oppositions, grand/petit, bourge/modeste, allait être d'une certaine façon au cœur de votre amitié. Les deux surnoms qu'il s'amusait à te donner le disent assez, Gros Nain ou le Fou du manoir. Souvent, je l'entendais hurler après une après-midi de skate, auquel il s'était mis lui aussi, « Gros Nain ! » depuis l'autre bout de la rue. Comme ça, juste pour se défouler.

Frédo était comme fasciné par ton altérité symétrique, d'autant que cette altérité, tout ce qui était singulièrement toi, se présentait à ses yeux de façon clownesque. Grotesque, pourrait-on dire. Il pouffait de rire, avec une vraie tendresse, mais il se marrait quand même, chaque fois que tu foirais piteusement un *nose slide* en skate. Bien sûr, il arriva que ça t'énerve, comme cette fois où il ricana alors que tu venais de t'éclater le tibia et que tu le poursuivis dans Saint-Leu, une bave meurtrière aux lèvres, pour lui envoyer ta planche en travers de la gueule et qu'il dut enjamber une clôture pour se cacher dans le jardin d'inconnus.

*

Ce Frédéric, il fallait que Thomas et ses potes le voient en train de se foutre des baffes quand il était fonce-dé !

Cela eut lieu un samedi après-midi. Les grands étaient là-haut dans la chambre du grenier, on entendait leur musique, je crois me souvenir que c'était du AC/DC. Tu étais avec Aurélien, Romu et Frédo dans la salle télé, joues rouges et cheveux encore ébouriffés du skate, et tu les tôlais à *Mario Kart*. Frédo notamment, qui n'avait pas encore saisi la technique du dérapage en contrebraqué qui permettait de ne pas ralentir dans les virages. Un petit bond et ça glisse, particulièrement jouissif dans la course *Ghost Valley* pour éviter les chutes. Tu prenais Mario, Romu choisissait Toad et Frédo Donkey Kong, sans comprendre au début que c'était le plus dur à piloter.

Pendant que vous vous balanciez bananes et carapaces de tortue, il devint clair que tes copains lorgnaient le grenier, qu'ils guettaient la possibilité d'être conviés là-haut. Un des potes de ton frère descendit pour aller pisser, laissant la porte ouverte. « Montez ! Alex ! Montez avec nous ! s'écria Thomas. Venez ! »

Ça le faisait toujours triper de débaucher des collégiens.

Monter, c'était toujours un peu sortir du point d'équilibre qu'était le deuxième étage de la maison. C'était celui des enfants, où vous aviez votre salle de bain et où tu avais ta chambre et ton bureau. Point d'équilibre entre l'autorité de ton père, maximale aux étages inférieurs, et celle de ton frère, maximale dans sa chambre-grenier. Cette transition d'une autorité à l'autre se matérialisait même à tes yeux d'enfant dans le sol et les murs de la maison.

Le palier du deuxième étage, avec son vieux lino blanc et moucheté, était resté dans le jus des anciens propriétaires. Il n'avait pas été repeint ni tapissé de ces couleurs élégantes, peinture vert bouteille pour le tiers inférieur des murs et sur les moulures, papier peint japonisant beige au-dessus. C'était pire en haut, dans la chambre de ton frère. Le ménage semblait toujours y être moins bien fait. Les escaliers, sur lesquels donnait la porte d'entrée de sa chambre, paraissaient toujours poussiéreux. On avait toujours l'impression de monter dans une sorte de taverne à table unique.

La dizaine de marches conduisaient à une grande pièce sous combles, divisée en deux parties par de larges poutres de charpente. Une partie chambre, repeinte par mes parents à notre arrivée, en blanc et bleu, avec un paysage naïf de village, assez réussi, sur le mur en pignon. Mon frère dormait là sur un matelas à même le sol. L'autre partie de la chambre avait été tapissée de lambris. C'est cette moitié de chambre qui devint la partie taverne, avec une table basse en bois, sculptée de toutes parts par les potes de Thomas et tous les visiteurs qui s'y étaient attablés.

Une tête d'Indien avait ainsi été taillée sans que l'on se souvienne par qui, entre des mentions plus attendues comme *skunk*, OCB, Doors... Il y avait bien un cendrier mais il n'avait qu'une valeur indicative. La table était si ravagée qu'on y écrasait les joints à même la surface. Autour d'elle, la moquette grise était elle-même constellée de trous de boulettes. Au mur, Bob Marley, Jim Morrisson et un foulard noir à l'effigie de l'étiquette Jack Daniel's.

Ils étaient quatre autour de la table basse, en plus de Thomas. Gregory, adversaire de taille à *Mario Kart*, un mec que t'aimais bien car ton frère était toujours plus cool avec toi quand il était là ; ses deux potes bikers, Mickaël et Titi ; et enfin Rod, un autre mythe de Saint-Leu.

Adulte déjà, ce dernier revenait de l'armée où il avait servi sous les chasseurs alpins. C'était une grosse brute taillée comme le Guile du jeu *Street fighter II* mais les cheveux courts et bruns. Il se battait souvent et était très craint. Une sorte de loubard à l'ancienne. Thomas le tenait pour un vrai psychopathe et te faisait part de ses faits d'armes, tous plus délirants les uns que les autres. « Putain, Rod s'est baladé sur le toit du train ! Putain, Rod m'a suspendu par la cheville au-dessus du vide ! Et il a volé une mobylette chez quelqu'un, comme ça, en sautant par-dessus la clôture ! » Il faut dire que ledit Rod avait beaucoup de temps à lui grâce à une escroquerie à l'assurance qu'il avait mise en place après un prétendu accident sur un chantier qui l'aurait laissé grièvement blessé.

Thomas était assis dans un vieux fauteuil de psychanalyste qui avait appartenu à votre père. Rod se tenait sur le seul autre siège valable. Titi et Mickael se tapaient la chauffeuse repliée et le coffre en bois. Pour vous, les mioches, ne restait que la moquette. Tu sus tout de suite comment introduire Frédo. « Il a que douze ans, lui », fis-tu. Ce qui ne manqua pas de susciter des sourires entendus et approbateurs. C'était Rod qui roulait, une gourmette sur les épaisses jointures de son poignet gauche.

« Regardez ! Il va se foutre des baffes lui-même ! » dis-tu en désignant Frédo tandis que Rod allumait le bédo. Ce dernier tira deux grosses lattes qui firent briller fort le tabac incandescent et le passa tout de suite à Frédo. Un gros trois-feuilles parfaitement conique. Une figure de géométrie. Frédo tira une grosse bouffée, toussa, et sembla prendre cinq ans de plus.

L'air déjà fatigué de la vie, il prit une seconde taffe, plus prudente, et commença ses trémulations. Ce n'était pas exactement les baffes que tu attendais mais ça y ressemblait. « Hé ! Ça va, mec ? » lui demanda Titi. C'est vrai que Frédo, on n'avait pas envie de l'appeler petit. Il hocha de la tête péniblement comme un plongeur, un plongeur des profondeurs, pour dire que ça allait. Il était évident pour toi que Frédo avait un peu surjoué sur ce coup-là, mais ça n'avait pas d'importance.

Au contraire, c'était parfait, il avait payé son droit d'entrée.

*

Thomas et ses copains décidèrent d'aller en bas, s'en foutre plein la gueule à leur tour sur *Mario Kart*. Ils vous avaient roulé un autre trois-feuilles à partager, pour vous les petits. Ça serait le deuxième... Bien trop pour toi. Prudemment, voyant le truc venir, tu avais discrètement crapoté sur le premier qu'on vous avait fait tourner. Le ventre tenait bon.

Romu alluma le bédo. L'album *L.A. Woman* des Doors tournait. Je m'en souviens bien car je vous revois « comater » sur *Riders on the Storm*, dernière chanson de la cassette. Le joint passa de main en main et t'arriva peut-être sur *Love her madly*. Frédo l'abandonna ensuite tel quel sur la table alors qu'il en restait bien cinq centimètres. « Pour les autres », toussa-t-il avec une moue d'écœurement.

Puis chacun s'éparpilla et oublia les autres. Tu étais affalé dans le vieux fauteuil de psy. Aurélien était couché sur le banc en bois qui servait de coffre. Il s'était mis torse nu, le con. Romu était sur la chaise de bureau, penché en avant la tête dans ses mains. Frédo était allé sans gêne se mettre sur le pieu de ton frère.

« Putain, regardez ! Il danse, ce connard ! t'écrias-tu. Regardez ! » Et c'était vrai. Aurélien, le corps dodu comme les *putti* de la Renaissance, de petits seins de graisse frétillant en tous sens, s'éclatait dans son trip sur la chanson *L.A. Woman*. Il remuait aussi ses petites mains potelées, sans que l'on sache trop si c'était la guitare de Roby Krieger ou la batterie de John Densmore qu'il mimait. Frédo se marrait lui aussi, là-bas dans son lit, avec un air douloureux, comme si rire comme ça lui faisait mal. Arriva ensuite la pluie de *Riders on the Storm* et chacun se remit à triper dans son coin. Vous ne dîtes alors plus rien.

Quand ça fut fini, tu allas trouver Frédo. Ah ça, on voyait qu'il n'avait pas fait semblant tout à l'heure quand il s'était agi de fumer avec les grands. Allongé sur le dos, il avait les deux mains l'une contre l'autre sur son ventre. On aurait dit un de ces morts en costume des funérariums que l'on vient voir pour la dernière fois. Ton nouvel ami était cependant toujours en vie et ouvrit sa main gauche d'un geste qui semblait dire ça va, tout va bien, t'en fais pas, je vais me relever.

« Ouais, faut que tu te lèves Frédo, on va descendre », lui dis-tu. Le morceau était fini et avec lui l'album. Aurélien non plus ne faisait pas de bruit, il n'y avait plus que Romu qui faisait un bruit de cochon maltraité en s'étirant. Frédo essayait de dire un truc.

« Putain, je dirai plus que... je dirai plus que...

– Tu diras plus quoi ?

– Que... »

Tu devinas la suite.

« Que ça fait pas d'effet, c'est ça ? »

Ce fut sa vraie première fois.

...COPIEUX TAS DE SABLE...

En Frédo, tu trouvais quelqu'un avec qui partager cette passion bizarre de redoubler le décor et même la vie tout entière par un discours sur ce décor, sur cette vie tout entière. Analyser encore et toujours tout ce qui vient, tout ce qui est là, sans doute pour le tenir un temps à distance, un temps seulement.

Un partenaire de prise de tête, quand tout le monde répétait cette expression stupide de ne pas se la prendre, la tête. Vous, c'était justement ça que vous aimiez, vous prendre la tête. Comme Alban, il avait une dent contre la normalité et n'aimait rien tant que fustiger avec toi ce qu'il appelait les « adolescents typiques ».

L'amour de la musique vous reliait aussi, au point de se placer au cœur de votre identité. Il te parlait de Renaud, le chanteur, pour en remontrer, pensait-il, au petit bourgeois que tu étais. Mais comme toi, il aimait Bob Marley, Simon and Garfunkel, Joan Baez... Lui aussi aimait associer une période de sa vie, fût-elle laide et difficile, à une chanson pour ainsi la mettre dans un tiroir. *Concrete Jungle* de Bob Marley, la jungle de béton, était un de ces tiroirs :

il l'avait écoutée en boucle, les mains plaquées sur ses écouteurs, entre ses genoux, pendant que sa mère débloquait juste avant une hospitalisation pour dépression.

Du haut de ses douze ans, il s'était déjà documenté sur le mouvement rastafari, t'avait expliqué comment les rastas voyaient l'empereur éthiopien Haïlé Sélassié comme le messie en tant que descendant du roi Salomon. Romu et toi griffonniez votre agenda de noms de marques de skate, lui taguait Michael Manley, le nom d'un Premier ministre jamaïcain qu'avait soutenu Bob Marley. Il te parla de Marcus Garvey, ce leader noir qui préconisait le retour en Afrique. Avec lui, les paroles des chanteurs de reggae, Toots and the Maytals, Burning Spear, devenaient un peu plus compréhensibles. Jah pour Jéhovah, Babylon pour l'Occident malfaisant, etc.

*

Quand j'écoute aujourd'hui Bob Marley, ce qui revient pour moi à descendre dans mes archives cérébrales, sautant d'un album à l'autre en quelques clics et sans bouger de mon ordinateur grâce aux plateformes de streaming, certaines chansons me relient immédiatement à Frédo.

Coming in from the cold de l'album *Uprising* a ainsi gardé l'odeur de chez lui, une odeur douceâtre et un peu écœurante de diffuseur de lavande en forme de cigale, une odeur de terrier douillet, et même la texture de ces tissus de grand-mère, plaids en patchworks, tableaux tricotés au mur, que l'on trouvait partout chez lui.

Je découvre en fait, d'un album de Bob Marley à l'autre, toute une constellation d'associations au réseau complexe et imprévisible. J'ignore les personnes, les ambiances, les odeurs, les lieux auxquels me reliera telle chanson avant de l'écouter, même si après, je n'en suis pas surpris. Mais seulement a posteriori et dans un deuxième temps. Des archives mystérieuses dont je ne suis pas l'archiviste ni le conservateur en chef, mais un simple consultant.

L'album *Kaya* mêle ainsi des périodes diverses.

Le morceau *Easy skanking* me ramène à ma famille, à mon père quand j'étais petit, à notre maison de vacances en Ardèche, perchée en haut d'une colline abrupte, dans le village de Montréal. Mon père adorait cet album et l'écoutait beaucoup là-bas. C'était pour lui la musique de ses vacances. Mais ce morceau m'évoque tout de suite mon frère, dans une version douce et complice, où je le revois m'initier aux joints. « *Excuse me while, I light my spliff* », ça ne nous avait pas échappé, on adorait.

Plus loin sur l'album, la chanson *Satisfy my soul* a gardé pour une raison que j'ignore toute sa charge paternelle. L'attaque de cuivres au tout début, assez virile, convoque immédiatement l'image de mon père marchant en espadrilles sur les tommettes couleur d'argile en Ardèche, chapeau de paille en voie de délitement sur la tête et tenant sa pipe. L'odeur est celle du feu de bois de la cheminée qui tirait mal.

Enfin, *Time will tell*, la dernière chanson de ce même album, me replonge dans l'ambiance confinée du lit en mezzanine de la minuscule chambre de Frédo, à Saint-Leu, où nous l'écoutions assis en tailleur.

*

Il y eut entre vous, Frédo et toi, des initiations réciproques.

Il connaissait à Saint-Leu un paquet de trucs malfaisants à faire et n'était donc pas seulement celui que tu voyais péniblement débuter en skateboard, subissant la ville, son béton, seul dans l'hiver et la rue des Écoles, à portée de ton regard quand tu tournais la clé de ton portail.

Une de ses spécialités était la visite des chantiers siglés comme il se doit « interdit au public ». Rue du Général-de-Gaulle, au croisement de la ruelle Galliéni, il te montra où se faufiler entre les grillages éphémères pour explorer ces étages sans murs où il paraît qu'on n'a pas le droit d'aller. Il y avait là-bas un copieux tas de sable parfait pour une épreuve de courage. Frédo n'hésitait pas à se jeter dedans depuis le premier étage. Forcément, il fallut le faire aussi. Tu ne pouvais pas laisser passer un truc aussi stupide te passer sous le nez.

Une autre fois, il t'emmena dans un chantier tout près de la ruelle des écoliers, juste en face de l'ancienne maison de Stan. Frédo avait déjà repéré qu'on pouvait rentrer dans le préfabriqué Algeco où l'architecte et les ouvriers rangeaient leurs trucs. Je me souviens encore d'un casque jaune, de vieux gilets en laine et de plans incompréhensibles dont vous vous êtes emparés.

Frédo trouva aussi une scie et s'assit dans une pelleteuse. Pile au moment où il commençait à scier le cuir du siège, ses parents déboulèrent tranquillement depuis la ruelle, se baladant en amoureux, main dans la main, et aperçurent leur fils dans l'engin de chantier. Heureusement, ils ne soupçonnèrent rien de mal et il vous suffit de les rejoindre.

Ce qui me frappe aujourd'hui dans tout ça, c'est que Frédo ne voyait nulle contradiction dans ce genre de conneries avec ses grands idéaux. Qu'auraient donc dit ces augustes messieurs d'autrefois, à barbes noires, dont il admirait les livres chez lui, s'ils l'avaient vu vandaliser l'engin d'un ouvrier ?

*

Vous aviez tous alors cette fâcheuse tendance à surestimer la solidité du monde.

Vous ne perceviez pas la pelote d'espoirs, de travail, d'égoïsme et d'altruisme tout mêlés, de déceptions et d'efforts qui font sortir les maisons et les immeubles de terre. Ce n'était pour vous rien de plus que ces moutons de cheveux et de poussière que l'aspirateur aspire sous vos lits. Tout ça poussait comme les arbres.

C'est sans doute de là d'où vous venait votre fascination pour les maisons hantées, à la visite desquelles Frédo t'initia aussi. Grande ou petite, prestigieuse meulière ou minable pavillon années trente au crépi abîmé et gris, ouverte aux quatre vents ou à mériter par un effort d'escalade, une maison hantée était toujours bien plus qu'une demeure inoccupée.

Il fallait d'abord que la gangue de la propriété privée, inviolable et tout ça, ait sauté, que la végétation ait envahi le jardin, que la clôture se soit effondrée ou que l'usure et la décrépitude lui aient retiré tout pouvoir dissuasif. La sève mystérieuse qui irrigue le monde des adultes, ce fluide si particulier qu'ils appellent responsabilité, rigueur aussi parfois, devait l'avoir abandonnée. Des squatteurs, des tagueurs de croix gammées devaient aussi être passés, avoir cassé des choses, l'avoir violée dans son intimité. Ainsi profanée, elle devenait alors une maison hantée. L'idée n'était jamais de les vandaliser. C'était de toute façon déjà fait et cela vous intimidait. L'idée était juste de les visiter pour le plaisir de flipper.

La première que vous avez visitée avait tout pour vous plaire.

C'était un manoir abandonné au croisement de la rue du Château et du chemin d'Apollon. Une immense demeure nichée entre de grands arbres qu'on avait laissés prospérer, une maison qui n'était pas sans évoquer celle de Norman Bates dans *Psychose* de Hitchcock ou celle de la famille Addams, avec son architecture compliquée, ses multiples toits en avancées comme sur la tienne dont elle semblait d'ailleurs partager la même époque de construction.

Même ton père s'y était intéressé lors d'une promenade en forêt qui vous avait conduits vers le chemin d'Apollon. Après s'être renseigné, il avait appris qu'elle avait servi d'institution pour accueillir je ne sais plus trop qui au juste, avant d'être abandonnée. Frédo l'avait déjà visitée avec un de ses copains, Cazole, un mec que tu ne connaissais que de vue. Frédo et lui savaient par où entrer puisque sa porte avait été condamnée par de grands panneaux de bois cloutés.

*

Il faisait grand beau ce jour-là.

Aurélien et Romu étaient là, ainsi que Marylou ; peut-être même Daphné. Pour pénétrer l'enceinte, vous étiez passés par un lotissement de maisons Phénix en chantier, des maisons qui étaient l'exact opposé du manoir hanté que vous convoitiez. Le jardin de la belle endormie, en friches évidemment, offrait déjà beaucoup à découvrir. Il était étonnamment praticable.

Au fond se trouvait une étrange crypte au style rococo. C'était fameux de deviner la rue du Château, une rue que tu connaissais si bien, pour aller chez Romu ou aux courts de tennis, juste derrière ce mur, un mur tout décati mais haut et qui ne laissait rien deviner du jardin. C'était la deuxième fois que Frédo t'offrait un point de vue insolite sur un endroit familier de Saint-Leu, la première fois étant lorsque tu t'étais retrouvé à l'étage de l'immeuble en construction de la rue du Général-de-Gaulle, prêt à sauter dans le tas de sable.

Il faisait beau donc, mais c'était la même lumière et le même ciel bleu que dans les scènes d'extérieur des films d'horreur de Stan, où l'on sent qu'un faux répit nous est offert avant qu'un des personnages ait la mauvaise idée d'aller chercher quelque chose qu'il a oublié dans une pièce obscure où il se rend seul.

Car il allait falloir entrer dedans, et pour cela escalader.

Or, il était impossible de décliner, cela aurait été démentir ta réputation d'ouvreur de voies, chèrement acquise avec Alban, feu ton ami. Romu et

Aurélien avaient tout de suite dit qu'ils n'iraient pas ; tant mieux pour ton prestige, mais maintenant fallait y aller.

Frédo te montra, sur un des côtés du manoir, une fenêtre ouverte au premier étage. Sans volets, bien sûr, mais aussi franchement ouverte. Comme si Mme Bates, la maman-silhouette en vérité momifiée de *Psychose*, venait de l'ouvrir pour faire entrer un peu d'air dans ses pièces aux boiseries confinées. Cette fenêtre constituait l'ultime accès pour l'intérieur.

Il était évident que les propriétaires de cette demeure avaient eu maille à partir avec les squatteurs pour avoir ainsi méticuleusement condamné chaque fenêtre du rez-de-chaussée comme on le fait dans les Caraïbes avant le passage d'un cyclone. Les visiteurs clandestins des lieux semblaient d'ailleurs s'être vengés sur le porche de la porte principale. Vaste, entièrement maçonné et protégé d'un toit, ce porche faisait presque figure de pièce extérieure à lui tout seul. Une sorte d'antichambre prétentieuse à la maison, avec sa petite balustrade en colonnade. Il était désormais massacré, souillé de croix gammées rageuses et de traces de feux de camp au sol.

Pour atteindre la fenêtre ouverte du premier étage, il allait falloir se hisser par une antique gouttière de couleur rouille et attraper ensuite le garde-fou en fer forgé. Frédo était tout enjoué, allait et venait les yeux rivés sur la maison, le bras pointé vers elle. On aurait pu le prendre pour l'architecte chargé de la rénovation, mais pour cela il aurait fallu qu'il ne soit pas torse nu et qu'il ait vingt ans de plus. Tu ne serais jamais monté s'il ne s'était montré si confiant. Ce fut lui qui passa en premier. Il escalada avec précaution mais sans difficulté, n'en menant tout de même pas large en attrapant la balustrade. De là-haut, il vous regarda ensuite d'un air triomphant comme s'il était le châtelain.

Ce fut ton tour.

Tu attrapas alors la vieille gouttière et commenças ton ascension. Avantage des gringalets, cela a toujours été très facile pour toi. Tu plaquas tes chaussures de skate Etnies, celles que tu avais artificiellement usées sur le grip de ton skate en les frottant dessus pour que ça fasse plus « vrai skateur », et tu grimpas.

Le moment critique arriva bientôt : passer de la gouttière à la balustrade en fer forgé. Environ un mètre les séparait. « Mais non, tu vas voir, c'est facile ! » t'encouragea à sa façon Frédo. Tu avais eu l'intention de lui demander si les attaches de la gouttière tenaient bien le coup, mais ça ne servait plus à rien, maintenant que tu étais à quatre mètres du sol.

Mieux valait ne rien savoir désormais.

La peur arriva sournoisement, un vertige à la con, un machin qui te prenait par le ventre comme la nausée. Une sorte d'acide te pétrifia les jambes. Tu te sentais bêtement devenir une sorte de chat de la mère Michel ou qui sais-je que les pompiers allaient devoir venir décrocher de l'arbre où il est monté trop haut.

Frédo comprit ta peur et prit un ton rassurant, un ton de moniteur d'escalade. « Regarde Alex, c'est pas compliqué, laisse bien ta main gauche sur la gouttière et attrape ma main. Vas-y, n'aie pas peur, attrape ma main. » Frédo conduisit ta main sur la rambarde.

« N'aie pas peur, je te tiens, dit-il, maintenant, essaie d'attraper le bord avec ton pied là, oui, celui-là. Ça y est, tu y es enfin. »

Tu n'avais plus qu'à franchir la balustrade, du facile.

Encore impressionné par ce moment d'escalade, tu te mis à flatter Frédo. « T'expliques vraiment bien, tu pourrais être moniteur », lui dis-tu, avec une voix de soumis. Le ton que tu avais en le disant l'amusa. « On est marrant quand on a peur », lâcha-t-il avec un air attendri. Tu aurais presque préféré qu'il se foute franchement de ta gueule mais trop tard, c'était fait.

La pièce à la fenêtre entrouverte avait été une chambre. Elle était à présent entièrement dévastée. Ne restait qu'une carcasse de lit. Le sol était jonché de pages arrachées de vieilles revues. La visite était d'autant plus jouissive que tous n'en étaient pas. Les autres devraient se contenter de ce que vous leur raconterez. Le plan de la maison était aussi biscornu à l'intérieur que le laissait supposer son extérieur. Un petit couloir vous conduisit à une sorte de dressing. Les saccages et vandalismes passés compliquaient l'identification des pièces. La décoration renvoyait malgré tout aux années soixante-dix. Papiers peints à grosses fleurs marron, arrachés par lambeaux, posters de Gibert Bécaud que curieusement personne n'avait touchés... Sur le palier vous accueillit un escalier majestueux, très ambiance famille Addams.

En bas gisait un vieux piano quart de queue mutilé. Comme les vieillards édentés, la plupart des touches avaient perdu leur ivoire. Tu frappas et aucune note ne sortit. Peut-être les cordes avaient-elles été coupées. Entre les planches cloutées à l'extérieur sur les fenêtres filtrait une lumière de persiennes. Le rez-de-chaussée se révélait plus dévasté encore que l'étage. Une trace de feu de camp était même visible au sol, rond noir de matériaux carbonisés sur le carrelage, comme sous le porche extérieur. Des livres aux pages jaunies, de vieux magazines jonchaient toujours le sol.

Frédéric repéra un étroit couloir qui semblait mener vers la cave. « Moi, j'y vais pas, Frédo, sérieux ! » Il jeta juste un œil vers le mince escalier qui y descendait mais se ravisa. Il faisait trop noir. « Cazole, il y est allé, lui, dit-il. C'est vraiment un ouf, Cazole ! » Tu serras les dents, énervé et presque jaloux d'entendre ça. Cela t'aurait presque motivé pour y descendre, dans cette foutue cave, même si c'était pour y découvrir des cadavres empalés, des squelettes de gamins trop curieux.

Comment pouvait-on être fasciné par ce connard de Cazole ? La vérité est que tu lui enviais ce qualificatif lapidaire de ouf. Le ouf est celui qui est incompréhensible et donc hors d'atteinte.

Celui dont on voit la stupidité des actions mais dont on ne peut s'empêcher d'admirer l'affirmation de soi.

...POMPE À MORPHINE...

La visite du manoir hanté fut comme le premier shoot des héroïnomanes, celui qu'ils cherchent désespérément à retrouver toute leur vie.

Il vous fallut d'autres maisons abandonnées à visiter. Romu et Aurélien aussi en voulaient, pour voir s'ils pourraient cette fois s'y mesurer. Mais ce n'était jamais si simple. Certaines étaient des ruines, trop faciles à pénétrer. Il y en avait par exemple une près de la forêt, sans clôture, la toiture percée de toutes parts. Des fenêtres ne restaient que les encadrements. Il vous suffit de les enjamber pour vous retrouver dans des pièces dont on ne pouvait plus deviner la fonction initiale. Seul le jardin, tout en herbes hautes, avait vraiment fait obstacle.

À l'inverse, il y avait celle au bout de la rue Maurice-Berteaux, à deux pas du collège. Un modeste pavillon années trente cloîtré sous ses volets. Pas un instant il ne fut question entre vous de le forcer. Il avait je ne sais quoi de dissuasif. On aurait dit qu'il boudait les bras croisés. Rien dans son architecture ou dans sa localisation, quartier de la Plaine, en face d'une impasse de maisons modernes pleines de vies familiales à l'américaine, ne venait titiller votre imaginaire. Il t'arriva parfois de t'arrêter devant en rentrant du collège, en te demandant pourquoi pas celui-là ? Mais à chaque fois, il semblait comme écrasé de jour. Cela devait tenir à l'absence d'arbres autour de lui et au fait qu'il était cerné de pavillons parfaitement habités, eux. Irrigués encore par la sève des adultes, leur fameuse responsabilité.

*

Bien que l'adhésion de Frédo à la contre-culture de la déconne soit plus que certifiée, il y avait un point sur lequel il ne transigeait pas avec son passé de bon élève d'école primaire : sécher les cours. Il ne fallait jamais compter sur lui pour ça. Tous les profs de Wanda le trouvaient devant eux jusqu'à la fin juin, alors que tu disparaissais parfois même avant les derniers conseils de classe, te refusant seulement de sécher le mois de mai.

Tu t'éclipsais donc avec Stan, après avoir fait semblant de partir pour les cours, le sac sur les épaules. Collé contre lui à l'arrière de son *booster*, tu sentais pourtant qu'il t'échappait de plus en plus. Il avait arrêté le skate. Quand tu lui en demandas compte, il t'expliqua que la décision lui était venue soudain après s'être éclaté sur le bitume de la grande descente de la rue de Saint-Prix qu'il avait tenté de négocier à la sauvage. « On se fait trop mal, Alex », conclut-il. Tu le voyais de moins en moins.

Il traînait plus avec des mecs de son lycée privé, des blaireaux qui s'amusaient par exemple à pisser sous la table du troquet minable où ils avaient pris leurs quartiers à Enghien, et aussi avec Vingem. Lui était de ton collège, c'était un grand de troisième, immense, cheveux longs, sosie de Jim Morrisson à tes yeux d'alors.

Une légende, Vingem, dont le plus haut fait d'armes était de s'être tailladé, à la lame chauffée à blanc, le nom de sa copine du moment, Aline, sur le torse, lors d'une soirée de beuverie. Les versions divergeaient mais dans l'une d'entre elles, il s'évanouissait à la fin. Stan te parlait souvent de l'espèce de bar à cocktails qu'il s'était créé dans sa cave pour lui et ses potes et contre lequel sa mère n'avait rien pu faire. Souvent, il concluait en disant que Vingem était relou car chaque fois qu'il les raccompagnait jusqu'au portillon de chez lui, il pissait dans son jardin juste avant de leur serrer la main. Un truc animal pour marquer son territoire.

Ta rencontre avec lui fut marquée par un moment de gêne. Tu étais venu dormir chez Stan, dans sa nouvelle maison de Saint-Prix, cette maison d'où il pouvait faire le mur en sortant simplement par la fenêtre de sa chambre, vu que celle-ci était dans un sous-sol semi-enterré.

Vous deviez vous arracher et retrouver Vingem ainsi que quelques autres pour je ne sais plus quelle soirée. Je revois uniquement la sortie de sa chambre et votre marche furtive d'Indiens sur le sentier de la guerre jusqu'au bout de son jardin. C'est par là qu'il avait voulu passer pour éviter le grand portail et c'était aussi là le lieu de rendez-vous.

Mais l'itinéraire n'était pas simple. Il fallait marcher sur la crête d'un mur assez haut pour ensuite en escalader un autre. Je revois Vingem nous attendant là, au pied du mur à escalader, seul dans la nuit, tout surpris de te voir là, nabot de cinquième qui lui arrivait aux pectoraux. Le petit moment gênant intervint quand Stan lui demanda de te porter pour te permettre de franchir le mur. Ce qu'il fit avec une facilité qui l'étonna lui-même. Mais ça cassait un peu l'ambiance de se retrouver à aider un petit comme les grandes sœurs qui passent le BAFA.

*

Justement, par peur que Stan ne t'échappe, jamais tu n'aurais refusé une expérience qu'il proposait ou suggérait. À croire parfois qu'il était détenteur d'une liste secrète d'épreuves à te faire passer.

Ce fut par exemple le cas pour le lac des ciments, près de Mours, où il décida de t'emmener. Il te l'avait vendu comme une vaste étendue d'eau turquoise. « Magnifique ! » avait-il dit. Il s'agissait en fait d'une ancienne cimenterie désaffectée, entourée d'un grillage puisque sur un site privé. Comme toujours, Stan savait par où passer. Un sentier boisé jonché de détritus, puis le grillage éventré qu'il n'y avait plus qu'à écraser du pied, juste à côté d'un panneau « baignade interdite : danger de mort ». Le lac se dévoila enfin sous cette splendide journée de juin, délicieusement soustraite à l'autorité du ministère de la Nationale. Turquoise en effet, avec des rives calcaires abruptes, de grandes lignes à haute tension s'étirant au loin.

Carbotte était là lui aussi, étendu, appuyé sur ses coudes, une Kronenbourg à la main, son torse blanc comme la craie, maigre comme un chat écorché, en slip. À ses côtés gisaient de vieux sacs en plastique oubliés, des éclats de bouteilles de bière fracassées par d'autres que lui et une boîte de conserve Saupiquet. Ici, il n'y aurait pas moyen d'avoir pied au bord pour s'habituer progressivement à l'eau. C'était un lac où on se jette. « Mais attention, putain, c'est gelé ! » prévint Carbotte.

Et c'est vrai qu'en me documentant aujourd'hui sur Google, au chaud et au sec, je tombe sur plusieurs articles du *Parisien* ou d'autres journaux de la presse locale mentionnant des noyades au lac des ciments. Des cas d'hydrocution, visiblement, dans ces eaux dont la température pouvait descendre jusqu'à sept degrés.

Juste à côté de votre misérable plage s'élevait une ruine en béton armé, surplombant l'eau, sûrement de l'époque où l'on extrayait encore le calcaire, avant les années soixante. Un plongeoir idéal à près de cinq mètres de haut. Carbotte fut le premier à se lancer, dans un plongeon manqué tout en contorsions. Stan y alla après lui. « Oh, putain, putain, c'est froid ! » glapissaient-ils en regagnant le bord. Toi, tu préféras aller regarder par toi-même le fond qui t'attendait au cas où tu chercherais à sauter. Un peu d'eau derrière la nuque et tu te jetas, tout de suite mordu par la froideur de l'eau, les muscles raidis de crampes.

Ce jour-là, tu ne sautas pas. Les trois ans que Stan avait de plus que toi n'avaient jamais été si infranchissables.

*

Frédo avait donc annoncé la couleur pour ce qui était de sécher les cours. Mais début juin, cela faisait encore trop tôt pour Romu ou Aurélien. Et Stan n'était pas toujours disponible.

C'est ce qui te rapprocha de Bidot.

Bidot était un des skateurs de Saint-Leu, plus vieux que toi de deux ans, lui aussi élève à Wanda. Un grand gars aux cheveux très noirs, tout bouclés, les sourcils toujours un peu froncés dans un air bourru. Il habitait côté quartier de la Plaine, dans un pavillon années soixante sans charme. En venant chez lui la première fois, la première chose qui t'avait frappé était la cheminée en briquettes brun foncé remplie de boîtes de camembert Président.

L'étage, où vous n'alliez presque jamais, était jonché de slips sales. Il vivait seul avec son père et c'était leur tanière à eux. À tel point qu'on ne savait pas très bien si le départ de sa mère du foyer était la cause ou la conséquence de cet état de fait. Tout cela n'était pas tes oignons et vous n'en parliez pas. La seule chose qui importait en cette fin d'année de cinquième, c'était d'avoir un pote avec qui sécher les cours.

Je garde encore aujourd'hui un excellent souvenir de ces jours de juin où tu débarquais chez lui avec ta planche et ton sac pour y passer la journée à mater des vidéos de skate et à sortir skater, motivé à bloc par ces pros que tu venais de voir à la télé. Le midi, vous partagiez le plat tout fait que son père lui avait laissé.

Comme avec Stan, tu retrouvais en Bidot un grand frère de substitution, un grand frère sans brutalité. Je le revois te féliciter du premier *kick flip* que tu avais réussi, « J'suis fier de toi Alex », avait-il dit, c'était au Palais de Tokyo, à Paris, et cela t'était allé droit au cœur. Bidot était aussi un déconneur aguerri, les adultes auraient dit un adolescent à problèmes, et certains de ses faits d'armes ne faisaient pas l'unanimité parmi les potes.

Par exemple pour le saccage d'une salle de classe de l'école primaire Leclerc, juste en bas de chez toi. Vous vous étiez introduits, Bidot, toi et un autre, peut-être Carbotte ou Romu, dans une salle de l'école un dimanche après avoir vu qu'une fenêtre avait été mal fermée. Vous étiez entrés, aviez fauché quelques BD *Boule et Bill*, retourné des tables, écrit des insanités au tableau et répandu de la mousse d'extincteur sur le sol.

Le pire était que tu savais très bien de qui c'était la salle. Mme Lemaître, qui se trouvait être ta voisine. Pour autant, tu ne voyais pas le mal, et encore moins l'agression que cela pouvait constituer. Ce n'était d'ailleurs pas la vengeance qui vous animait, seulement cette pulsion stupide de faire ce qu'un accident, cette fenêtre oubliée, vous donnait la possibilité de faire. La joie cruelle de détourner l'usage normalement indestructible d'une salle de classe. Si vous aviez eu une montre pouvant bloquer le temps et figer tout le monde par un simple clic, comme vous l'aviez vu une fois dans un épisode des *Simpson*, cela aurait été avec la même joie que vous auriez baissé le pantalon des passants.

Limite donc, le saccage de la classe de Mme Lemaitre. Pire fut la bagarre avec monsieur le curé.

Vous étiez tous les deux, Bidot et toi, en train de skater sur la place de l'église quand le curé passa. Peut-être fit-il une remarque sur le fait que vous dérangiez les riverains, en tout cas le ton monta. Bidot lui lança : « Alors va te branler, vieux puceau ! » Ce qui provoqua un vif échange de claques entre les deux.

Quand tu racontas ça aux copains, personne ne défendit Bidot bien sûr, mais une ligne de partage s'installa entre ceux qui trouvaient l'anecdote belle, pour son côté cinématographique s'entend, et ceux qu'elle choquait. Frédo était de ceux-ci. Il trouvait ça dégueulasse et avait bien raison, lui qui n'était pourtant pas le dernier à se gausser des matrones qui vous gueulaient dessus depuis leurs fenêtres, comme lors de cette fois où l'une d'elles vous lança une bassine d'eau alors que vous étiez assis l'un à côté de l'autre pour lui chanter une sérénade.

Tu faisais partie de ceux qui privilégiaient le côté cinématographique de la scène : rien n'était plus important pour toi alors. Tu n'avais pourtant rien à reprocher au curé qui, tu le savais, défendait bec et ongles son presbytère contre les skateurs. À l'époque où tu étais encore inscrit au caté, tu t'amusais à lui confesser des trucs dont il avait été lui-même la victime et le plaignant.

Cela aussi avait eu quelque chose de cinématographique.

*

Bidot garde une place particulière dans le dossier Nunus, car il enclencha, sans le vouloir et même sans jamais le savoir, le premier rouage qui te conduisit à ton conseil de discipline.

Je ne sais s'il vous trouva particulièrement photogénique ce jour-là mais ce fut lui en effet qui vous prit en photo chez Stan tandis que vous vous paluchiez tranquillement, Romu et toi, dans le salon. Vous étiez passés chez lui un soir après le skate, aviez fait l'effort de gravir la longue montée qui menait au vieux Saint-Prix, mais les grands, Stan, Bidot et un autre gars avaient voulu se retrouver entre eux et vous avaient laissés, vous les petits, devant un film porno.

Ce n'était pas la première fois que vous astiquiez vos petits bidules culs nus dans les confortables fauteuils Chesterfield de cuir blanc du séjour parental. Vous ne voyiez donc pas le danger. Or, celui-ci se présenta en l'espèce d'un antique appareil à polaroïds tenu dans les mains espiègles de Bidot qui, après quelques clics, accoucha de quatre ou cinq images jaunes et opaques. Malheureusement, celles-ci se contrastèrent bien vite à la lumière du jour pour laisser voir ce que Bidot avait pris en photo. « Bof, et alors ? » te dis-tu.

Ce fut pourtant le début de l'intrigue qui allait te conduire vers le tribunal suprême du collège. Une histoire de paluche, donc, elle qui était pourtant ta compagne la plus fidèle en ces temps difficiles.

Tous les skateurs de la place de l'église savaient qu'ils avaient entre les jambes une pompe à morphine rien que pour eux. Et il était fréquent d'en faire usage ensemble, après avoir affronté le bitume, après les *flips* ratés qui éclatent les tibias, les *slides* manqués qui vous rétament sur le tranchant des trottoirs. Romu, Aurélien, Frédo, Bidot et toi vous retrouviez alors chez l'un ou chez l'autre pour sortir de sa cachette le film X du premier samedi du mois sur Canal Plus que le père de Romu ou celui de Bidot avaient enregistré sur VHS.

Assis en rang d'oignons sur le canapé, un coussin dans la main gauche en guise de séparation pudique, vos engins dans la main droite, vous vous branliez. Les plus avancés d'entre vous avaient déjà besoin d'un mouchoir quand tes éjaculations à toi restaient sèches. Lorsque tu dormais chez un pote ou chez l'autre, la petite branlette du soir, avant de se dire bonne nuit, était aussi un rituel. C'était en fait celui de chaque soir que la compagnie d'un ami n'interrompait pas.

Un soldat parle, dans le *Full Metal Jacket* de Kubrick, d'un homme que les officiers ont sorti du feu parce qu'il en était à plus de quatre pougnettes par jour. Cela t'avait marqué à l'époque car pour toi aussi le nombre de branlettes était un indicateur assez fiable de santé mentale. Les jours difficiles, ceux de novembre où l'on attend sous le préau venteux et sombre son tour pour la cantine, dans la cohue et le vacarme, les pieds froids dans les chaussettes humides, cela pouvait monter jusqu'à trois ou quatre par jour, et parfois même en classe.

Ce fut le cas lors de cette deuxième année de cinquième, sous ta table collée au bureau de Mme Noël, une stagiaire d'histoire-géo qui se faisait bordéliser. Ce devait être des moments où elle devait se dire « tiens, Alexis est calme aujourd'hui ».

...*SALON DE THÉ* BOUARRE...

Les vacances d'été, notamment chez tes grands-parents à Vendôme, tu te reposais du collège, et donc aussi de Nunus.

C'était un temps sans rien avoir à prouver, sans avoir à réprimer telles posture ou inflexion de voix. Un temps où tu pouvais t'abandonner à être toi, alors qu'à Saint-Leu, parmi les potes, un mot de travers, une prononciation bizarre pouvait faire rire et jaser des mois durant.

Ton frère et toi rejoigniez Bon Papa et Bonne Maman là-bas, dans leur belle maison de campagne, une grande longère du XVIIIe siècle dotée d'un vaste parc paysagé. Un jardinier était d'ailleurs payé à plein temps pour s'en occuper, six jours sur sept. Tu aimais, à l'étage, ouvrir une des fenêtres en chien-assis pour respirer l'été, perché au-dessus du petit jardin à la française que ta grand-mère avait conçu devant la maison. De grands parterres de fleurs diverses aux formes symétriques ceinturés d'un ruban de pelouse.

Thomas ne se montrait jamais brutal là-bas, ou presque jamais. Je vous revois d'ailleurs tous les deux sur les fauteuils crapauds de la salle télé regardant *Sherlock Holmes* en dessin animé, la version de Miyazaki avec des chiens. « Courez courez ! Holmes et Watson ! Ne laissez pas filer le bandit ! Cherchez cherchez ! Loupe à la main ! »

Vous étiez deux petits rois allant petit-déjeuner quand bon le leur semblait, n'aidant jamais évidemment aux tâches, ce qui n'était pas le cas du tout à Saint-Leu où c'était à vous de mettre la table et de la débarrasser. À Vendôme, comme dans un épisode de *Ma Sorcière bien-aimée*, les assiettes se posaient toutes seules et regagnaient la cuisine par leurs propres moyens. Darwin aussi était heureux, jouant au chasseur toujours à l'affût dans le jardin.

J'imagine que Thomas devait rouler ses joints là-bas, mais je n'en ai aucun souvenir. Quant à toi, je ne me rappelle pas t'avoir vu fumer là-bas. Pour qui, pour quoi ? Pour quelle raison affronter encore cette fumée âcre si personne n'était là pour le voir ? Tu préférais écouter Bonne Maman t'expliquer le détail de ses mondanités du moment, se plaindre d'Hélène Ruzé, vanter la délicatesse de Lucile Pasquier, raconter une bonne réception chez Mme Conchon, « tu te souviens, Alexis, que son mari Georges a eu le prix Goncourt ? »

C'était l'accord tacite : la laisser d'abord parler de ses sujets pour pouvoir monopoliser la parole après avec les tiens. Ce contrat était si bien respecté que ce bilan mondain ne t'ennuyait aucunement, alors même qu'il évoquait beaucoup de figures à peine connues de toi et mobilisait des jugements dont les ressorts t'échappaient.

Ce bavardage faisait que tu ressentais ce monde comme le tien et tu t'y sentais comme un poisson dans l'eau, buvant un chocolat dans la cuisine de Louis Leygue à Naveil, un sculpteur qui avait son musée en face de chez lui, après avoir arpenté leur labyrinthe de buis, jouant au tennis avec ton frère et Paul, votre cousin, chez Irène Frain après l'avoir écoutée se plaindre auprès de tes grands-parents des menaces que faisait planer Devi sur elle.

Son livre sur cette femme-bandit indienne qui s'était vengée d'un viol collectif qu'elle avait subi était sorti quelques mois plus tôt et Devi, qui avait confié beaucoup de choses à Irène Frain, n'appréciait visiblement pas la façon dont l'écrivaine tirait la couverture à elle. C'est en tout cas ce que j'ai retenu de ce sujet de discussion qui revint souvent dans les réceptions mondaines de Bon Papa et Bonne Maman de cet été 1993.

Tu n'attardais pas alors ta conscience sur l'écart social qui séparait le monde de tes grands-parents et celui des copains, sauf pour t'en amuser. Romu avait déjà passé des vacances à Vendôme. Frédo viendrait aussi, maintenant que votre amitié se confirmait. Quand tu évoquais Bon Papa et Bonne Maman auprès des potes, chez qui déjà l'appellation prêtait à sourire, tu avais pris pour habitude de leur dresser tout un folklore, jouant de ces détails qui pouvaient les faire halluciner, insistant par exemple cyniquement sur les masses délirantes d'argent de poche que tu parvenais à détourner.

Mes grands-parents étaient hantés par l'idée que l'on puisse s'ennuyer chez eux, si bien qu'ils multipliaient les propositions d'activités, comme l'équitation, dont tu te lassas bientôt, la location de vidéos, les copieux goûters au salon de thé Bouarre dans le centre-ville où tu aimais déguster un *banana split*... Une salle de squash ouvrit à proximité de chez eux dans l'Espace-forme du Leclerc et ce fut l'occasion d'une nouvelle activité. Tu y allais le matin, avec Thomas ou le cousin Paul, emportant avec vous l'argent de poche qu'ils vous donnaient pour jouer et prendre un verre après. L'équivalent de cinquante euros par jour.

Il suffisait donc d'aller plutôt se promener au bois pour garder l'argent. Vous auriez demandé le même argent de poche pour aller dans la forêt de l'Oratoire que vos grands-parents vous l'auraient quand même donné. Ainsi, vous ne pensiez pas voler. Si Bonne Maman vous demandait si vous aviez bien joué, nul n'était besoin de mentir : « Oh, finalement non, on a préféré aller en forêt. » Jamais elle ne vous aurait demandé de la rembourser.

Aussi, quand Frédo vint pour la première fois à Vendôme, pour les vacances de la Toussaint, il n'en revint pas lui-même de repartir avec de l'argent. Une copieuse somme qui plus est, tout simplement économisée. Cette plongée dans le bain chaud de la bourgeoisie inquiéta même ses parents qui se demandèrent si ce décalage n'allait pas être préjudiciable à leur fils quand il leur raconta les parties de tennis chez Irène Frain, les bandes dessinées scatologiques d'Edika qu'il hallucina de voir chez elle, les restaurants, les sorties en veux-tu en voilà.

*

Ce cynisme avec lequel tu profitais de tes grands-parents, qui plut à Frédo en lui donnant l'impression de prendre sa revanche sur les bourgeois, ne voilait aucune honte ou gêne du côté privilégié de ta famille.

Tes grands-parents maternels avaient su t'inoculer ce virus de la fierté familiale, par brèves explications sérieuses, les yeux bien plantés dans les tiens, à propos de l'École polytechnique qu'avait fait Bon Papa, ou même, parfois, à propos de leurs faits d'armes ou ceux de leurs amis, des faits d'armes d'adultes qui n'avaient rien à voir avec ceux de la contre-culture de la déconne. Louis Leygue et ses sculptures, Conchon et son Goncourt, Goudji et ses objets d'art dont Mitterrand faisait des cadeaux présidentiels, les objets liturgiques qu'il avait fabriqués pour la cathédrale de Chartres, les Rochambeau dont l'ancêtre avait aidé les Américains pendant leur guerre d'indépendance...

Mais, dans ton cerveau d'enfant, le virus pénétrait si bien que ton inconscient reptilien, dont le seul but était de permettre l'adaptation en milieu hostile, avait synthétisé le problème ainsi : folkloriser la différence pour la rendre acceptable, et au-delà, l'intégrer à ton propre folklore.

C'est un ouf, Nunus, avec sa famille...

Ton père avait aussi joué son rôle dans la genèse de ce cynisme.

Lui qui avait eu maille à partir avec tes grands-parents lors du suicide de leur fille gardait sur eux un œil d'une lucidité parfois glaçante. Cela me frappa beaucoup plus tard, après leur mort à tous, celle de mes grands-parents mais aussi celle de mon père, quand je découvris un rapport informel qu'il avait rédigé en tant que psychiatre à l'intention de la juge s'occupant de la mise sous curatelle de ma grand-mère. Il y parlait de certains traits hystériques la conduisant à rester parfois alitée des étés entiers pour d'obscures raisons médicales, traits néanmoins associés à un « très grand courage dans les épreuves », ce qui m'avait ému tant je voyais, derrière la mention pudique, de quelles souffrances partagées il pouvait s'agir.

Et ton père ne te cachait jamais ce qu'il pensait des mauvais côtés de tes grands-parents, de la façon dont ils avaient pu être toxiques pour leur fille. Quand tu lui disais que tu refusais parfois l'argent de poche qu'ils voulaient te donner pour ceci ou pour cela, il te répondait que tu avais tort, que tu devrais accepter.

Tu chérissais donc tes grands-parents plus que tout, mais en gardant sur eux cette double vue pouvant passer pour du cynisme.

*

Après Vendôme et ses voluptés bourgeoises, la véritable épreuve de cet été 1993 fut le séjour aux États-Unis, loin, très loin, du salon de thé Bouarre.

Là encore, tu marchais sur les traces de ton frère.

Tu allas passer trois semaines en Virginie dans la famille de son correspondant, Josh Boytech, chez qui il avait déjà passé un séjour avec le collège. Thomas disait *Djash* avec un accent un peu ridicule dont vous adoriez vous moquer avec Frédo, mais là, seul aux *States*, tu allais moins faire le malin. Josh avait pourtant ton âge, s'intéressait au skateboard et tu avais même pu sympathiser un peu avec lui quand il avait franchi l'Atlantique un an plus tôt pour des vacances à Hossegor avec vous.

A priori, pas grand-chose à craindre, donc. Les *States* étaient en plus pour vous la contrée du cool, de tout ce que vous adoriez. Thomas te les avait bien vendus en te racontant comment il s'était dépucelé là-bas lors de son séjour linguistique. Tu partais là-bas avec un paquet d'images ballottant dans ton crâne d'obus, le scooter des mers de la famille Boytech, les skateparks à tous les coins de rue (croyais-tu), les grosses voitures comme dans les séries, les ongles de Heather labourant le dos de ton frère tandis qu'elle le déniaisait.

Arrivé là-bas, après l'émerveillement de Washington, rutilante comme une carrosserie de luxe, du fameux scooter des mers dont on t'autorisa à tenir toi-même le guidon pour le conduire sur le lac devant la maison, le séjour aux États-Unis fut surtout un temps de solitude. Josh avec qui tu n'avais pas le niveau d'anglais pour vraiment discuter... Sa mère qui t'expliquait en français que son fils était pénible en ce moment, à cause de toi, car il voulait t'impressionner... Les potes de Josh, qui à quatorze ans avaient déjà des poils sur le torse et à qui tu ne cessais de répéter que vous, Français, étiez en moyenne petits comme toi... Leurs yeux incrédules...

Aucun ongle de fille américaine ne vint labourer ton dos à toi.

Quand Josh te dit un soir qu'il te trouvait moche, *ugly*, et que tu te retrouvas muré dans l'impuissance des mots que tu n'avais pas, tu compris toute la différence entre la moquerie entre potes et ça. La camaraderie et l'affection.

Une fois encore, la seule issue fut la transgression et le danger. Afin d'en remontrer à Josh. Ça avait commencé à la piscine où tu avais entrepris de faire des sauts périlleux arrière depuis le plongeoir de trois mètres à la piscine en courant sur la planche et en décollant face à l'eau. La tête passait alors vraiment près du plongeoir. Lui n'osa pas le tenter. Mais pour vraiment lui montrer quel mec cool tu étais, même si tu n'avais pas encore de poils sous les bras et mesurais deux têtes de moins que tous ses copains, tu tentas le truc habituel. Le défi de s'arracher de chez lui.

To sneak, disait-il.

Il se montra d'abord très enthousiaste mais tu réalisas vite que l'idée l'emballait plus que sa réalisation effective. Les rues dangereuses aux États-Unis, le couvre-feu imposé aux gamins par la police locale... C'était plus compliqué qu'en France. Il se laissa finalement tenter au bord de la mer, en Caroline du Nord, où sa famille t'emmena passer les vacances avec eux. Mais votre escapade nocturne se résuma à quelques cavalcades dos courbé d'une dune à l'autre, pareilles à des exercices militaires.

Des *States*, tu rapportas aux potes quelques anecdotes améliorées, des chaussures Airwalk et des fringues de skateurs enfin à ta taille, un truc introuvable en France. Un large baggy vert bouteille notamment. C'était alors la mode chez les skateurs, des pantalons où l'on pouvait en mettre quatre comme vous.

Déjà, une nouvelle rentrée se profilait.

...BROCHETTE DE PILOTES...

Bon Papa, en polytechnicien, se désolait toujours, sans oser te le dire pour ne pas te heurter, du contraste entre la propreté de tes cahiers de maths et la nullité de tes résultats dans cette matière.

Il t'avait un jour fait part d'un calcul tout simple.

« Rapporte le nombre de jours que tu dois encore passer à l'école à ceux que tu vivras en tant qu'adulte avec un travail qui te plaira et que tu auras choisi. Tu comprendras alors que tu as tout intérêt à te conduire comme il faut et à devenir le bon élève que tu aurais les capacités d'être. » Finalement, à ses yeux, la scolarité avant le bac s'apparentait un peu à la queue que font les citoyens à la préfecture pour venir retirer un permis de conduire. Qui serait assez con pour aller y faire le zouave et retarder tout le monde, à commencer par soi-même ?

La tentative de Bon Papa pour te raisonner et te faire réagir n'était pas idiote. Mais elle avait la faiblesse d'être par trop logique, trop rationnelle. Le collège ne ressemble en rien à une queue de préfecture. Il tient beaucoup plus d'une course de *Mario Kart*, tout en bananes lancées et en carapaces vertes. Et il se trouve que tu t'es retrouvé à la rentrée, en quatrième, avec une belle brochette de pilotes aussi déjantés que Donkey Kong, Bowser ou Yoshi, qui foncent et dérapent à fond la caisse sans trop savoir en quoi consiste le but de la course. Gogol, Zizine, Drouin, Franck, Nicolas Gendrau...

Gogol, simple diminutif de son nom (Goschgowsky), ne pouvait prétendre à aucun lien de parenté avec l'écrivain russe. C'était juste un petit gros toujours prêt à se marrer et que tu adorais. Tu passas d'ailleurs les deux années qui suivirent à serrer son bras potelé comme un défouloir. C'était chez toi, qui as toujours été très nerveux, une marque d'affection : le besoin de serrer le bras d'un mec avec qui tu rigoles.

Zizine quant à lui était un grand gars pataud qui aurait bien aimé réussir son année, mais qui fut emporté lui aussi dans la gaudriole. Tu parvins une fois à lui faire avoir une heure de colle en faisant semblant de recevoir des coups de lui sous la table. « Aaaïïe », soufflais-tu avec l'air d'encaisser une douleur sourde. « Jérémie ! » cria la prof. « Aaaïïe... » « Jérémie ! » Une fois, deux fois, trois fois, jusqu'à l'heure de colle. « Mais c'est pas vrai ! J'ai rien fait ! » s'insurgea-t-il... trop tard, les profs connaissaient la chanson. « Putain, je vais te tabasser ! » promit-il alors. Il se contenta de te morigéner un peu vertement dans le couloir. En fin de compte, ça avait valu le coup...

Drouin, pour sa part, était un mec plutôt sérieux mais qui savait rigoler. Vous adoriez le persécuter, Frédo et toi. Le stratagème consistait à le soumettre sans arrêt, à la cantine ou en permanence, à des tests de Rorschach de votre invention, tests que tu connaissais par ta culture familiale, représentant des phallus en érection spécialement confectionnés par vos soins à son intention. Drouin disait benoîtement ce qu'il voyait, « Ben, c'est des bites », et vous preniez l'air horrifié et dégoûté en lui répondant que c'était des tulipes ou des fraises et qu'il était malade.

Il y aura plus à dire sur Franck et Nicolas Gendrau qui devinrent des potes assez proches. Nicolas et toi, c'est l'ennui des cours de techno qui fit de vous des amis. Il te lança un jour un défi : lever la main, attendre d'être interrogé juste pour ensuite dire « monsieur, je m'ennuie », avec la voix traînante des gamins agaçants. C'est le plus vieux moment de complicité entre vous dont je me souvienne. Mais Nicolas savait ne pas trop se mettre en danger vis-à-vis de l'institution et il n'eut jamais à faire face à de dures sanctions.

C'était un blond filiforme, maigre et à la peau d'une blancheur presque translucide. Il avait un rire nerveux qui l'obligeait à découvrir des dents passablement désordonnées. Dans la contre-culture de la déconne, dans le monde impitoyable de l'attitude cool et de ses jugements, que ton frère Thomas savait si bien trancher, il ne payait pas de mine. Avec ses deux mèches châtains réparties de chaque côté sur son front, il était en effet une sorte d'incarnation de la classe moyenne française dans sa version adolescente. On l'aurait volontiers imaginé sur une publicité pour Center Parcs entouré d'une sœur, d'une mère et d'un père fictifs, sur une grande bouée jaune, tous éclaboussés et souriants à pleines dents.

Il habitait un pavillon moderne à deux pas du collège. Une maison confortable à l'américaine avec de bonnes ondes de famille sans histoires. Tu pris l'habitude d'y aller tous les vendredis après les cours, pour boire les délicieux jus de fruits onctueux qu'il gardait dans son frigo ou jouer de la batterie électronique sur laquelle son père s'exerçait.

Tu appréciais aussi chez lui son côté apprenti de la déconne. On le comparait des fois à Smithers, et toi à M. Burns, le bourgeois maigrichon, mauvais et malsain des *Simpson*. Comme Frédo, que tu avais soûlé une fois à la maison (et même molesté avec Aurélien quand il ne comprit pas qu'il fallait après rentrer chez lui), Nicolas eut droit à sa séance de bizutage à la maison : une sélection spécialement concoctée par tes soins des meilleurs whiskys de ton père. Du *single malt* uniquement. Aberlour, Lagavullin, Highland Park... Le pauvre fut rapidement fin bourré. Un soir de semaine, en plus.

Thomas s'était pris au jeu et lui fit même essayer un cognac. Mais quand le cadran indiqua 18 h 45, il devint évident qu'il fallait commencer à anticiper le retour du travail de maman. Ton frère se montra même plus inquiet que toi. Que dirait-elle en tombant sur ce candidat au casting pour la dernière publicité Kinder qui ne tenait pas debout, riait d'un rien et racontait n'importe quoi ?

La solution préconisée par Thomas fut de l'emmener *manu militari*, torse nu, dans le jardin pour le dégriser à grands seaux d'eau dans la figure. Il pleuvait pourtant ce jour-là, un crachin de début d'automne qui ne vous dissuada pas. Il y eut même une vraie joie à se voir faire ce geste qui semblait n'appartenir qu'aux westerns. Et tiens ! Prends ça dans la gueule, ivrogne ! Pas sûr ce jour-là que Nicolas goûta beaucoup les mœurs du *saloon* de Nunus.

Franck enfin, le dernier de la brochette, vivait dans une cité de Saint-Prix. Il était béninois par son père, martiniquais par sa mère et surtout nouveau au collège, s'étant fait exclure de celui de Saint-Prix pour avoir, disait-il, couché avec une fille sous un escalier de son ancien bahut. Un fait d'armes plutôt incroyable. Il ne s'en vantait pourtant jamais et restait évasif sur les aspects concrets de son méfait. Sa conclusion était immanquablement qu'il ne fallait pas se presser, qu'il fallait savoir attendre, et il la répétait comme un mantra dès qu'il évoquait cette affaire. « Sois pas trop pressé, Alex... »

Il est tout à fait possible que ça n'ait été qu'affabulation mais toutes les autres choses étonnantes qu'il pouvait dire sur son compte ont pu être prouvées visuellement. Le pauvre en était souvent réduit à devoir prouver ce qu'il avançait. Vous adoriez en effet le faire enrager en feignant de ne rien croire de ce qu'il pouvait dire d'étonnant. Ainsi du singe qu'il disait avoir chez lui en guise d'animal de compagnie : tu vis le singe de tes propres yeux sur son balcon ; ainsi des larges plaquettes de shit qu'il disait cacher sous son matelas pour des dealers de sa cité : tu vis les plaquettes ; ainsi de la mobylette qu'il disait avoir trafiquée pour qu'elle dépasse les 100 km/h : tu vis l'engin, même s'il ne le ramenait jamais à Wanda.

On adorait le charrier sur des broutilles, des phrases débiles qu'il avait pu dire, comme quand la prof de français s'était écriée en le voyant débarquer en retard « Franck ! » et qu'il avait répondu un timide « C'est pas moi », ou comme cette fois où tu avais réussi à lui faire gober que l'âge de la Terre n'était que trois mille ans pour une question de contrôle sur laquelle il séchait. Me revient aussi cette fois où Frédo et toi l'aviez allumé tandis qu'il ne cessait de dire « Babylon ! » comme un nouveau juron cool qui n'aurait été rien qu'à lui. Il avait dû choper ça dans le ragga dont il s'abreuvait, et vous lui aviez fait la leçon.

« Tu sais au moins ce que ça veut dire Babylon, abruti ?

– Bah, je sais pas moi, c'est ragga ! »

Cette réponse-là était restée dans les annales et l'avait poursuivi pendant des mois.

Franck était le genre de potes que l'on voyait très peu à l'extérieur. Il ne traînait pas trop sur Saint-Leu. Un jour, il te dit, alors que vous achetiez des parts de pizza à la boulangerie de la famille Depart à côté de l'église, qu'ici, il voulait dire dans les boutiques du centre-ville, les grand-mères ne l'aimaient pas. Qu'elles le regardaient d'un sale œil. Franck avait intériorisé le racisme à un point qui pouvait le conduire à des extrémités assez ridicules.

Je me souviens notamment de cette première fois où il vint à la maison. Impressionné par ses dimensions et par ce qu'elle signifiait socialement, il n'osa tout simplement pas se montrer quand ta mère rentra du travail. Il s'enfuit donc littéralement dans le jardin pour s'y cacher. Malheureusement pour lui, ta mère voulut te montrer quelque chose dehors. Tu vis donc Franck changer de cachette à la dérobée et bondir d'un hibiscus à un framboisier furtivement au lieu de simplement venir se présenter et dire bonjour. Il s'était persuadé lui-même qu'il n'avait rien à faire dans une maison comme celle-ci et que sa présence serait perçue comme inconvenante.

Son curriculum caché n'était pas le vôtre, le shit qu'il planquait sans même être fumeur lui-même en témoigne, et provoquait chez lui une forme de dissociation. Rigolard, sympa et souvent victime de vos railleries au collège, mais petite racaille à l'extérieur. Il fut tout désolé quand Nicolas Gendrau se souvint qu'il avait déjà eu affaire à ce Franck-là, au Franck de l'extérieur qui emmenait parfois les petits de sa cité faire des mauvais coups.

Il se trouva que Franck avait déjà dépouillé Nicolas avec ses sbires au niveau du passage souterrain de la gare. Les petits, des gamins de primaire, s'occupaient de faire barrage en bloquant l'issue tandis que Franck intimait souverainement l'ordre à Nicolas, qu'il ne connaissait pas encore, de donner tout ce qu'il avait sur lui. Nicolas ne lui en tint pas rigueur mais aimait bien le faire culpabiliser avec ça. « T'étais vraiment un enculé quand même ! »

Il arrivait parfois à Franck de vous montrer sa tête de racaille, bouche renfrognée, sourcils froncés, il suffisait pour ça de lui demander, comme on le faisait pour toi et ta tête de golio, et il s'exécutait, en papi voulant faire plaisir à ses petits-enfants, ce qui vous faisait toujours dire : « Mais c'est vrai qu'il fait flipper, ce connard ! »

C'était un gars très athlétique, pas très grand mais très baraqué. Il suivit d'ailleurs plus tard une carrière de joueur de foot professionnel dans différents clubs des Pays-Bas, à en croire l'historique de ses transferts que je retrouve sur Google. On savait qu'il s'entraînait dur mais, comme un jeune virtuose du violon cacherait ses dons et ses heures de pratique quotidienne à ses copains d'école qui ne jureraient que par le hip-hop, il ne vous en parlait jamais. Pour vous, le foot était un sport de beaufs ou de profs, les seuls sports qui valaient quelque chose étant le skateboard et le snowboard.

C'était en tout cas ses affaires à lui mais tu n'adorais rien tant que te blottir dans ses bras et contre ses pectoraux rembourrés comme des coussins, notamment en EPS, pendant qu'étaient données des consignes dont vous n'aviez cure. Cette attitude énervait bien sûr la prof qui devait souvent vous séparer physiquement, « Mais arrêtez de vous faire des câlins, bon sang ! » alors que vous étiez enlacés, étendus à la romaine, sur un tapis de gym DIMA.

Quand arriva le moment dans l'année de faire de la lutte gréco-romaine, votre couple, si bizarrement assorti, donna lieu à des démonstrations audacieuses. Je me souviens notamment de cette fois où il s'était agi d'inventer des prises. C'était la consigne. Franck et toi aviez bien bossé et n'étiez pas peu fiers de présenter vos trouvailles. Ainsi quand vint votre tour, ton ami te fit tournoyer littéralement au-dessus de lui, ce qui fit dire à la prof, sans plaisanter : « Non, ça compte pas Franck, ta prise, on peut la faire qu'avec Alexis. »

Si Franck lisait ces lignes, il s'insurgerait peut-être : « Comment ça, vous vous foutiez de ma gueule ?

Vous étiez mes bouffons, oui ! » Voilà ce qu'il dirait. C'est en tout cas ce qu'aurait dit le Franck que j'ai connu au collège. Et il y aurait du vrai là-dedans. De la ribambelle de personnages qu'Aurélien, Frédo et toi aviez inventés, associés chacun à une grimace spécifique, le golio bien sûr, mais aussi le névrosé, le beauf qui fait de la gonflette, le coach (qui appartenait plus à Aurélien et Frédo), et même d'autres dont vous imaginiez les histoires, il y en avait un qui était spécialement destiné à Franck. Joues gonflées, regard noyé, tu l'appelais Yoshi, car inspiré du dinosaure vert qui accompagne le Mario de Nintendo.

Oui, choper la bonne grimace, la bonne intonation débile, la parfaite remarque absurde concernant tel ou tel de vos personnages occupait une large part de tes journées d'alors. Franck ne s'en lassait jamais et te prit même une fois bras dessus, bras dessous pour te présenter à son grand frère et à ses potes basketteurs afin que tu leur fasses ta tête de Yoshi. « C'est trop drôle, non ? » fit-il. Ils eurent la gentillesse de sourire.

Heureusement pour moi, les grimaces me sont passées avec l'âge. Ce qui n'exclut pas parfois un risque de rechute...

Quand les tâches de père de famille de deux enfants en bas âge m'accablent, qu'il faut encore, après une journée de travail, soulever, régler sangles des sièges auto ou scratchs des chaussures, ranger vêtements et jouets, mettre la table, cuisiner, nettoyer à genoux le sol de la cuisine jonché de projectiles de purée joyeusement catapultés, remplir lave-vaisselle et lave-linge et nettoyer à la main ce qui doit l'être...

Quand la vie semble m'attraper par les poignets pour m'entraîner de force dans une *Capucine* endiablée, allez, tous en rond ! « Dansons la capucine, il n'y a pas de pain chez nous, mais il y en a chez la voisine... » Je m'entends alors bêtifier comme lorsque j'étais au collège, répéter à l'infini une phrase, croisée dans une chanson, dans un roman, ou même un simple mot, en contrefaisant ma voix tout en récurant poêles et casseroles.

Des moments d'abandon qui offrent un spectacle pénible au conjoint...

Je crois pouvoir dire que si le couple tient alors le coup, c'est qu'il est solide. Tout ça, aussi dérisoire que cela puisse paraître, en dit long, je pense, sur les forces que l'on a ou que l'on n'a pas pour affronter les contraintes de l'existence telles qu'elles se présentent dans des quotidiens répétitifs. Certains encaissent, stables comme le Charles Ingalls de *La Petite Maison dans la prairie* réparant son toit ou sa grange. Ils font face, jour après jour, heure après heure, sans grincer des dents, sans grimacer, sans faire le golio justement ou bêtifier sur une phrase à la con... Sans avoir besoin de gruger le thermomètre en le plaçant sur la lampe pour le faire grimper à trente-neuf degrés et s'offrir ainsi auprès de maman un répit de quelques jours. Il y a dans l'indiscipline scolaire une forme de faiblesse face à l'effort et cela peut changer la donne de la considérer comme cela plutôt que comme un affront, une provocation ou une impolitesse.

Voir les agités comme des essoufflés. Essoufflés comme tu l'étais à leur âge.

*

La camaraderie, dans ce qu'elle a de beau, naît de ces contextes subis, la compagnie de gens que l'on n'a pas choisis, la mauvaise haleine des voisins de tables, les pets à la responsabilité confuse et partagée, les ordres et les consignes qu'on ne comprend pas toujours, les mêmes déplacements forcés d'une salle à l'autre, un fardeau fait des mêmes livres sur les épaules.

Tout ça constituait le terreau des petits craquages nerveux qui faisaient alors ton quotidien, prenant la forme de ces blagues débiles aujourd'hui inracontables.

Tous ceux qui s'abandonnaient à ces craquages, pour s'y vautrer au risque de t'y entraîner plus profond ou simplement pour y glisser un pied en concédant un sourire à une mauvaise imitation, par exemple, ou à une grimace du golio, tous ceux-là devenaient des camarades de cœur : c'étaient les Drouin, les Goschgowsky alias Gogol, les Zizine que j'évoquais plus haut, les autres restant des camarades de papier, des camarades seulement sur les listes d'appel. Mais ils n'étaient pas si nombreux, car rares étaient ceux à qui vos conneries à répétition et votre façon de les payer si cher n'arrachaient pas un sourire.

Il en reste quelque chose aujourd'hui dans le professeur que je suis. Au fil des années qui défilent, le réel bonheur à trouver dans ce métier est pour moi du côté de la camaraderie.

Celle que l'on peut tisser avec les élèves et qui n'exclut aucunement l'autorité. Une camaraderie verticale qui elle aussi naît de ce contexte subi, élèves et profs ne se choisissant pas, et de ce temps obligatoire à passer ensemble. Elle apparaît lorsqu'une complicité se développe autour des petits riens qui peuvent survenir dans la routine d'une salle de classe, une vanne, une réflexion, un lapsus, un micro-événement sur lequel nous avons pu plaisanter, des petits riens qui n'appartiennent qu'à nous.

On reconnaît cette complicité de la camaraderie à ce qu'elle est justement inracontable ; tout un contexte serait à reposer, voilà, on était dans le cours sur tel ou tel chapitre quand Machin a dit cela, alors qu'en fait ceci et patati et patata, la chute de la blague qui nous avait fait rire apparaîtrait alors dérisoire et sans intérêt.

C'est par exemple Elsa, une élève de quatrième, m'offrant finalement des chaussettes après avoir passé plusieurs semaines à me charrier sur celles que je portais. C'est aussi cette classe de troisième à laquelle je tentai de faire croire, sans qu'elle soit dupe le moins du monde, que je connaissais le rappeur Kaaris pour avoir grandi avec lui dans les cités de Sevran. « Il avait même peur de moi ! ajoutai-je. Je lui volais son quatre-heures à la récré. »

Cela peut être aussi ce cours sur la première guerre mondiale durant lequel je me mis à mimer furieusement les mitraillettes, tatatata, juste une envie soudaine de faire le clown, sans doute liée à la fatigue, la dernière heure de cours de la journée ou quelque chose comme ça, typiquement le genre de pulsions que je payais d'heures de colle quand j'étais Nunus. La classe avait rigolé et me réclamait, jusque dans les couloirs de l'établissement lorsque je la croisais, de recommencer. S'il vous plaît, monsieur, refaites-nous tatatata.

Je présume que beaucoup de professeurs, en allant chercher le pain, en sortant la poubelle ou en roulant seuls en voiture, revisitent des moments de classe et les rejouent pour eux-mêmes, pour trouver ce qu'il aurait fallu dire quand tel ou tel élève a dit ça, la bonne répartie qu'il aurait fallu avoir. C'est mon cas. Quand j'étais jeune prof, ces jeux de rôle intérieurs tournaient autour de provocations ou de réflexions insolentes dont j'avais pu faire les frais et auxquelles je tentais de trouver une meilleure solution pour les fois où elles se reproduiraient. Désormais, quand je médite en solitaire sur des moments de classe, ce n'est plus que pour réfléchir à comment faire rebondir une blague idiote qui avait pu nous faire rire, les élèves et moi.

*

Cette année de quatrième fut donc pour toi la découverte de la camaraderie que j'aime tant retrouver aujourd'hui. C'en était alors fini ou presque de cette stupide découpe du monde entre mecs cool et blaireaux qui prévalait quand vous maudissiez le collège, Alban et toi. Presque fini car il t'arrivait encore d'être cruel pour ceux que les potes considéraient unanimement comme des blaireaux.

Un certain Piget en fit les frais en EPS quand tu lui collas une crotte de nez vert fluo grosse comme un escargot de Bourgogne dans le dos, à la seule fin de faire rire Frédo lors d'une compétition interclasses. Le pauvre Piget resta comme ça avec son mollusque pendant tout le match de je ne sais plus quel sport. Frédo se pliait en deux de rire chaque fois qu'il croisait le malheureux.

Le rire de Frédo a toujours eu pour toi l'effet d'un shoot, une détonation d'opiacés dans ton système sanguin. D'autant qu'il avait le rire démonstratif. Quand j'écris qu'il se pliait, c'était vraiment au sens propre, ses cheveux frisés balayant presque le sol tandis qu'il se tenait le ventre comme quelqu'un retenant une diarrhée. D'autres fois, il tombait carrément par terre et s'agitait de trémulations comme un épileptique. C'était pour toi un régal.

Les jours sombres de la déconnade malsaine, ceux des menaces de mort ou des rétroviseurs cassés, étaient derrière toi.

Je te revois d'ailleurs tenant le tire-fesses aux Gets pendant les vacances de février et riant encore, pour toi seul, de la dernière connerie de Franck ou de Gogol et te disant à toi-même : « Ouais, cette année, j'aime bien ma classe. » Et pourtant, les filles n'en demeuraient pas moins intouchables. Fanny A.... Audrey V., la plus belle fille de Wanda... et tant d'autres. Parfois, de douloureux ragots se faufilaient jusqu'à tes oreilles. Audrey V. est sortie avec Jean-Baptiste dans le car après le voyage en Normandie. Mais comment des trucs comme ça pouvaient-ils arriver ? Pour être ce Jean-Baptiste à ce moment-là dans le car, seulement un quart d'heure, un tout petit quart d'heure de rien du tout dans l'univers, pas de quoi chambouler l'espace-temps, tu aurais été prêt à vidanger toute l'huile du moteur de ce foutu car en la siphonnant par la bouche.

L'ex-petit Julien H. te disait souvent :

« Tu sais, Nunus, les meufs, elles ont peur de toi. Trop malsain, mec. Ma cousine Virginie, elle dit que t'es un sadique.

– Virginie, elle dit ça ? Mais elle était avec moi en CM2 et c'est une copine en plus.

– Ça n'empêche pas », répondait-il avec lucidité.

L'histoire du pantalon baissé en pleine récré quand tu étais arrivé bourré l'an dernier au bahut, ou alors le harcèlement sexuel, les mains baladeuses et tout, sur tes copines ? Ou peut-être un peu tout ça. La gueule un peu trop de travers aussi ? En obus ? Pas encore assez rafistolée ?

Pourtant, tu les enchaînais alors courageusement, les rendez-vous du jeudi soir chez l'orthodontiste à Paris, une heure et demie de trajet depuis Saint-Leu après les cours. Désormais, le médecin t'a affublé de bagues reliées par deux élastiques, seyantes pour le sourire, et d'une espèce de casque à la fois moyenâgeux et hi-tech « à mettre le plus souvent possible à la maison ». Ce que tu fais avec gourmandise dès le cartable posé et la plaque de Milka engloutie, justement pour en finir avec ce profil de rat à la con. « Qu'est-ce qu'il est sérieux, Alexis, avec ses appareils ! » applaudissent les adultes. « Tu m'autorises toujours à montrer tes radios à mes étudiants à la fac ? » fait le médecin. Un cas : c'était ce que tu étais pour lui.

*

Ne plus faire peur aux meufs.

Je revois encore Sonia, une jolie fille à la chevelure mousseuse et toute en boucles, à côté de laquelle tu étais assis en option anglais dans la salle de Mme Peureux qu'elle avait disposée en U. Indéniablement une fille sérieuse et posée, posée comme ça t'aurait tellement simplifié la vie de l'être, même si un peu bavarde. Lui parler était toujours faire escale dans un havre de tranquillité et de douce normalité. D'une encre bleu turquoise, et d'une écriture toute en rondeurs, jusqu'aux points des i tracés en cercles, elle finit même par t'écrire un mot gentil dans l'agenda.

Ces petits mots écrits par des copines dans ton agenda étaient des patchs de papier, non de nicotine mais d'affection féminine. Quand tu feuilletas son cahier de textes pour y laisser à ton tour un message sympathique, tu aperçus des photos de cétacés découpées et collées avec soin un peu partout. Elle te confia alors que sa passion était les dauphins et se lança à voix basse, pour ne pas se faire rabrouer par la prof, dans un exposé amoureux de leurs diverses particularités. Tu buvais ses paroles, bien sûr... une fille qui te parle avec enthousiasme, ce n'était pas tous les jours... mais une partie de toi ne put s'empêcher de soupirer... qu'est-ce que la route était longue entre elle et toi, et à travers elle toutes les autres, qu'est-ce que la distance était grande ! C'en était désespérant. Il te vint à l'esprit que ton gland aussi était dans la même matière que la peau des dauphins mais tu t'abstins de lui dire.

Ne plus faire peur aux meufs... Ne plus faire peur aux meufs...

… *Docteur Maboul*…

Dans cette classe de quatrième que tu appréciais et où tu te sentais bien, les débuts furent pourtant difficiles, non en raison des autres élèves, je l'ai dit, mais plutôt de l'administration du collège qui s'échinait à te rappeler ses règles avec une opiniâtreté confondante. L'angoisse de l'attente dans le couloir sombre du bâtiment A, rez-de-chaussée, celui de l'administration, sur ces strapontins au rembourrage pelucheux et rouge, m'habite encore. Une sinistre plante verte, impassiblement coite, t'apparaissait comme un exemple cynique, offert à la vue des récalcitrants, de la bonne attitude attendue.

« Il n'est pas autorisé de sécher la cantine pour aller manger chez Gendreau », répètent-ils. Cela ne faisait pourtant de mal à personne. Un truc en rapport avec la responsabilité légale de l'établissement que tu ne comprends qu'à peu près. Dommage car la récidive te coûta une demi-douzaine d'heures de colle, toutes placées le jeudi matin à 8 h 30 avant l'EPS. Ce n'était plus une simple sanction mais une vraie modification d'emploi du temps, rien que pour toi, spécialement pour te faire comprendre que c'est bien eux qui plantent les règles.

Tout ton début de quatrième fut à l'image de cette sanction.

La camaraderie, les potes, la rigolade et après, sur le mode d'une violence sourde, les sanctions qui tombent pour te rappeler ces règles que tu piétines. Ta vie au collège était une sorte de Docteur Maboul où vivre comme tu l'entendais revenait à sortir de délicates petites pièces sans toucher les rebords qui se mettaient tout de suite à sonner.

Me revient aussi cette retenue, et ce zéro, donnés par le prof de physique quand il m'avait grillé en train de recopier les réponses d'un contrôle sur la copie de Frédo. Bien qu'étant dans une autre classe, il avait aussi M. Kiewski qui avait donné à sa classe la même interro. Docteur Maboul : tu avais tenté de retirer délicatement la pièce mais il t'avait vu, les bords avaient sonné.

Un petit nuage personnel semblait t'accompagner partout.

Tu ne te satisfaisais pas de cette situation. Je te revois en prendre pleinement conscience lors d'une sortie chez des amis de tes parents à Paris. Les adultes étaient entre eux. Thomas et toi discutiez avec leurs enfants qui avaient à peu près votre âge, plus une petite fille de maternelle, rigolote comme tout, mais le nuage était là.

« Tu es triste ? me dit-elle.

– Non, j'ai des ennuis à l'école. »

Tu souhaitais vraiment que les choses se passent autrement. Mais tu semblais encore incapable de renverser la séquence : « Je veux faire ça – voilà c'est fait – pourvu qu'on ne se fasse pas griller – merde, on s'est fait griller. » La transformer en : « J'aimerais faire ça – mais le risque est trop grand de se faire griller et d'avoir encore des problèmes – je m'abstiens. » Les conneries s'abattaient comme sous l'effet de la gravité, avec la même nécessité qu'une pierre déboulant d'un talus. Tu en étais réduit à espérer que ça passe sans faire trop de casse.

*

Il y avait pourtant ce nouveau copain, Grégory.

Tu aimais te payer avec lui des tranches de normalité.

Les rasades de Jack Daniel's, les joints et l'arrache, tout ça n'était pas pour lui, vous n'auriez même pas eu l'idée de lui proposer. Son truc à lui, c'était les mobs, les mobylettes à trafiquer. Il rongeait son frein en attendant d'avoir les quatorze ans requis pour les conduire. Ce qui vous mit en relation fut le suicide de son père.

Quand tu appris la nouvelle, tu ne pus t'empêcher de venir le trouver pour lui raconter, durant le trajet vers le gymnase en EPS, que ta vraie mère aussi s'était tuée. Il n'était qu'un bon camarade que tu trouvais sympa et, d'un coup, la mort d'un parent l'avait bouté hors de la normalité standard, un peu comme cela avait été le cas pour Marylou quand son père était décédé d'un cancer. C'est comme ça que tu ressentais les choses, des camarades boutés hors du normal, cette normalité que tu considérais toujours avec ambivalence, à la fois convoitée et méprisée.

Grégory et toi, vous devîntes vite assez proches pour que tu ailles chez lui, assez pour méditer sur le mystère qu'est souvent un suicide. Il habitait une jolie meulière, rue de Montmorency, avec sa mère et sa petite sœur. Des ondes positives, une famille aimante et ordinaire dans le meilleur sens que ce terme peut avoir. Et pourtant son père, un libraire, avait préféré partir. Laisser derrière lui ses enfants, sa gentille femme, son petit jardin, les roses entrelacées sur la clôture, le joli portillon en fer forgé tout juste repeint d'un vert bouteille profond, ce portillon qui devait l'accueillir après sa journée de travail.

C'était pour toi le contraste entre cette maison, soignée et paisible, et ce suicide qui composait le mystère. Et ce mystère révélait la brutalité de la vie des grandes personnes d'une façon plus angoissante encore qu'une famille comme celle de Carbotte pouvait le faire, cette famille emmurée dans son vieux pavillon défraîchi et dans le *hard rock* de leur fils.

Grégory resta le même malgré son deuil, insensible aux attraits du côté obscur de la déconnade, et même à ceux de la déconnade tout court. Docteur Maboul, ce n'était pas pour lui. En sa compagnie, c'était plutôt toi l'apprenti, que ce soit en scooters et mobylettes à trafiquer ou même en préoccupations ordinaires de garçons au seuil de l'adolescence.

Vous vous étiez acheté, tous les deux, des pistolets à billes jaunes, assez puissants pour laisser une trace sur une canette de coca quand vous tiriez dessus à deux mètres de distance. Juste histoire d'aller jouer aux flingues dans les rues. Et je te revois débarquant un mercredi chez Romu où tu le trouvas assis par terre, affalé contre le mur de sa chambre avec Julien en train de se shooter au gaz hilarant, en écoutant *People Everyday* d'Arrested Developpment.

Il se refilait la bombe aérosol de ce produit destiné à nettoyer les lentilles des appareils photo, du protoxyde d'azote, en se marrant comme des cons et en aspirait le contenu comme si c'était du lait concentré. Cela leur faisait des voix bizarres. « Vas-y Nunus, essaie ! » te dit Romu en te tendant la bombe. Tu la saisis, pressas le vaporisateur et un air froid au goût métallique envahit ta bouche puis tes bronches.

« Dis quelque chose ! fit Julien.

– Putain, c'est bizarre ! » dis-tu pour t'entendre avoir toi aussi cette voix caverneuse de robot de dessin animé.

La tête tournait aussi comme si des doigts invisibles avaient envoyé d'une pichenette un calot rouler autour de l'intérieur de ton crâne.

C'est alors qu'une envie brusque de changer d'ambiance te saisit. Une envie d'aller jouer à des jeux de gamins avec Grégory. Rentré chez toi, tu l'appelas et il fut partant pour un duel, façon films policiers, sur le parking de l'église. Vous vous êtes ainsi retrouvés, masques de ski sur les yeux pour éviter les blessures, à vous cacher entre les voitures, tâchant de prendre l'autre en embuscade.

*

Cette volonté de retenir l'enfance t'accompagnait souvent.

Quand arrivèrent les vacances de Noël, ce fut cette fois avec Frédo que tu savouras le plaisir et la douceur d'être enfant. L'attente du vingt-quatre et des cadeaux, la maison soigneusement décorée de couronnes de sapin, de boules rouges et or pendues un peu partout, l'odeur du feu qui embaume les jours où ton père est là, les cantates de Noël de Bach, le skate avec Frédo dans ce nouveau spot, la bibliothèque municipale, que vous tentiez alors, les retours précipités devant la télé pour ne pas louper le début des *Simpson*. Tu sentais même la ferveur gauchiste de Frédo, son dédain de la bourgeoisie, s'alanguir dans l'atmosphère chaleureuse de ta demeure.

Il vous arriva même de partager un moment de grâce inoubliable après que fut venu le soir du réveillon, ses langoustes, son rôti de biche et sa sauce aux airelles, ses lambeaux de papier cadeau éparpillés partout. Tu avais reçu le jeu *Aladdin* pour Super Nintendo et vous progressiez ensemble de niveau en niveau tandis que de timides flocons lambinaient dans leur chute derrière la fenêtre. Frédo dormait à la maison et c'est là que vous êtes arrivés à ce niveau exquis où, émerveillés, vous deviez déplacer Aladdin en tapis volant dans un ciel de nuit, au-dessus des toits d'une ville d'un Orient de légende, sur fond de *Ce Rêve bleu*, musique tirée de la bande originale du film. Une chanson que vous trouviez niaise quand elle accompagnait le film mais qui cette fois-ci, dans sa version Nintendo, vous saisit au cœur.

*

Et déjà, quelques jours plus tard, le soir du Nouvel An, Nunus te rattrapait.

Thomas était chez un de ses copains et tes parents devaient passer la soirée chez des amis à eux, loin, et ils ne seraient pas de retour avant deux heures du matin. Vous ne pouviez, Romu, Bidot, Aurélien, Julien, Frédo et toi, manquer l'occasion d'organiser votre réveillon de la Saint-Sylvestre à vous, tout en alcools, bédos, branlettes et vidéos de skate.

Quand je ferme les yeux et que je repense à cette soirée, je revois Frédo mort de rire, se tenant le ventre par terre sur le palier entre le deuxième et le premier étage. Et pourquoi rit-il ? Il rit parce que tu es furieux, furieux qu'il vienne juste de repeindre le parquet des toilettes d'un vomi rouge sang de bœuf. « Tu vas me laver tout ça, enfoiré ! lui cries-tu. Je vais te chercher un seau et tu vas laver tout ça ! » Romu arrive en ricanant de son petit rire porcin, « Oh putain, le con ! Le dégueulasse ! » Darwin vient fureter à son tour, les yeux ensommeillés, et risque une truffe nonchalante avant de se détourner.

Tes parents devaient arriver dans une heure à peine.

La soirée avait débuté en bas, dans le salon parental. L'accent marseillais d'Akhénaton et Shurik'n avait éclaboussé les épais rideaux bleu nuit, c'était l'époque où vous écoutiez l'album *Ombre Est Lumière* du groupe IAM en boucle, avant de ruisseler sur le bois de chêne du piano à queue. Sans prendre parti, tu avais eu l'impression d'assister au combat de la durée, les murs, le mobilier de ta famille, contre l'instant, les titres d'IAM et leurs lyrics qui sonnaient comme autant de règlements de comptes, contre les amateurs de musique techno (*Transekitchmegatron*), les bikers (*Je ne veux plus voir personne en Harley-Davidson*), les snobs de la culture (*Attentat II*) dont personne ne se souviendrait bientôt.

Puis vous étiez montés, après vous être sustentés d'une plâtrée de spaghettis sans beurre ni sel, vous palucher sur un film du père de Romu. Soulagés, vous étiez passés aux joints et à l'alcool, de la vodka orange et du Jack Daniel's, devant le film sur les Doors avec Val Kilmer dans le rôle de Jim Morrisson. Cela devait être le clou de votre soirée.

Vous adoriez l'ambiance de ce soleil californien vaporeux, de ces *sixties* orangées, de ces lunettes de soleil rétro, de défonce à gogo au LSD. Cette décennie où rien n'était normal et où tout se passait dans le hors bande du cours des choses. Ce hors bande, c'était comme si Jim Morrisson l'avait exploré pour vous jusqu'à s'en brûler les ailes, jusqu'à sa mort à Paris, rue Beautreillis, ce qui faisait de lui une sorte de chaman.

Les potes adoraient quand il chante quand même « *higher* » alors que les mecs de la télé voulaient lui faire remplacer ce mot, craignant de faire l'apologie de la drogue. Ils kiffaient lorsque les flics viennent l'arrêter sur scène. Mais toi, cet arrière-goût doux-amer te revenait encore. Cette autodestruction arrogante te soulevait toujours un peu le cœur, comme la bouffée de trop d'un joint bien chargé de shit afghan, et que tu tournais la tête de côté, en recrachant une fumée opaque au goût dense comme du chocolat noir trop fort.

*

Le lendemain, premier janvier, tu retrouvais Greg pour redevenir ce que Frédo aurait appelé un ado typique et parler mobylettes.

Greg avait fini par te transmettre cette passion bien de ton âge, les cyclos à trafiquer.

Il avait un an de moins que toi, n'ayant jamais redoublé. C'est pour ça qu'il devait encore attendre. Toi, en revanche, tu étais sur le point de les avoir, tes quatorze ans...

Ton choix s'était vite positionné sur un Chappy, une sorte de mini moto aux grosses roues et aux phares rétro, un peu comparable à ceux des motos de la série *Chips*. C'était sans doute le seul modèle vraiment adapté à ta taille. Je me souviens encore de la boule au ventre qui t'accompagna lorsque tu dus revenir du magasin à Montmorency où nous l'avions acheté jusqu'à la maison. La peur de se planter.

Et c'est justement en écrivant ces lignes qu'un souvenir enseveli me revient comme une ampoule poussiéreuse s'allumant d'un interrupteur oublié derrière un meuble. Celui de cette excursion à Chantilly dans laquelle mon père m'embarqua avec ledit Chappy.

Conduire ce petit véhicule l'amusait. Ballotté à l'arrière par sa conduite maladroite mais n'osant trop rien dire, tu savouras ce moment rien que pour toi. Ma mémoire est trompeuse car quand je repense au repas que nous prîmes ce jour-là, mon père et moi, à Courtepaille, je me revois petit garçon. Beaucoup plus jeune que je ne l'étais en fait à ce moment même si mon apparence restait, à n'en pas douter, malgré mes quatorze ans d'alors, celle d'un enfant, un pré-adolescent tout au plus. C'est que, seul avec mon père, le Nunus déconneur du collège, celui qui pouvait respirer du gaz hilarant avec les potes pour se défoncer, était si loin. Ce fut mon père qui parla et moi, je l'écoutais. Je ne me souviens pas de lui avoir parlé de Nunus.

*

Lui en as-tu parlé seulement une seule fois ?

Il arriva que tu lui racontes vos délires au collège. Au moins une fois, dans une version évidemment édulcorée de tout ce qu'ils pouvaient avoir de répréhensible.

Ton début de quatrième avait été très difficile et ta mère avait cru devoir en référer à l'instance répressive supérieure, la juridiction paternelle. Notamment sur une question de billets de retard accumulés, ces maudits coupons bleus détachables. En conséquence, ton père t'avait convoqué dans son bureau à l'issue du repas. Tu savais d'expérience que cela n'augurait rien de bon. À peine étais-tu entré dans son bureau que ton père te gratifia d'un coup de poing sec dans le ventre suivi d'un vigoureux coup de pied aux fesses : « Qu'est-ce que c'est que tous ces retards ?! »

Plusieurs semaines après cette correction, tu restas habité par une peur physique de ton père. Une peur intestinale qui ne t'empêchait nullement de continuer à faire le mur, à retrouver des potes dehors, sous le préau de l'école Leclerc ou dans le jardin de Salomé. Tu étais suffisamment sûr de tes procédés pour ne pas craindre de te faire griller, et ce n'était pas le genre de conneries qui auraient provoqué sa brutalité. Cela ne dispensait pas de la prudence, comme lors de cette fois où tu revins si tard de chez

Salomé, tellement tard qu'il était en fait très tôt, que tu aperçus ton père sortant la poubelle dans le tout petit matin, juste avant de partir pour le travail. Tu avais filé te cacher derrière une voiture.

*

Cette peur physique de ton père t'habitait tellement que tu t'en ouvris à ta mère qui lui en toucha un mot. Le résultat fut qu'il voulut recoller les morceaux et t'invita au restaurant pour que tu lui racontes tes trucs.

Je vous revois sur une petite table d'un bistrot parisien assez bruyant, toi penché en avant pour qu'il t'entende bien tandis que tu lui débitais toutes vos histoires, les grotesquifications d'untel ou d'untel, les phrases à la con d'un autre, et lui, ton père, dissimulant presque bien à quel point il était soûlé tout en étant content, je suppose, de voir le contact renoué. Tu lui parlas de vos différentes grimaces, des personnages qui vont avec, le golio, Yoshi, le névrosé inspiré par le prof de physique M. Kiewsky... tandis que lui avait l'air de se demander, un peu désemparé, comment il s'était retrouvé dans cette galère.

Et seulement quelques jours plus tard arriva le vendredi maudit.

...VENDREDI MAUDIT...

Le premier rouage du mécanisme qui devait t'entraîner vers le conseil de discipline s'était enclenché chez Stan quand Bidot vous avait photographié, Romu et toi, en train de vous palucher. Le deuxième rouage se mit en branle quand tu appris que Frédo t'avait trahi en montrant les photos à Daphné et Marylou, tes deux meilleures copines.

Suite à cela, tu ne lui adressas plus la parole.

Le problème n'était pas tant que vos copines aient vu votre anatomie, mais le geste de Frédo, le fait de montrer ça dans votre dos. Cela ne me surprend pas aujourd'hui. Ton ami n'avait de cesse d'essayer de te séparer des filles, même bien après cette affaire, même au lycée. Sitôt te voyait-il faire connaissance avec une fille qu'il s'avançait et lui balançait tes pires dossiers. « Tu sais que je l'ai déjà vu cracher sur un petit sixième innocent ? » Quand tu lui demandas un jour pourquoi il faisait ça, il réfléchit un instant et te répondit d'un « tu restes avec les potes » plutôt lapidaire.

*

Le dernier rouage s'activa donc dans la chambre de ton frère lorsque ce dernier te roula un magnifique trois-feuilles avec du shit de son copain Max et que tu ne résistas pas à la tentation de narguer Frédo avec, en guise de punition.

La valeur symbolique de ce trois-feuilles ne peut se comprendre sans l'aura qui était celle de Max, le nouveau meilleur ami de Thomas. Ce nom, Max, était en fait un surnom qui lui venait des gigantesques dix-huit feuilles qu'il savait rouler et qui ressemblaient à des glaces Max. Si Max était capable d'approvisionner en matos des joints de ce calibre, c'est qu'il dealait en grandes quantités. Parfois, il partait en mission et prenait la tangente vers une lointaine banlieue, à l'autre bout de la ligne de train, pour faire le plein chez son fournisseur.

Il revenait lesté de pochons d'herbe et de portions de shit de vingt-cinq grammes qu'il scotchait sur la doublure intérieure de son blouson. Il rapportait aussi des cachets d'ecstasy, ce qui lui valut plusieurs mois de prison ferme. Il fit plus tard un autre séjour en taule pour avoir tiré au pistolet, une arme qui appartenait à son grand-père, sur un bus stationnant devant chez lui, le moteur au ralenti. Max vivait à cette époque seul dans la maison de ses grands-parents, une meulière assez triste près de la gare, et avait passé la nuit à mixer de la techno dans sa cave, bourré d'ecstasy. Le bus l'empêchait de dormir... Triste fait d'armes.

Un personnage assez mystérieux.

Visage en triangle, longues mèches blondes, petite barbichette, des yeux de chat comme ceux de Lee Van Cleef, Sentenza dans *Le Bon, la Brute et le Truand*. Il n'avait pas vraiment d'ancrage à Saint-Leu. Lui qui devait avoir dans les dix-sept ou dix-huit ans, n'avait pas grandi là et n'avait pas fréquenté les écoles d'ici. Personne n'avait été son camarade de classe. Thomas lui-même, qui fut pourtant son meilleur pote pendant des années, ces années où Max était tout le temps fourré chez toi, logé comme qui dirait au grenier, est aujourd'hui incapable de m'expliquer ce que Max étudiait. Le dessin industriel, un truc comme ça. Dans un bahut à Paris ? Peut-être.

Ta première rencontre avec lui avait été plutôt compliquée.

Elle avait eu lieu dans une soirée où Thomas avait voulu t'emmener, comme ça, en guise de mascotte. Peut-être avais-tu fait le mur pour venir, je ne me souviens plus. Max était là et il te fit mauvais accueil. Il semblait révolté que ton frère ait pu ramener comme ça un nabot binoclard à tête d'intello qui aurait déjà dû être couché. Pour lui, il était clair que tu n'avais rien à faire là. Tu dégainas alors ton tour habituel, taffes de joint et rasades de whisky encaissées sans broncher, et il changea un peu de ton.

Le vrai changement, je veux dire l'amitié entre lui et toi, vint avec le temps.

Souvent, quand vous le croisiez au hasard dans Saint-Leu, Max avait pour habitude d'ouvrir un de ses pochons et de te gratifier d'une grosse pincée d'herbe, cadeau, pour toi et tes petits camarades. C'étaient de vrais moments de gloire. Max et ton frère passaient pour les grands pourvoyeurs de tout ce qu'il pouvait y avoir de cool dans la vie. Ils avaient les filles qu'ils voulaient, c'était en tout cas votre impression, couchaient avec elles, et avaient de la beuh à profusion.

Et ils savaient vous en faire profiter, comme lors de cette fois où, sortant avec Maud, une jolie blonde aux formes rebondies, ton frère lui avait tenu les bras derrière le dos, « Vas-y Alex, fais-toi plaisir », pour que toi aussi, tu tâtes un peu de sa poitrine. Quand, bien plus tard, je découvris la notion de culture du viol, par laquelle les féministes désignent toute une mentalité visant à minimiser l'importance du consentement des filles, je compris qu'en effet, à votre façon, vous étiez bien cultivés.

Le trois-feuilles avec lequel tu comptais narguer Frédo était roulé avec du shit que Max t'avait donné. L'erreur fut de le rapporter au collège mais il te brûlait tellement de lui faire sentir de quelles délices le privait sa trahison.

*

Le vendredi maudit commença normalement.

Tu déconnais en sciences-nat avec Drouin au premier rang. Il y avait cette atmosphère plus légère de la fin de semaine, cette bonne humeur plus facile. Le trois-feuilles, pourvu par Max et roulé par Thomas, dormait dans une boîte de thermomètre, dans la poche de ta laine polaire Oxbow, contre ta poitrine. La sonnerie de la récréation retentit. Vous aviez laissé vos trousses et cahiers sur le carrelage blanc des paillasses pour rejoindre la cour, une deuxième heure de cours vous attendait après.

En bas, dans la cour, tu agitas ta boîte au nez de Romu. « Regarde ce que j'ai là ! » Ton idée n'était même pas de le fumer sur-le-champ, qui serait assez fou pour fumer un joint au collège ? L'idée était juste de le montrer à Romu aux toilettes. Mais voilà, une surveillante, Corinne, arriva, « Hé, mais qu'est-ce que t'as là dans cette boîte ? » Elle s'en saisit et l'ouvrit. Patatras, le joint tomba.

À partir de ce moment, le souvenir devient extrêmement précis.

Le ton catastrophé de la surveillante : « C'est quoi, ça ?!! » Le beau et long trois-feuilles tordu par la chute sur le carrelage crasseux des toilettes. Les miettes de tabac et de shit éparpillées.

« Je dois aller le montrer au principal ! répétait Corinne.

– Non, surtout pas, je t'en supplie, non ! »

Tu la suivis hors des toilettes, bras et jambes écartés.

« Pitié, laisse-moi t'expliquer ! »

Je crois n'avoir jamais supplié quelqu'un comme tu l'as fait ce jour-là.

Ta vue se troubla et saccada la réalité en plans séquences droits puis obliques. Je revois les autres, dans la cour, commencer à faire cercle, comprenant qu'un événement était en train d'avoir lieu. Déjà tu échafaudais une première version, maladroite.

« C'est un grand à la grille qui vient de me le donner !

– Mais bien sûr ! ironisa la surveillante. Tu le diras au principal alors ! »

La fin de la récré sonna. Tu remontas en cours, brutalement « déraillé » de la normalité d'un collégien ordinaire, sans un mot, dans le troupeau de ceux qui étaient encore sur rails, Drouin notamment, qui s'étonna de te revoir livide et éteint, ignorant ce qui venait de te tomber dessus.

Encore là, déjà absent.

Je sens encore le battement fort et lent de ton cœur dans ta poitrine. Après les jambes qui flageolent, voilà que ton curriculum caché t'apprenait un nouveau symptôme de l'angoisse extrême. Derrière tes yeux, derrière toi, ton esprit construisait une version, une explication plus solide, à laquelle tu ne collaborais pas vraiment ; tu regardais seulement, te demandant sous quelle forme concrète se présenterait ta sortie de route.

Tu flottais en vol plané.

Comment le sol se rappellerait-il à toi ? On toqua à la porte de la classe. Tu savais que l'impact prendrait d'abord cette forme, une porte à laquelle on toque. Une surveillante entra et te convoqua très gentiment, vraiment comme on s'adresse à un malade, à l'infirmerie. Un soulagement fugitif, que tu tentais de repousser tant il était illusoire, réchauffa un peu tes veines. Ça ne crierait pas, ça ne hurlerait pas, ça n'ébaucherait pas de noires prédictions sur ton devenir scolaire, car tu savais qu'on ne faisait pas ce genre de choses dans une infirmerie.

La possibilité d'une exclusion définitive te terrifiait au-delà de tout.

Bien au-delà du rationnel si on songe qu'elle ne fait subir au condamné rien d'autre que ce que lui ferait subir un déménagement si l'un de ses parents trouvait du travail ailleurs. C'est la seule question que tu avais envie de poser : « Vais-je être exclu définitivement du collège ? » Arrivé en bas, tu la posas à l'infirmière qui, évidemment, n'en savait rien.

Elle t'accueillit d'un air froid, mais pas grondeur, une attitude très professionnelle, et ce fut elle qui te harassa de questions, sur ton rapport au tabac, à l'alcool, aux drogues... Je ne sais plus si tu mentis, sans doute, juste pour la cohérence globale du tableau que tu entendais servir. L'entretien terminé, elle te renvoya en cours. « Gardez-moi encore un peu », pleurais-tu intérieurement, laissez-moi rester ici plutôt que d'aller retrouver cette fausse normalité d'un cours du vendredi matin.

Arriva le moment de la demi-pension.

Tu descendis à la cantine l'estomac noué. Ton cœur battait encore d'un rythme lent et fort. Très vite arrivèrent la CPE et le principal, l'air affairé et embêté. Ils se grattaient le menton comme des enquêteurs sur une scène de crime. Il ne faisait pas de doute qu'ils parlaient de toi, même s'ils étaient à distance et ne s'adressaient nullement à toi. Ta tête pivotait anxieusement dans un sens et dans l'autre. Tu aurais presque aimé qu'ils viennent te voir, pour leur poser la seule question : « Vais-je être exclu du collège ? » Mais non, déjà, ils repartaient.

Retour à la fausse normalité.

Et maman ? Était-elle au courant ? La première heure de l'après-midi était sans doute une de ces heures où tu te dissipais, cherchais ce qui pourrait amuser les autres, espagnol, maths, mais là, évidemment, les profs te trouvèrent sage comme une image, l'air triste et abattu, sans trop savoir pourquoi.

Nouveau toc-toc à la porte, nouvelle convocation par un surveillant. Cette fois-ci on t'emmena dans le froid couloir du rez-de-chaussée du bâtiment A. Celui de l'administration. Les choses sérieuses commençaient.

On te fit entrer.

Tu retrouvais dans le bureau du principal cette ambiance de police un peu vieillotte que j'ai déjà évoquée, et qui n'était pas sans te rappeler les séries télé de tes grands-parents. Cette fois-ci, ce fut dans l'image verdâtre des épisodes d'*Inspecteur Derrick* que tu te sentis projeté.

« Est-ce que ma mère est au courant ? demandas-tu.

– Oui, on l'a appelée tout à l'heure.

– Qu'est-ce qu'elle a dit ? Elle était fâchée ? Elle n'a pas pleuré, au moins ?

– Elle avait l'air très embêtée pour toi, c'est sûr.

– Est-ce que je vais être exclu ? »

Le principal sembla réfléchir un instant.

« Il y a des chances, mais c'est le conseil de discipline qui tranchera, dit-il. On va devoir le convoquer pour une affaire comme celle-ci. »

La CPE, Mme Martino, t'invita à raconter comment tu t'étais retrouvé en possession de cette « cigarette de drogue ». Poliment, mais fermement, elle te déconseilla d'emblée la version des grands à la grille qui auraient voulu s'en débarrasser en te demandant de la jeter aux toilettes. Tu servis donc ta deuxième version, la seule chose important réellement étant de ne pas mouiller Max et ton frère.

« J'ai accepté d'acheter cette cigarette de drogue à un grand au skatepark de Baillet-en-France même si je ne suis pas fumeur de quoi que ce soit, c'était la première fois, et je voulais juste la montrer à mon ami Romuald, pour l'impressionner. » L'idée de vouloir épater un copain avait toutes les chances de plaire à la sagacité de tes juges. Un baratin passait toujours mieux lorsqu'il collait à peu près à la psychologie sommaire de l'adolescent qu'ils avaient en tête.

Cette version avait en plus l'intérêt de ne pas chercher à te disculper ; elle passa bien. Vous étiez, Stan et toi, allés skater une fois dans ce lointain skatepark, et c'est justement pour ça, parce qu'il était loin de Saint-Leu, qu'il t'était venu à l'esprit. Je ne sais pas combien de fois tu fus obligé, pauvre Nunus, de ressortir ce baratin hâtivement bricolé ; des dizaines de fois ? des centaines de fois ?

Quand sonna la fin des cours à seize heures, une autre épreuve t'attendait : ton père.

*

Le principal n'avait prévenu que ta mère, ce serait donc à toi de faire part à ton père de tes mésaventures. Ce qui se produirait dans son cabinet, sur l'île Saint-Louis, car c'est là que tu devais le retrouver après ton rendez-vous chez l'orthodontiste, afin qu'il te ramène à Saint-Leu en voiture.

C'était d'ordinaire des moments privilégiés, retrouver ton père à Paris et revenir avec lui à la maison. Quand il prenait encore le train de banlieue pour se rendre à la capitale, il avait pour habitude de t'obliger à lire des pages du *Monde* tandis que lui faisait de même en se gardant les feuilles qui l'intéressaient.

Ce vendredi maudit, la peur de sa réaction t'accompagnait bien sûr, mais aussi le goût amer de devoir gâcher la complicité de ce moment qui n'appartenait qu'à vous. Tu marchais donc sur le quai de l'Archevêché, juste derrière Notre-Dame, dans ce quartier qui te rappelait toujours cette vie d'avant Saint-Leu où vous étiez, Thomas et toi, deux orphelins sur l'île. Tu arrivas au pont Saint-Louis qui vous amusait toujours, petits, à cause de ses bosses sous le bitume, on disait que c'était des champignons. Un jongleur distrayait passants et touristes pour quelques francs.

Comme toujours, le vent soufflait lorsqu'on surplombait la Seine. Contraste douloureux entre ces signaux de liberté, ce vent, Paris, loin de Saint-Leu, de ses petites histoires, de ses filles intouchables, et tes pieds qui te menaient à ton destin immédiat : faire part au père de tes nouveaux démêlés.

*

Tu arrives au cabinet, tu sonnes.

Une voix grave, excessivement sérieuse te répond un oui interrogatif et professionnel : c'est celle de ton père lorsqu'il est en présence d'un patient. Tu adores ce ton qui t'en impose toujours et le détestes en même temps car aucun affect n'y transparaît. Michel était convaincu qu'un psychiatre ne doit rien laisser transparaître de sa vie affective à ses patients, c'est pourquoi il vient de te répondre du ton qu'il prend avec eux, pour ne pas leur offrir, disait-il, un support de projections trop large. Tu montes ensuite l'escalier de ce vieil immeuble, pittoresque à souhait, qui ferait sans doute le bonheur de deux Japonais en voyage de noces.

Tu sonnes à nouveau, à la porte cette fois-ci.

Un son électrique et la porte s'ouvre sur le vestibule à la décoration années soixante-dix. Tu rejoins la petite salle d'attente où tu t'assois, seul, en face d'une reproduction du *Garçon à la pipe* de Picasso qui a l'air vaguement dépité du gisement inextinguible de conneries que tu recèles, de cette folle passion de se foutre toujours dans les emmerdes. Sur ta petite chaise rembourrée de velours, tu entends le bruissement feutré des voix derrière toi, dans la salle à côté, sans discerner de paroles. La chaleur rassurante des fréquences graves de ton père. Mais soudain, sa porte s'ouvre, excusez-moi un instant, le même ton professionnel et imposant, ton père entre dans la salle d'attente, pose ses mains sur tes petites épaules, « Ça va, mon chéri ? » Il t'embrasse.

À présent, c'est à toi.

« Non, ça va pas, j'ai eu des ennuis au collège.

– Tu me diras ça tout à l'heure. »

Non, tu ne veux pas attendre encore et te morfondre dans la peur. Alors tu déballes. D'autant que la présence d'un patient dans la salle attenante est une chance, elle te protégera momentanément des éclats de voix, encore que ce ne soit pas trop le style paternel. Voilà... tu déglutis...

« Tu vois, papa, il y a quelque temps on est allés au skatepark de Baillet-en-France... »

Les mains de ton père sont toujours sur tes épaules.

« Et j'ai acheté un joint à des grands, poursuis-tu, et aujourd'hui je l'ai rapporté au collège et une surveillante l'a trouvé et...

– Bon, on verra ça après, j'ai un patient. »

Ton baratin, servi ici dans sa version achevée, ciselé dans le bureau du principal, est sorti sans que tu aies une seule seconde le sentiment de mentir.

Ça y est, c'est dit.

Le garçon à la pipe du tableau semble te demander si tu te sens soulagé. Disons que tu n'as maintenant plus rien à faire. Tu es un radeau sur les rapides. Ça va tanguer, c'est sûr, mais il n'y aura plus qu'à subir. Le dernier patient de la journée sort dans le vestibule, enfile sa veste, échange un dernier mot avec ton père, une histoire de médicaments et de dosage, puis s'en va. Tu sors de la salle d'attente, ton père enfile sa veste et prend son cartable. « Encore des problèmes ! tempête-t-il. Encore des problèmes ! » Certes, tu ne la ramènes pas ; certes, tu te morfonds de regrets et de honte mais ton père à cet instant ne t'effraie pas. Il n'est jamais effrayant lorsque c'est grave. « Bon, et bien il va falloir te sortir de là maintenant ! »

*

De mon réveil le lendemain, je garde encore la sensation exacte.

Un bref instant, comme toujours, mon cerveau embrumé cherche le jour, quel jour nous sommes ? Samedi ! Et le soulagement douillet qui va avec, comme c'est le cas tous les week-ends, fut aussitôt et brutalement démenti lorsque revint quelques millisecondes plus tard le souvenir de tes mésaventures. Le joint pris par Corinne, la surveillante, le conseil de discipline qui ne manquerait pas d'être réuni pour statuer sur ton sort...

Des jours suivants, ne me reste que le souvenir d'une réunion, tenue chez toi par la PEEP, la fédération de parents d'élèves à laquelle ta mère adhérait, afin de préparer ta défense. Et une chose aussi : l'impression de comprendre enfin concrètement ces boniments de cours d'éducation civique sur la chance d'aller à l'école normalement, contrairement à ce qui se passait dans ces pays pauvres et lointains, dans un établissement proche de chez vous, auprès de vos amis... Évidemment, dans ton cas, la peur de l'exclusion définitive résonnait avec tes complexes. Devoir recommencer à zéro ailleurs, avec d'autres qui n'étaient pas habitués à toi, ta taille minuscule, ta tête en obus, tout ce que tu étais, et cela sans appuis, sans autre aura que celle d'arriver par conseil de discipline...

La hantise du retour des « Ratboy » ou des « E.T. ».

*

Le jour du conseil de discipline fut une des seules fois où ton père se rendit au collège.

La réunion eut lieu au CDI, transformé pour l'occasion en tribunal scolaire. Des tables assemblées bout à bout pour former un cercle. Ton père vint en cravate et assuma vigoureusement le rôle de l'avocat. Lui qui pourtant ne cessait de te dire : « Si un enseignant venait à te claquer un jour, c'est toi que nous punirions pour cela. » L'ami Nicolas Gendreau, celui que nous appelions Dro, délégué de la classe, était là lui aussi. Des professeurs et des parents d'élèves constituaient le jury.

Le principal, rond de cuir falot à l'extrême, lut l'énoncé de l'affaire en employant l'expression « cigarette de haschisch » qui vous fit immédiatement tiquer, Nicolas et toi, bien que vous ne laissâtes rien paraître. Tu fus invité à expliquer comment ladite cigarette s'était retrouvée en ta possession, tu livras la centième édition de ton baratin. Ta professeure principale raconta ensuite tes efforts de cette année, les « encouragements » obtenus au dernier conseil de classe.

En écrivant ces lignes, j'ai justement le bulletin en question sous les yeux, conservé dans le dossier Nunus, celui du deuxième trimestre de ton année de quatrième, le meilleur bulletin de toute ta scolarité au collège. « Légère hausse, continuez dans ce sens », en maths ; « Trimestre satisfaisant, il faut poursuivre les efforts », en français ; « Toujours excellent », en anglais (mais là, tu étais habitué). Même le professeur de technologie semblait satisfait, ce trimestre : « Assez bien. » La mention finale signalait : « Des progrès dans l'ensemble. »

Mais ce soir-là, il ne s'agissait pas de rejouer le conseil de classe du deuxième trimestre mais de juger ton méfait.

Une joute s'engagea alors entre le principal, inquiet de récidives, du modèle pour les autres enfants, soutenu par un parent d'élèves qui craignait pour les siens, et ton avocat de père. Ce dernier prit facilement l'ascendant, en usant de ce ton professionnel de médecin psychiatre, au sérieux extrême, qu'il avait lorsqu'il te répondait à l'interphone de son cabinet. Je le revois dire « vous croyez que cet enfant est un dealer ? » d'un air sévère au parent d'élèves qui en parut ridicule de frilosité timorée.

Quand le principal te demanda, juste avant la délibération, si tu avais bien compris la leçon, si tu mesurais à quel point c'était grave, tu le rassuras, « Oh oui monsieur », sans mentir le moins du monde, ça, pour sûr tu le mesurais, et tu sentis que le vent tournait en ta faveur.

Dehors, dans le couloir, Nicolas éclata de son rire souriceau en te répétant « cigarette de haschisch » et tu dus le faire taire par crainte qu'il ne fasse tout rater. Je sais maintenant, pour avoir moi-même participé à cette instance en tant que professeur, comment s'organise le vote. Le principal peut donner un avis, faire un dernier tour de table informel sur ce qui serait la bonne sanction à prendre, avant que les participants fassent leur choix sur un bout de papier, de façon anonyme.

L'usage veut que l'on propose toujours d'abord la sanction la plus lourde, l'exclusion définitive, pour laquelle chacun se prononce pour ou contre. Si le contre l'emporte, le principal propose alors une sanction moins sévère comme une semaine d'exclusion. Il arrive que l'acquittement soit prononcé, mais c'est très rare.

La porte du CDI, cette salle refuge de la violence du collège où tu venais si souvent t'isoler sur le temps du midi pour lire *Mafalda*, s'ouvrit.

« Vous pouvez revenir. »

Et le verdict tomba : une semaine d'exclusion.

Immense soulagement. Nouveau et dernier sermon du principal, nouveaux hochements de tête approbatifs et sincères de ta part. Ton père te l'avait dit, il allait te sortir de là. C'était fait. Il pouvait retourner à l'ignorance de ce lieu, si fondateur pour toi, si décisif à jamais, ce lieu où des méandres insoupçonnés de lui, ceux de ton curriculum caché, et de ses inévitables accidents, l'avaient conduit.

...THÈSE DE L'ULTIME PUNITION...

Cette semaine d'exclusion, la troisième prononcée à ton encontre par le collège Wanda-Landowska, ressembla furieusement à la précédente.

Ce furent les mêmes virées à Paris pour aller skater au Palais de Tokyo, sauf que cette fois-ci, l'arrière-goût désagréable d'être une sorte de paria scolaire avait laissé place à la joie d'avoir sauvé ta tête. Tu étais convaincu que ce serait la dernière exclusion.

Si vous habitiez l'adolescence, les potes et toi, comme un territoire autonome, viendrait forcément un moment où il te faudrait regagner à la nage la terre des adultes. Le sérieux de ton père ne te viendrait pas comme arrivent les poils sous les bras. Cela revenait souvent dans tes conversations avec la psychologue. « Comment puis-je devenir travailleur et sérieux comme l'est mon père ? » Tu étais tiraillé entre l'idée que la fatalité sociale l'emporterait, pour te transformer en ton père, et la douleur de voir tarder ce processus, de devoir l'enclencher par toi-même en mobilisant des forces que tu n'avais pas.

Longtemps, je crus que le conseil de discipline fut pour toi une ligne de crête, Nunus, le début de la fin des conneries. La lettre envoyée juste après par le principal à tes parents pour leur notifier officiellement la décision disait d'ailleurs :

« J'espère qu'Alexis tiendra compte de cet avertissement et qu'il terminera sans autre problème sa scolarité dans l'établissement. »

Je pensais, avant de débuter l'écriture de ce livre, que l'année de troisième avait été plus calme. Bien sûr, je me souvenais de Mme Martino vous recevant dans son bureau pour vous sermonner. « Encore les Franck, les Alexis, les Julien ! disait-elle. Toujours dans mon bureau ! »

Je restai marqué par une punition qu'elle t'avait donnée, toujours en cette année de troisième, consistant à écrire une rédaction expliquant pourquoi tu avais besoin de faire des conneries. Tu appréciais l'exercice qui te fit réfléchir. Pouvoir t'exprimer, analyser, te prendre la tête, tout ce que vous aimiez faire avec Frédo... Sincèrement, tu voulus croire que cette punition et l'occasion qu'elle représentait d'être enfin compris serait la dernière. Je demeurai d'ailleurs longtemps convaincu qu'elle marqua un déclic, et qu'il n'y eut plus, après cela, la moindre sanction sérieuse prononcée à ton encontre.

Mais cette thèse de l'ultime punition ne résiste pas à la consultation du dossier Nunus.

Avec toute la froideur et l'objectivité bureaucratique qui le caractérise, il conserve intacte une lettre notifiant une exclusion de trois jours dont je ne garde aucun souvenir :

« Monsieur,

« Suite à l'entretien téléphonique que vous avez eu avec Madame la Conseillère d'Éducation, je vous confirme l'exclusion de l'Établissement les 21 et 22 novembre, de votre fils Alexis, élève de 3e 6.

« Motif : le 8/11/94, a couvert deux de ses camarades qui faisaient l'école buissonnière en falsifiant la feuille d'appel de la classe ce jour-là.

« Il devra se présenter au collège le 23 novembre, avec les devoirs qui lui auront été donnés au préalable. »

Je serais incapable de citer les deux camarades en question.

Cette lettre me réserve une autre surprise : cet entretien téléphonique que mon père aurait eu avec la CPE à ton sujet. Je me figurais que le conseil de discipline avait été finalement le dernier contact entre mon père et l'institution. Peut-être ma mémoire est-elle trop sévère avec lui... Je peine en tout cas à l'imaginer discutant avec une des autorités du collège. Il en semblait si loin...

Le dossier Nunus conserve également un unique carnet de liaison, correspondant justement à cette année de troisième. Le compulser brièvement achève d'enterrer cette fausse thèse de l'ultime punition que mon souvenir spontané avait modelée. Ce carnet, qui ne fut même pas l'unique de ton année car il était d'usage de le perdre au moins deux ou trois fois dans l'année, parfois volontairement pour pouvoir habilement jongler entre plusieurs, apparaît bien lourd d'une litanie de rappels à l'ordre constants sur fond d'enfantillages. Quand je lis les mots qui s'y trouvent et qui me ramènent à mes quinze ans, mes élèves d'aujourd'hui m'apparaissent comme des surdoués à la maturité d'adultes.

Deux mots de la professeure d'espagnol sur ton comportement, écrits en grandes majuscules, et une demande de rendez-vous. Deux autres de la dame du CDI comme on disait alors, « confond le CDI avec un plateau de cinéma et fait des bruitages », bavardages, attitude désagréable. Un autre de Mme Carola, la professeure d'arts plastiques : « Ne cesse de s'amuser en cours, aujourd'hui il a bu un pot d'eau sale. » Un autre encore de Mme Haak en physique : « Alexis perd son temps et gâche ses capacités en cours et en profite pour dissiper la classe. » Deux mots de Mme Yvert, en maths, dont le dernier date de juin : « Aucun travail sérieux, perd son temps et en fait perdre aux autres et trouve cela très drôle. » « Aucun changement en maths, aucun effort en classe. »

Même Mme S., ta professeure de français, la mère de Mélanie à qui vous aviez envoyé cette horrible lettre de menaces de mort, cette professeure de français qui avait su te pardonner, y est allée de son mot. Une histoire de chahut dans le couloir : « Alexis se bat dans les couloirs et devra venir en retenue. » Et, un peu plus loin : « Ne s'est pas présenté le 8 mars, il devra revenir le 5 avril. »

Je me souviens en effet de ces petites bastons, qui survenaient comme ça, pour rire, pour expulser ce trop-plein de nervosité.

Une « béquille », c'est-à-dire un coup de genou sur le côté de la jambe, te valut même deux semaines d'absence en raison d'un sérieux hématome, gros comme un œuf, à l'intérieur de la jambe. La douleur était montée lentement à mesure qu'il se formait. C'était un vendredi. Tous les potes étaient montés avec moi pour squatter à la maison. Vers dix-sept heures, n'y tenant plus de douleur, tu décidas de te rendre chez le médecin. Frédo était déjà en train de dévaliser le frigo, comme à son habitude. Les autres, Julien, Romu, Aurélien étaient sur la console. Tu leur fis comprendre qu'il fallait y aller puisque tu allais devoir t'absenter et que tu ne savais pas combien de temps cela prendrait. « Oh, mais t'en fais pas, on t'attend ! », répondit Julien le sourire aux lèvres, l'air hébété devant l'écran.

Romu et Aurélien descendirent les premiers et t'emboîtèrent le pas, mais Julien et Frédo ne bougèrent pas. C'est là que la moutarde te monta au nez, il faut dire que ce n'était pas rare de devoir hausser le ton pour les chasser de chez toi. Tu te saisis d'une canne et devenu fou de colère, la bave littéralement aux lèvres, les yeux mouillés de larmes de douleur et la patte raide, tu leur hurlas de descendre et de se casser. « Oh putain ! » fit Julien, d'en haut.

Les deux récalcitrants descendirent à pas prudents, les mains grandes ouvertes par devers eux en te voyant prêt à les rosser comme un vieillard de Molière à qui un chien aurait refilé la rage. Frédo opta pour l'esquive et se faufila à grandes enjambées vers la sortie. Le fer de la canne s'abattit sur le carrelage sans le toucher. Julien fut plus timoré. Dans ses yeux pétillaient la crainte de se faire bastonner et l'amusement devant un énième pétage de plomb de Nunus.

C'était d'ailleurs ce qu'il ne cessait de répéter :

« Nunus, non ! Nunus, non !

– Dégage ! » hurlas-tu.

Le muscle de ta cuisse continuait à se bomber davantage sous l'effet de l'hématome qui grossissait, à tel point que ce fut le médecin lui-même qui dut suspendre ses consultations pour t'emmener chez le radiologue pour échographie. Tu ne pouvais plus marcher.

*

Certes, la canne avait failli s'abattre sur Frédo, mais ce n'était qu'une énième engueulade comme vous en connaissiez plein. Il vous arrivait d'en rire une fois l'orage passé.

Les moments de disharmonie ne manquaient pas.

Certains étaient plus sombres et ne vous faisaient pas rire du tout. Vous vous montiez le bourrichon contre l'un d'entre vous, sur de supposés tics ou habitudes énervantes, et vous le mettiez à l'écart provisoirement. Romu en fit souvent les frais. Bidot aussi, une fois, et je le revois remballer furieusement toutes les vidéos de skate qu'il avait laissées chez toi sans piper mot, parce que vous ne lui parliez plus. Ce n'était souvent que transitoire.

Mais en grandissant, de nouvelles fissures venaient parfois se creuser sous vos pieds pour vous séparer.

La contre-culture de la déconne avait été votre façon de survivre au communisme scolaire. Les conneries permettaient la fusion, transformant les différences sociales qui auraient pu vous opposer en folklore. Ainsi folklorisé, plus le contraste était fort, plus il venait nourrir la tendresse que vous aviez les uns pour les autres. Mais ce qui était nouveau alors, c'était de voir ces différences sociales vous attraper par-derrière et modeler à votre insu vos représentations. Contre ce phénomène, que chez les adultes on nomme affinités, il n'y avait rien à faire et tu te retrouvais dépourvu.

Le séjour dans les Hautes-Alpes dans la famille de Frédo t'offrit une occasion de le méditer.

C'était le fief de son père adoptif, là où ce dernier avait grandi sans douche, un attribut de la modernité qu'il ne découvrit qu'à ses vingt ans, ce qui constituait un titre de gloire pour Frédo. Ton ami adorait passer des vacances dans cette maison rustique, logée sur un versant pentu sur les hauteurs d'Embrun. Sa lecture du *Collines* de Giono avait galvanisé l'idéalisation de cette campagne qui était à ses yeux l'antithèse des « adolescents typiques » aux aspirations superficielles qu'il méprisait.

Tu étais trop jeune encore pour comprendre que cette expression ne désignait que ses frustrations sexuelles, sur lesquelles il ne s'étendait jamais plus que ça. C'était sa pudeur à lui. Il n'était pas le dernier à venir se palucher avec vous devant des films pornos, son coussin dans la main gauche, et chacun des potes connaissait la forme exacte de son sexe, gros et tordu comme une banane, comme vous connaissiez la forme de celui de chacun d'entre vous, mais ses sentiments vous étaient verrouillés.

Cela t'avait marqué une fois alors que vous étiez au lit.

La main sans doute près de ton sexe, tu détaillais à voix haute toutes ces parties si délectables du corps des filles. La nuque – combien tu avais souffert en t'abîmant dans la seule contemplation de la nuque de Salomé, vue de biais en classe ? –, l'épaule, le dessin rond d'une épaule de fille, le grain de peau suave et laiteux qui l'enveloppe. « Arrête ! Tu parles comme un militaire ! » avait grondé Frédo en se tournant de l'autre côté. Cette phrase t'avait marqué et, sur le coup, elle te vexa car tu compris qu'elle n'avait rien d'un compliment.

Cela avait toujours été compliqué de partager ces choses-là avec lui. Là-haut, dans les Hautes-Alpes, tu arrivais pourtant avec un magnifique fait d'armes. Là-bas, sur la mer Égée, dans ce caïque sur lequel vous aviez navigué d'une île grecque à l'autre, avec une vingtaine d'autres passagers, une fille, Elsa, avait pour la première fois ouvert les jambes pour toi, te laissant goûter à cette chaude confiture au fumet revigorant. Tu le lui dis, en ayant par avance profité intérieurement du plaisir que cette annonce te ferait, de la petite gloriole adolescente qu'elle t'apporterait. « Ah ouais ? » nota-t-il, un sourire intéressé en coin, et ce fut tout. Ce genre de choses n'étaient pas trop pour lui. Il n'y avait là rien de nouveau.

Plus étonnante fut donc cette stupide discussion sur la montagne, je crois me souvenir que c'était à propos du retour du loup. Frédo avait fait sien le point de vue de son père adoptif et du neveu de celui-ci, qui retapait une partie de la maison de la grand-mère pour y habiter avec sa femme. Or, ce point de vue fustigeait la gestion « parisienne » du monde rural, par des bureaucrates bourgeois qui n'y comprenaient rien, qui se félicitaient par exemple de la présence du loup. Instinctivement, tu t'identifias à ces bureaucrates parisiens et tu annonças te réjouir aussi de la présence de ce médiéval prédateur. Je revois encore parfaitement l'endroit où j'étais lorsque nous avons eu cette discussion, la place exacte où je me tenais et où Frédo se trouvait. Tu t'étais soudainement senti rattrapé par quelque chose qui te dépassait, ou plutôt qui te précédait, et cela ouvrait des fossés dont tu ne voulais pas.

Là-haut, dans ces montagnes, il y avait des ruisseaux glacés où se baigner, des balades magnifiques à faire sur des versants sauvages ponctués de gros rochers gris clair et à l'herbe vert fluo, qui n'étaient pas sans rappeler les paysages de *Dragon Ball*. Mais il n'y avait pas de Nunus ni de toute cette contre-culture de la déconne. La famille de Frédo, sa grand-mère, qui commençait déjà à perdre un peu la caboche, mais surtout son grand-cousin, celui qui retapait la maison avec sa femme, te voyaient donc tel que tu étais, un petit bourgeois parisien au physique de petit bourgeois parisien. Cela donna lieu à quelques moments gênants comme lorsque le cousin te dit en sortant des toilettes que tu ferais mieux d'attendre avant d'y aller et que, gêné, tu y allas quand même. En l'occurrence, tu aurais mieux fait de suivre son conseil et de ne pas faire de manières... Ah ça oui, ça puait...

Ce précipice effrayant des affinités, qui vous sépare et parfois vous isole, s'ouvrit de plus en plus souvent en cette année de troisième. Toujours dans des moments anodins, des moments d'ennui dans la cour de récré. Je me souviens notamment de ces instants de solitude, adossé au mur du réfectoire, dans cet endroit mal surveillé par les pions, et un peu clandestin, où les troisièmes aimaient, filles et garçons, prendre le soleil en brochettes d'adolescents. Conversations insipides, points de vue prévisibles, c'était tout ce que tu retenais de ces moments. Frédo n'était pas plus à son aise. Seul Julien brillait, drôle, charmeur, pas trop bizarre, rien d'inquiétant quand toi, d'après lui, tu faisais toujours flipper les filles.

Tu mesurais alors la fusion impossible que reste toujours l'amitié, et la vie intérieure t'apparaissait comme elle est, pré carré solitaire, citadelle désespérément imprenable ; prélude au renoncement à croire possible de voir le monde de la même façon que ses amis.

*

Il n'y avait que les conneries pour vous ressouder. Celles pour lesquelles vous étiez connus à Wanda.

Votre truc du moment était de faire irruption dans des soirées où vous n'étiez pas attendus, parfois juste histoire de s'incruster quelques minutes, le temps de faire une chorégraphie façon *Saturday night fever* et de repartir comme si de rien n'était. Quand il n'y avait plus nulle part où aller les nuits d'arrache, vous échouiez alors dans le jardin de Salomé où vous sirotiez l'ennui en l'espèce de gorgées de Jack Daniel's ou de taffes de joints. Et parfois, de bonnes surprises arrivaient, comme cette fois où l'on vous ouvrit et où la mère de Salomé vous convia à venir festoyer avec elle et ses amis africains qui jouaient de la musique.

Cette dernière année au collège fut aussi celle où d'anciens enfants sages, ex-camarades de l'école de musique et autres premiers de la classe, commencèrent à se dévergonder et vous reconnaissaient, aux potes et à toi, une certaine longueur d'avance en la matière. Me revient une soirée chez un certain Gaspard qui avait profité de l'absence de ses parents pour inviter quelques amis. Ils avaient rapporté des bières, bu et tapé dans le bar de la maison. Ils chahutaient, gueulaient fort et se marraient en regardant des lancers de nains à la télé. Vous vous étiez pointés, avec Romu, Frédo, Nicolas et Bidot.

Pour te montrer digne de l'autorité qu'ils t'accordaient en matière de déconnade, tu en vins à simuler une scène d'amour avec Bidot. Ce fut d'abord des caresses coquines et Gaspard et ses amis firent cercle autour de vous. Romu eut alors l'idée d'aller chercher une banane et la tendit à Bidot qui la fit sortir de sa braguette. Tu épluchas alors le fruit et lui administras une langoureuse fellation sous les vivats. Ce fut le clou du spectacle.

« C'est des malades, disaient-ils.

– Hé ! lança Frédo, je vous ai raconté quand Nunus a branlé son chien ? »

*

Comme le baiser d'une princesse de conte de fées peut changer un crapaud en prince, je pense aujourd'hui qu'il aurait suffi d'un bisou sur la bouche, donné par n'importe quelle fille, pour calmer cette ardeur pathétique à vouloir impressionner les autres en jouant aux plus déconnants.

... *CHANSON DES VIEUX AMANTS...*

Je revois les yeux charmés d'Audrey V. te regardant hurler dans les rues près du collège à la sortie du vendredi, où tu aimais chahuter le flic qui faisait la circulation, « Regardez monsieur l'agent, je prends le sens interdit ! »

Audrey V... Une des plus belles filles du collège, intouchable par excellence, elle qui t'avait dit un jour qu'elle voudrait bien sortir avec toi si tu n'étais pas si petit. De cet aveu, tu tiras un enseignement d'importance : lorsque les filles ont l'air charmées, c'est qu'elles le sont. Une leçon de confiance, propre à faire taire cette petite voix qui te certifiait à chaque fois que les filles n'étaient pas pour toi.

Tu ne savais pas qu'il y en a que l'on dit laides.

Pour l'affamé que tu étais, aucune ne l'était. Même Alexandra G., cette « grosse » comme disait Thomas qui se moquait d'elle. Une fille un peu forte que vous retrouviez d'année en année à l'hôtel La Marmotte des Gets où vous alliez pour le ski. Tu jouas ta chance avec elle lors d'une séance au cinéma, le *Dracula* de Coppola, où vous vous étiez pris la main. Ne me reste aucun souvenir des circonstances qui vous avaient amenés à partager cette séance et à vous retrouver l'un à côté de l'autre. Il n'y avait rien eu de prémédité de mon côté.

Mais tu parvins à l'embrasser.

Sorti du cinéma, au rez-de-chaussée de l'hôtel qui était l'étage des jeunes avec la salle de jeu, baby-foot et tout ça, je te revois la bécoter contre le mur, la main sur son sein, sur la pointe des pieds (elle avait déjà seize ans quand tu n'en avais même pas quinze), lui certifiant ce qu'elle voulait entendre. Alexandra semblait en effet mettre un point d'honneur à ce que tu aies au moins quinze ans. « Oui oui oui, j'ai quinze ans ! Bien sûr que j'ai quinze ans ! »

Et le lendemain, rien. Pas même une gêne en la croisant dans les couloirs de l'hôtel, rien. Juste le plaisir de la vantardise auprès des copains de l'hôtel, et notamment Romain, le Versaillais, que tu retrouvais lui aussi chaque année. Ce n'était peut-être pas la plus belle des plus belles.

Mais pour vous, belle ou pas, une fille restait une proie.

Thomas, qui la trouvait moche, respecta au moins ça : le geste du chasseur.

*

Pourtant, en grandissant, Thomas commençait à se délivrer de ce machisme puéril.

Tu le charrias même un jour pour s'être dérobé, au hasard d'une discussion sur le télésiège, à cette vision prédatrice de la sexualité. Parlant de la copine qu'il venait de se faire, un verbe significatif, une fille de l'hôtel, Hélène, d'une famille que nous connaissions bien, tu lui avais demandé avec envie s'il allait la baiser.

D'un air rêveur, il t'avait répondu : « Non, je lui ferai l'amour. »

Cette réponse t'avait bien fait rire par son côté fleur bleue. Elle était d'anthologie et resta dans les annales. « Tu te souviens, Thomas ? Quand tu avais dit : "Non, je lui ferai l'amour" ? » La suite le fut beaucoup moins, fleur bleue, lorsqu'il dépucela Hélène sur le lit de la chambre, toi faisant semblant de dormir à côté. Un moment plutôt désagréable pour toi, mais que tu devais respecter. Le mâle dominant consommait sa proie.

Cette vision prédatrice était notre mentalité commune, tant et si bien qu'il m'est difficile d'en retracer la généalogie dans ton jeune esprit.

Cela ne te venait pas du père. Il restait toujours très pudique sur ces questions. Son machisme s'en tenait à la traditionnelle dimension domestique et patriarcale. Nicky Larson, peut-être ? Ce flic de dessin animé était obsédé par tous les jupons qui passaient sous son nez. Tortue Géniale ? Le maître de Sangoku dans *Dragon Ball*, lunettes noires et barbe blanche, une carapace de tortue toujours vissée sur le dos, saignait du nez lorsqu'il voyait une fille aux formes plantureuses comme Bulma.

Thomas joua un rôle là-dedans, à son corps défendant, par une stupide mimétique du désir. Tu l'avais vu enchaîner les conquêtes au collège et, comme cela avait été le cas avec le skate auparavant quand il s'y était essayé le premier, tu désirais ce qu'il désirait. Mais Thomas n'est pas le seul en cause.

Ma libido avait partie liée avec la nervosité de ce corps chétif, j'en ai toujours été convaincu, et elle remontait à loin. Bonne Maman m'avait même dit un jour, alors que je devais avoir dans les sept ou huit ans, que j'étais un obsédé sexuel. J'avais voulu lui montrer comment je mettais du pipi partout aux toilettes en essayant d'uriner en érection. Une certaine absence du féminin dans ma prime enfance, après le suicide de ma mère, a peut-être pu jouer aussi.

*

Autour de tes quinze ans, ton amour du moment était Daphné.

La meilleure copine de Marylou que tu pelotais de force en cinquième et que tu avais fini par avoir à l'usure. Tout le monde trouvait Daphné magnifique et les quelques fois où nous partîmes en virée à Paris, pour que je leur montre l'île Saint-Louis de mon enfance, elle n'arrêtait pas de se faire aborder par des passants.

Après les cours, tu passais la voir chez elle presque tous les soirs en Chappy pour discuter au seuil de son portillon. « Tu sais, je fais rien d'intéressant, disait-elle, j'épluche les patates pour quand mon père rentrera. » Il y avait en elle une dignité qui te retenait. Jamais tu ne l'avais harcelée comme cela avait pu être le cas pour Marylou. La seule fois où tu faillis tenter de l'embrasser fut dans un moment critique, où cette tentative de baiser aurait été totalement incongrue.

Le moment critique en question eut lieu un soir d'hiver vers 18 h 30.

Vous étiez tranquillement chez elle, dans sa chambre, à discuter. Soudain, un bruit d'éclats de verre vous fit tressaillir. Daphné comprit vite que c'était la porte de derrière, celle du jardin, que l'on tentait de forcer. « Allons nous cacher sur le toit ! » C'est ce que tu proposas, toi que les nuits d'arrache avaient habitué à te planquer des tarés comme tu le faisais en te blottissant derrière les voitures en rentrant de chez Salomé. « Viens vite, par le Velux, là ! On attend que ça passe et puis on rentre. »

« Non, il faut aller voir, dit-elle. Faut se montrer ! » Et elle semblait méchamment résolue. Il était hors de question de la laisser descendre seule. Tu vivais déjà la scène comme tu allais devoir la raconter aux potes. La frayeur s'empara de toi. Tu pris alors ton courage à deux mains pour la suivre. Et c'est dans le couloir de l'étage, alors qu'elle s'apprêtait à descendre, que tu faillis l'embrasser.

La scène de film, un premier baiser donné alors qu'un cambrioleur essaie de s'introduire dans la maison, n'eut finalement pas lieu. Ce qui eut lieu fut juste toi, emboîtant péniblement le pas à Daphné dans l'escalier, la trouille au ventre. Bien plus courageuse que toi, elle se rua dans la cuisine et vit deux ou trois types en train de s'échiner sur la porte. Elle me raconta que l'un d'eux, la main déjà dans la maison, secouant la poignée intérieure, continuait à essayer de rentrer en la regardant dans les yeux. N'y arrivant pas, ils s'en allèrent rapidement.

De nouveau hors de danger, tu fus déçu par ton attitude.

Cela ne faisait pas une belle anecdote à raconter. Daphné voulut tout de suite aller se réfugier chez ses voisins, où tu la suivis. Pour tenter de rattraper un peu l'affaire, à tes yeux du moins, Daphné ne te faisant aucun reproche, tu insistas pour aller toi-même inspecter le jardin, au cas où les cambrioleurs s'y cachaient encore. Les voisins te suggérèrent que cela ne servait sans doute à rien mais, comprenant qu'il s'agissait sans doute d'une croisade personnelle, ils te laissèrent faire en attendant que la police arrive.

Le lendemain au collège, votre mésaventure tourna dans la cour de récré et on vint justement te trouver pour te charrier sur le fait que, précisément, tu étais derrière Daphné en descendant l'escalier.

« Oui, mais j'étais avec elle. »

Avec elle ou presque, puisque tu n'avais pas mis les pieds dans la cuisine...

*

L'année de la troisième fut la première année où tu sortis avec une fille selon les usages convenus pour cela au collège.

Avec un résultat piteux.

Le coup fut arrangé par Audrey S. qui n'était pour l'instant à tes yeux qu'une mystérieuse redoublante, discrète et à l'air plutôt renfrogné. Audrey était une grande Noire d'origine guadeloupéenne à qui on aurait pu donner dix-sept ou dix-huit ans, à la taille fine et à la poitrine généreuse, mais qui semblait toujours chercher à se fondre dans le décor sous d'amples vêtements aux couleurs ternes et sombres.

Tu fis sa connaissance au fond du cours de physique où vous partagiez une paillasse avec Franck, ton partenaire de lutte et de câlins en EPS. Ce dernier s'était mis en tête de la draguer, ce qu'il faisait de la façon la plus maladroite du monde, en se contentant de la supplier de sortir avec lui, encore et encore, et ce *ad nauseam*. Arbitrant leurs échanges, tu étais entre les deux, ils finirent par former un duo sadomasochiste assez savoureux, lui la suppliant et elle lui détaillant par le menu pourquoi il en était hors de question et pourquoi elle préférerait encore s'occuper d'un éléphant qui aurait la gastro. C'est ainsi qu'Audrey et toi étiez devenus amis.

Elle avait la voix chaude qu'aurait pu avoir la présentatrice radio d'une émission de jazz diffusée tard dans la nuit et offrait à ta curiosité un étrange mélange de sagesse et de folie. Côté sagesse, ses cheveux bien lissés et tirés en chignon derrière la tête, ses lunettes à écailles marron, le même motif que celles de ton père, ses quatorze sur vingt aux rédactions de français ; côté folie, sa précédente année de troisième complètement loupée, ses vols dans des magasins... Et c'est elle qui, tandis que Franck lui faisait ses yeux les plus doux, t'arrangea un coup avec Noémie C. Noémie ? Pourquoi pas ? Toute fille est bonne à prendre. Tu étais juste un peu surpris qu'elle ait pu s'intéresser à toi. Elle faisait partie de ces élèves sages et tranquilles qui semblaient toujours halluciner en vous voyant faire vos conneries.

Mais bon : « Oui, évidemment que je veux bien sortir avec elle ! » répondis-tu.

Il y avait juste un point, un détail de rien du tout, presque rien vraiment, c'est que tu ne la connaissais pas du tout. À peine avais-tu échangé deux mots avec elle. « Prête-moi ta colle » ou « T'aurais pas un effaceur ? » Rendez-vous fut quand même pris et tu te retrouvas un soir chez elle, c'était un mercredi en fin d'après-midi. Je m'en souviens car mon père était à la maison. Vous étiez là, Noémie et toi, dans sa chambre, hébétés comme deux aristocrates de l'Ancien Régime devant consommer la nuit de noces d'un mariage arrangé pour satisfaire les intérêts de leurs familles.

Je vous revois sagement assis l'un à côté de l'autre, toi ne sachant ni quoi dire, ni quoi faire. Où était-il passé, Nunus l'obsédé, qui faisait rire les potes en gueulant dans les rues de Saint-Leu, vers les quatre heures du mat' lors de vos nuits d'arrache, « Je jure que je la baiserai ! Un jour, je la baiserai, je le jure ! » en parlant de Daphné ?

Dans cette chambre d'adolescente, il y avait bien une tension, mais ce serait vraiment trop dire que de la qualifier de sexuelle. Elle n'était que de gêne. La petite voix qui, dans la chambre de Salomé, t'avait susurré de lui caresser le visage du revers de tes doigts, d'entortiller ses cheveux autour, de l'embrasser d'abord sur les tempes puis dans le cou avant d'en venir à ses lèvres, ne te dit rien cette fois-ci. Elle ne vint pas à ton secours et te laissa coi.

Il y avait là une conséquence paradoxale du machisme dans lequel je baignais alors. Ne plus être dans la posture du chasseur, la fille étant dans celle de la proie qu'il s'agit de *séduire*, au sens fort de *conduire à soi*, en circonvenant sa volonté de fille qui forcément sera, selon ton logiciel, rétive à toi, te faisait perdre tes moyens.

Plus tard, étudiant en histoire, je fus confronté au même paradoxe.

Une fille, une camarade de prépa puis de fac, pétillante de vitalité juvénile, me dit un jour dans les rues d'Aix-en-Provence : « Il faudrait qu'on fasse l'amour, un soir. » Elle m'attirait beaucoup et je partageais la même envie qu'elle. Mais sur le coup, dans cette rue ensoleillée, en vacances avec d'autres amis, je ne pus rien faire d'autre que m'entendre dire « Oh mais il faut pas me parler comme ça à moi », d'un air désolé. On n'en reparla plus... En faisant de moi une proie, selon le logiciel périmé qui était le mien, elle m'avait séché.

Pour en revenir à cette après-midi de noces avec Noémie, elle se conclut quand même par un baiser. Il eut lieu dans la rue alors qu'elle te raccompagnait. Ce fut un *french kiss* avec la langue, pas désagréable bien sûr mais rien de comparable avec les onctueux baisers conquis sur Salomé. « Alors, satisfait ? » te demanda Noémie juste après, en réponse à quelque chose que tu avais dû lui dire mais dont je ne garde pas le souvenir. Oui tu l'étais, satisfait, et tu t'en revins retrouver ton père à la maison, porteur de cette petite fierté.

*

Il y avait cette baie vitrée au coin de la rue, près de chez toi, à l'entrée d'un immeuble de la rue des Écoles. Tu avais pour habitude de te regarder dedans, sans t'arrêter, sans poser devant bien sûr, ce qui aurait été ridicule aux yeux des passants, mais en jetant simplement un coup d'œil. Juste histoire de vérifier à quel point tu faisais petit.

En classe, tu avais toujours hâte que les profs vous fassent asseoir pour ne plus te sentir nabot auprès des autres, ceux-là mêmes qui avaient pourtant un an de moins que toi pour la plupart. Ton père t'avait d'ailleurs dit avoir pris rendez-vous avec un grand professeur de pédiatrie de la Salpêtrière, un spécialiste, et qu'il pourrait statuer sur la question de savoir si tu avais besoin d'hormone de croissance ou non.

Quant à ton profil de souris à la Ratboy, tu avais tes astuces pour l'atténuer. Tous les matins, en buvant ton Nesquik et en t'habillant, tu portais ton bonnet de skateur afin de bien écraser les cheveux derrière la tête et casser les lignes d'ogive de ta tête d'obus. Le coup arrangé avec Noémie était une aube sur le chemin de tes complexes, même s'il ne déboucha pas sur grand-chose : un ou deux mercredis après-midis passés ensemble à essayer de se connaître. Me reste le souvenir de lui avoir montré un clip de Warren G, un rappeur qu'on aimait bien à l'époque. Je ne crois même pas que vous vous êtes embrassés à nouveau.

Les choses se délitèrent ensuite rapidement entre vous comme cela arrive souvent avec les couples de collégiens, ces mêmes couples que je brocarde aujourd'hui en classe quand ils dépassent le cap de la semaine. « Pas mal, leur dis-je, pour un couple de votre âge. »

Mais c’est ton affaire avec Noémie qui te rapprocha d’Audrey S., ton premier grand amour, mon premier grand amour.

*

Audrey et toi n’en étiez pas encore à la relation fougueuse et tumultueuse de la période du lycée. Les choses commencèrent doucement, au téléphone surtout, le soir, après les cours.

Elle te parlait de sa mère abusive qui l’appelait tous les jours depuis le travail, de son père retourné vivre en Guadeloupe, des films qu’elle aimait comme le *Ghost* de Jerry Zucker. Toi, tu lui parlais de Jacques Brel auquel tu t’abandonnais tous les soirs en revenant du collège, en compagnie de Darwin. Elle te racontait ses faits d’armes, des larcins dans des magasins, mais elle, à l’inverse de toi, n’en tirait aucune gloriole. Elle avait déjà l’intelligence d’y voir le signe d’un malaise. Souvent, elle t’en imposait avec cet air d’être revenue de beaucoup de choses.

Une chanson reste d’ailleurs associée dans mon esprit à ce début d’idylle, la *Chanson des vieux amants* de Jacques Brel.

Cette magnifique chanson prend place aujourd’hui dans les poussiéreux rayonnages de mes archives cérébrales consacrés aux titres que j’aime toujours mais que je n’écoute jamais plus. C’est donc avec gourmandise que je me précipite dessus en espérant obtenir un effet madeleine de Proust d’autant plus préservé que je n’ai plus vraiment écouté ce morceau depuis cette période. Je sors un instant de l’écriture de ce texte et, heureux de pouvoir me distraire pour une raison légitime, je retrouve le titre en streaming.

J'écoute...

Tout de suite je suis frappé par la beauté du timbre de Brel, celle des arrangements dégoulinants de guimauve, exquise guimauve, la naïveté des métaphores, par la place accordée au dramatique, au sens théâtral du mot.

Mais le voyage dans le temps espéré ne se produit pas, ou très peu, par brusques fulgurances obtenues au prix d'une grande concentration. Par éclairs saccadés, je te retrouve dans le fauteuil du grand salon de la maison de Saint-Leu, face à la fenêtre, ta place d'auditeur. Le terme exact serait « je te ressens » car ce n'est qu'un sentiment intérieur qui se révèle.

Ton romantisme adolescent est là, mais quand il me revient, en flashs lumineux, pur et touchant, il est aussitôt pollué par mon sentiment intérieur actuel, lourdement chargé des responsabilités d'adulte, artisans à recontacter pour telle ou telle réparation dans la maison, rendez-vous médicaux à prendre pour tel ou tel rappel de vaccin des enfants. Ce que j'étais insouciant à cette époque, voilà ce que cristallise mon esprit.

Le voyage est en revanche tout autre avec la chanson *Mon enfance* du même Jacques Brel.

Je l'écoute à tout hasard et cette fois-ci la réminiscence est violente. Elle est toute de frustration, de tristesse et de manque. Nul besoin de concentration les yeux perdus dans le ciel à travers la fenêtre, le sentiment revient avec brutalité et s'impose douloureusement. J'avais découvert cette chanson par une cassette vidéo d'un concert filmé de Jacques Brel où on le voyait la jouer, j'écris jouer et non pas interpréter car chacune de ses chansons était une pièce de théâtre à plusieurs actes. Je la visionnais à Vendôme, chez mes grands-parents, en me morfondant de l'absence d'Audrey partie pour l'été en Guadeloupe, dans sa famille.

C'était l'époque du lycée et celle de notre histoire d'amour tumultueuse, durant les vacances séparant ma première de ma terminale. Tout dans cette vidéo disait ce qui m'éloignait d'elle. Le noir et blanc de l'image s'opposait aux couleurs vives des Antilles dans lesquelles je l'imaginais évoluer ; l'évocation de cette enfance bourgeoise, « les femmes aux cuisines, où je rêvais de Chine, les hommes aux fromages, s'enveloppaient de tabac », qui ne fut pas la sienne... Je n'avais même pas eu le temps de partager cette chanson avec elle, comme j'avais pu le faire avec celle des vieux amants, et cela achevait de me renvoyer à ma solitude et à ces jours de vacances que je comptais à rebours du moment où je la retrouverais en septembre.

Ce fut pendant l'hiver de mon année de troisième que nous nous sommes embrassés pour la première fois. Tu étais encore tout à fait Nunus. Puis vous avez recommencé. Cela se passait les mercredis après-midi. Dans la pénombre de sa chambre, vous enleviez le haut. Sur fond des Righteous Brothers et de leur *Unchained Melody*, elle t'offrait alors ses lèvres et sa poitrine, pourpre dans la lumière tamisée, ou d'un brun légèrement cendré, allongée sur le dos.

Comme avec Salomé, tu retrouvais ce sentiment grave et solennel de réparation, réparation de toutes les souffrances et de toutes les offenses.

Elle avait voulu un jour aller plus loin et que tu enlèves ton slip, comme ça, juste pour voir. Tu ne voulais pas, gêné sans doute de ce corps d'enfant qui était encore le tien à quinze quand elle avait déjà celui d'une femme. Tes aisselles restaient glabres, ton pubis également, tes éjaculations sèches. Par jeu, elle te baissa le slip de force et tu te retournas pour te cacher.

Et alors que tu embrassais Audrey tout en refusant de lui en montrer plus, les consultations avec le professeur Roy, à l'hôpital de la Salpêtrière, commencèrent.

*

Cet éminent pédiatre était un homme déjà âgé, sans doute proche de la retraite, très affable et bienveillant. Pour déterminer si j'avais oui ou non besoin d'hormone de croissance, il voulut tout savoir, jusqu'aux âges de puberté de mes grands-parents si cela était possible. Bon Papa témoigna donc à ces fins médicales et me raconta qu'il était très maigre encore à la fin de l'adolescence, ce qu'il n'était plus alors, et que son petit poids avait failli compromettre son entrée à Polytechnique. Étant une école militaire, l'X, comme il l'appelait, conditionnait l'entrée des étudiants ayant été reçus au concours à des exigences de gabarit minimales. Il crut bon d'ingurgiter des médicaments constipants dans l'espoir de s'alourdir un peu le jour de l'examen physique.

Ses condisciples le surnommèrent ensuite l'araignée en raison de la finesse de ses jambes.

Ce fut le professeur Roy qui apprit aussi à mon père qu'il était, du haut de son mètre soixante-huit, un homme petit, même au regard de sa génération. Michel était né en 1936. « Tiens, alors, comme ça, je suis petit !? » Il semblait ne s'en être jamais rendu compte. On te fit faire des radios des jointures pour évaluer la part de cartilage et donc la marge de croissance qui te restait. Devant une étudiante, et après avoir sollicité ton autorisation, il palpa tes testicules. À lui et sa jolie apprentie, tu acceptas de montrer le bas.

Finalement, le verdict tomba, et je peux confirmer aujourd'hui qu'il fut parfaitement juste, au centimètre près. « Voilà, me dit le professeur Roy, tu feras quelques centimètres de plus que ton père. » Nul besoin d'hormone de croissance, tout cela était parfaitement génétique. Une dernière chose semblait cependant l'inquiéter.

Seul avec moi dans son bureau, il me demanda à cinq reprises, en ménageant à chaque fois un temps de réponse assez long pour que je ne réponde pas à la légère :

« Est-ce que tu manges assez ? Vraiment ? Est-ce que tu as l'impression de manger normalement ou y a-t-il un problème dont tu voudrais me parler ?

– Je vous assure que je mange assez, docteur, répondis-tu. Je me goinfre de chocolat, j'en tartine même des carrés avec du Nutella ! Et avec mon ami Franck, il est trop marrant, il a un singe sur son balcon, on se mange des pizzas tous les mercredis ! »

À ces mots, je m'en souviens, il posa sa main sur ton épaule et plongeant gravement ses yeux dans les tiens, il te posa à nouveau la même question :

« Tu manges vraiment assez ?

– Mais oui !

- Bien. Alors, c'est ta constitution. Il n'y a pas de problème. C'est vraiment peu commun, mais c'est ta constitution. »

Ces mots, d'un professeur de médecine en fin de carrière, qui avait dû en voir défiler, des gringalets, t'impressionnèrent beaucoup. Ils ne te vexèrent pas, le professeur Roy était si bienveillant et on ne sentait nul dépit dans son constat, mais ils te marquèrent. Je revois exactement ta position dans son bureau quand il te les dit : « C'est vraiment peu commun, mais c'est ta constitution. » Il t'expliqua ensuite que la puberté viendrait et avec elle son pic de croissance.

Quand, bien plus tard, mes deux enfants vinrent au monde, je m'enquis tout de suite de leur poids et de leur taille que je suivis attentivement dans leurs premiers mois de vie, heureux de n'avoir finalement pas transmis ces maudits gènes des corps incorrigiblement chétifs.

*

Au collège, la nouvelle de ta relation avec Audrey fut douloureuse pour Franck qui la suppliait depuis si longtemps.

Vous étiez en sport, cela devait être une séance d'athlétisme ou d'endurance, et tu lui racontas. Je le revois alors te saisir par le cou d'un vigoureux tour de bras et t'entraîner dans une marche rapide durant laquelle il ne cessait de répéter, avec cet air renfrogné qu'il devait avoir quand il avait dépouillé Dro près de la gare : « Je suis content pour toi, Alex, je suis content pour toi, Alex. »

Et toi lui susurrant, en exagérant le timbre fragile et fleur bleue du garçon sensible énamouré pour le rendre plus exaspérant encore... « Eh bien voilà, Franck, on s'est embrassés... puis elle a enlevé le haut, Franck... » et lui te coupant de ses tranchants : « Je suis content pour toi, Alex ! »

...*LA MUE*...

Cette forfanterie mal placée de frustré rassasié était encore très Nunus, tout comme ce qui allait te faire perdre Audrey.

Cela se passa au ski, où vous retrouviez, comme je l'ai dit, des copains d'une année sur l'autre. La vie là-bas, pour Thomas et toi, une semaine par an, ressemblait à un bizarre transfuge des étages supérieurs de la maison de Saint-Leu, avec ses joints et sa musique, dans *La Montagne magique* de Thomas Mann, avec le luxueux salon de l'hôtel, sa grande flambée, le restaurant chic où les tables s'épient discrètement et entre lesquelles s'échangent des mondanités.

Les journées étaient consacrées au snowboard, avec ton frère ou ton copain Romain, le Versaillais, à la recherche des hors-pistes ou des bosses pour essayer de sauter toujours plus haut et faire le meilleur *grab*. De retour dans la chambre à la décoration de chalet cossu, vous écoutiez le rap des Pharcyde ou de KRS One, en faisant ripaille des viennoiseries achetées par Bonne Maman. Ensuite, vous alliez boire une bière au *Irish pub* de la station, peu regardant sur ton âge, ou vous alliez vous baigner dans la piscine de l'hôtel.

C'est là que tu aperçus cette fille.

C'était sa première fois à La Marmotte. Je ne sais plus pourquoi ni comment, elle semblait vous connaître Thomas et toi, comme si on lui avait parlé de vous. Elle n'arrêtait pas de vous flatter, comme quoi votre réputation vous précédait, comme quoi vous saviez déconner.

Il faut dire que tu t'étais soûlé à la boum organisée tous les mercredis par l'hôtel et que ça n'était pas passé inaperçu. Bonne Maman t'en avait parlé le lendemain : « Tu te rends compte que tu as proposé à une jeune fille de la sodomiser ? » Ta grand-mère t'avait demandé cela sans nuance de reproche, encore moins de gronderie, elle en était incapable envers toi, mais avec un ton de consternation désolée, le ton du spot télévisé qui passait justement à cette époque : « Tu t'es vu quand t'as bu ? »

Bref, cette nouvelle pensionnaire avait eu l'air impressionnée par ta prestation à la boum et ne cessait de te flatter. Voir Nunus ramper sur la piste de danse lui avait paru le sommet de ce qu'il est convenu de faire pour déconner. Elle devait avoir dans les dix-sept ans, soit deux de plus que toi, une taille de guêpe et une magnifique poitrine, bien plus généreuse qu'il n'en fallait.

Quand il s'est agi de sortir en ville, elle vous accompagna au *Irish pub* où tu ne parvenais pas à détacher tes yeux de ses seins. N'y tenant plus, tu la prévins juste que tu allais faire quelque chose qui allait la surprendre et tu l'embrassas sur la bouche. Ce fut tout.

Il n'y eut aucune suite. Peut-être y aurait-il pu en avoir une si elle avait posé sa main sur ta joue mais elle ne le fit pas. La soirée se termina normalement. Tu n'espérais rien de ton côté. Tu aimais Audrey. Ce baiser était juste l'expression de la tension générée par ce puissant mélange, ses seins, ses paroles douces et flatteuses.

Le dieu espiègle de la stupidité qui gouvernait alors si souvent ta vie te persuada, de retour à Saint-Leu, de confier cette broutille à Audrey, pour le plaisir idiot d'attiser son désir en titillant sa jalousie. Peut-être était-ce là ce que tu espérais. Ou peut-être cherchais-tu à retrouver une complicité absolue non encore lestée d'aucun secret.

Mais sa réponse fut qu'elle ne voulait plus te voir.

C'est ainsi que tu perdis Audrey la première fois. Sur le coup, cette perte ne te fit pas l'effet d'un cataclysme. C'était plutôt comme un énième épisode des bêtises qui pouvaient vous jeter les uns contre les autres au collège. Tu n'arrangeas d'ailleurs rien à l'affaire en la tourmentant parfois à la sortie de Wanda en tournoyant autour d'elle en Chappy, Franck hilare derrière toi.

Nunus avait alors un cœur trop étriqué pour les chagrins d'amour.

Ce fut au lycée, pendant cette année de seconde studieuse mais souvent médiocre quant aux résultats, qu'Audrey devint une obsession. Dro était dans sa classe, et toujours je lui demandais de me parler d'elle, tout en éclatant mes ennemis au fusil, avec force effusions d'hémoglobine pixelisée, sur *Doom*, un jeu qu'il avait sur son ordinateur.

Quand je la retrouvai en première L, littéraire, enfin délivré des affres des matières scientifiques, je n'étais quasiment plus Nunus.

*

Tu avais jeté tes derniers feux en fin de troisième, collectionnant les bouteilles d'alcool vides que vous aviez bues en arrache sur un meuble de ta chambre. Il finit par y en avoir une vingtaine, sans que cela inquiète tes parents qui jamais ne te demandèrent d'où elles pouvaient venir.

C'était en troisième toujours, avec Franck et Julien, que tu rapportas quelques fois de l'alcool pour t'en siffler des rasades au fond de la classe. C'était l'époque où Franck regardait *L'Homme de fer*, une série télé sur un policier en fauteuil roulant, en plein cours de français sur un minuscule poste dont il avait coupé le son. Un feuilleton qu'il n'aurait jamais regardé s'il avait été libre de le faire chez lui, mais qu'il appréciait alors, en classe, sans même entendre les paroles. C'était ce qui vous faisait rire.

C'était aussi l'époque où tu dealais, à minuscule échelle, partageant des « douzes », pour douze grammes de shit, achetés trois cents balles en un peu plus de barrettes qu'il n'en aurait fallu pour être honnête. Dro visitait encore parfois des maisons abandonnées et dut même se cacher un jour dans la cave de l'une d'elles pour éviter de se faire surprendre par un agent immobilier qui la faisait visiter. Cela aurait pu devenir un de ses faits d'armes mais cela arrivait un peu tard. Vous n'étiez plus dans ce délire.

Quand tu te fis convoquer au commissariat de Taverny, sur dénonciation, pour des minables histoires de deal, juste avant l'entrée au lycée, tu n'étais plus là-dedans non plus.

De moins en moins Nunus...

J'en voulus d'ailleurs à ma mère d'avoir raconté au commissaire les circonstances qui m'avaient conduit en conseil de discipline. Avec le recul, je réalise qu'elle avait pourtant raison et que cela ne pouvait en réalité qu'éloigner de moi les suspicions de la police. « On l'aura dénoncé, se dirait le commissaire, car il a déjà été pris la main dans le sac avec ça. » De toute façon, tout cela était trop mince et la police n'avait rien à moudre.

L'année de seconde au lycée de Taverny fut celle de la mue.

Les devoirs maison faits avec application commencèrent à remplacer les longues après-midis passées à skater. Sur mon bureau de notaire, j'entendais encore les copains passer dehors, qui venaient ensuite sonner pour me demander de les rejoindre. Une fois, ce fut au volant d'une voiture qu'ils venaient de barboter et qu'ils conduisaient cahin-caha, la faisant hoqueter dans la rue Hoche. C'était le nouveau jeu de Julien et Aurélien, essayer d'ouvrir toutes les portières des voitures garées sur le parking de l'église pour trouver celle qui avait été laissée ouverte. Ce jour-là, ils furent chanceux, il y avait même encore les clés.

*

Au lycée, la timidité devant les professeurs, et même parfois les rougissements, remplacèrent les heures de colle.

Nous avions Fabrice Humbert, devenu depuis écrivain, comme professeur de français. Tout jeune encore, il effectuait son stage au lycée de Taverny et bien qu'il fût déjà un excellent enseignant, il lui arrivait de s'arracher les cheveux sur notre classe, surpeuplée et au niveau très hétérogène, comme toutes les secondes. J'ai encore dans l'oreille la phrase qu'il hurlait alors : « Je peux être un professeur épouvantable ! »

Je me souviens avoir rougi stupidement lors d'une discussion informelle avec lui, à la fin d'un cours. Il me parla de la thèse qu'il était en train de faire et je lui répondis que mon demi-frère Gilles avait lui aussi débuté la sienne, mais en philosophie. Fabrice Humbert me demanda benoîtement sur quel sujet, je ne pus rien répondre d'autre que sur Sartre et me mis à rougir.

Et ce n'était pas du tout par sentiment de dire quelque chose de faible mais par la gêne de mettre un pied dans le monde intellectuel des adultes, et la peur d'être jugé ridicule de prétention. Ce pied, je le mettais pourtant en permanence dans ma sphère familiale, invité à cela par mes grands-parents qui buvaient mes paroles. Mais là, c'était différent, mon interlocuteur était membre de cette suprême instance qui avait fini par te mater, Nunus, ce n'était plus Bon Papa et Bonne Maman te mettant sur un piédestal pour se dépêtrer de la culpabilité de leur fille suicidée.

Il n'y avait plus qu'en physique-chimie que tu m'habitais encore parfois.

Je m'ennuyais dans ce cours. Lors du conseil de classe auquel les élèves étaient conviés à assister, pour voir les professeurs délibérer sur leur cas, Mme Paccalin, la professeure de la matière en question, dit à propos de moi : « Et en plus, il fait des grimaces ! » ce qui fit rire Fabrice Humbert. Cela aurait pu être un rire complice, mais non, ce fut la honte qui me remplit. M. Delpla, notre professeur d'histoire, dit alors à Mme Paccalin : « Il faut l'intéresser, ce petit », d'un ton assez méprisant.

Et en effet, François Delpla était un professeur avec qui, Frédo et moi, nous nous tenions bien. C'était la première fois que nous étions dans la même classe et ce prof nous avait tout de suite passionnés. Pour le moins atypique, il était loin de faire l'unanimité. Ses cours avaient le ton d'une conversation, même s'il était seul ou presque à parler et ne suivait aucun plan. Ils étaient toujours pleins d'aperçus fascinants sur l'actualité et de réflexions bien senties qui nous tenaient en haleine, Frédo et moi. Je grattais donc pendant une heure des pages qui se transformaient peu à peu en rectangles bleu encre.

Sujet à des sautes d'humeur et à des bouffées d'autoritarisme, il se montra parfois dur avec moi en me tançant pour un rien, alors même que je faisais partie des élèves les plus attentifs et un des rares à l'apprécier. Légèrement bedonnant, les cheveux intégralement blancs et coiffés sur le côté, je le percevais comme vieux alors qu'il n'avait que quarante-sept ans. Son apparence était assez négligée et un de ses traits distinctifs dans les couloirs du lycée était son cartable d'enseignant réduit à la simple expression d'un minable sac en plastique.

À la médiathèque, Frédo et moi croisâmes certains de ses ouvrages et nous comprîmes qu'il était un historien assez reconnu de la deuxième guerre mondiale et du nazisme. Pourtant, ce n'était pas ce qui nous en imposait le plus. Non, ce qui nous en imposait était sa virilité à l'ancienne. Son poing posé sur la hanche, son regard perçant et dur, cette façon d'attraper ostensiblement ses parties avant de s'asseoir sur la table. Plusieurs fois, il eut des phrases limites qui nous enchantaient et que nous rejouâmes mille fois en l'imitant. « Vous dites sortir avec une fille, je dirais plutôt rentrer dans une fille », illustrée d'un geste explicite du bassin.

À une camarade douce et timide qui n'avait pas appris son cours : « Tu es donc venue nue intellectuellement ? Je ne comprends pas. Sache cependant que pour le contraire, je serai moins sévère. » Il nous sciait, Frédo et moi, par son étanchéité radicale au jugement d'autrui. À l'angoisse des adolescents toujours tourmentés par l'avis des autres, il opposait une affirmation de soi toute nietzschéenne. Le dernier cours avant Noël en fut l'apothéose. Il prévint la classe que pour la fin de l'année, ce serait un cours de fête et se mit de but en blanc à raconter des blagues devant des élèves médusés puis poursuivit en chantant *Au suivant* de Jacques Brel à tue-tête sans lésiner sur l'interprétation.

Frédo et moi ne pouvions qu'aimer.

*

En seconde toujours, le skate lui-même fut remplacé par la musique, je veux dire la pratique de la musique, en l'espèce des percussions.

Dro fut pour cette nouvelle passion mon complice.

Nous nous prîmes tous les deux d'engouement pour la musique afro-cubaine et l'accompagnement rythmique qui va avec. Dans ton walkman, le latin jazz de Ray Barretto ou Cal Tjader commençait à rivaliser avec le rap des Sages poètes de la rue, de Tribe Called Quest ou de Pharcyde. Chacun fit l'acquisition d'instruments, des congas, les percussions reines de la musique latine qui ont gardé la forme de tonneaux effilés qu'elles étaient à l'origine, mais aussi des darboukas, tambours du Maghreb à la peau en plastique et au son claquant, pratiques car transportables.

Cela devint l'attraction lors des feux qui s'organisaient ici et là le week-end dans la forêt de Montmorency.

Ce fut d'abord toi, Nunus, qui y allas à l'occasion des arraches avec les potes. Vous vaquiez d'un feu à l'autre pour y retrouver des grands, des copains de Thomas parfois, qui, comme Max, vous offraient de l'herbe. Vous vous incrustiez dans ces assemblées en cercles de silhouettes tremblotantes sous la lumière orangée. Toi, tellement trouillard que tu tenais Romu, Dro ou Frédo par le sweatshirt quand vous patrouilliez dans la forêt noire pour rejoindre un autre feu. Il suffisait de se laisser guider par le son des djembés que beaucoup jouaient alors. Vous arriviez avec vos instruments mais c'était Dro qui mettait tout le monde d'accord avec sa darbouka.

J'essayais de le suivre, bien sûr, mais il avait vite fait de me distancer. J'étais à peu près capable de tenir un rythme régulier mais lui avait déjà ce sens de la métrique qui lui permettait de s'échapper pour faire claquer ses phalanges dans des solos où les jointures de ses doigts avaient la précision des baguettes d'un batteur de jazz. Il révéla vite un talent incomparable en la matière et finit par en faire son métier, devenant plus tard le percussionniste attitré du club des Trois-Maillets, rue de la Huchette à Paris.

...GICLÉE D'EAU BÉNITE...

Durant cette période de mue, Bruges remplaça Hossegor.

Mon père avait toujours adoré cette Venise du Nord. Il nous y avait emmenés pour un week-end lorsque j'étais en primaire et nous avions séjourné à l'hôtel *Die Swan*, le Cygne, au charme romantique et rococo en diable, tout en velours rouges, en salons cachés et en escaliers dérobés. Thomas et moi en avions dénombré sept. C'était un excellent souvenir. Plus tard, mes parents comprirent qu'on pouvait séjourner au béguinage, en réservant à l'hôtellerie du monastère bénédictin qui s'y trouvait, et ils y retournaient depuis à toutes les vacances.

Ma première fois eut lieu aux vacances de Noël de mon année de troisième.

Délaissant Nunus à la frontière franco-belge, je redevins là-bas le petit Alexis qui avait découvert enfant cette ville et qui revenait en version adolescente. Seul avec mes parents, je découvris alors l'ambiance surannée de pension de famille qui régnait à l'hôtellerie du béguinage, les cellules à la décoration dépouillée, les repas pris en tablée, à heures fixes, midi trente pour le déjeuner, dix-huit heures quarante-cinq pour le dîner qui commençait toujours par une soupe. On ne mangeait jamais avant que quelqu'un n'ait prononcé le bénédicité, « bénissez-nous seigneur, bénissez ce repas, celles qui l'ont préparé et procurez du pain à ceux qui n'en ont pas », en chantant ou en récitant.

Mon père, qui avait grandi dans une pension religieuse, allait à tous les offices, y compris à celui des laudes le matin à six heures et demie. Il enchaînait ensuite avec la messe célébrée tous les jours à sept heures. Et ce alors qu'il avait perdu la foi depuis longtemps, tout en gardant un attachement esthétique, émotionnel serait plus exact, au catholicisme. Il connaissait la liturgie et chantait en latin avec les sœurs, laudes, sexte à midi, vêpres à seize heures, complies à vingt heures. Habitude contractée lors de mon premier séjour au béguinage, et que je garderais toutes les années suivantes durant lesquelles nous y allions trois fois par an, je ne participais qu'aux complies.

Je suis encore capable de chanter ce passage qui revenait invariablement tous les soirs et qui s'est imprimé dans ma mémoire : « *Salva nos domine vigilantes custodi nos dormientes ut vigilemus cum Christo et requiescamus in pace...* » Après l'office, l'assemblée des quelques présents, hôtes de l'hôtellerie ou personnes extérieures au béguinage mais connues des sœurs, se déplaçait dans la chapelle conjointe pour dire bonne nuit à la Vierge. En demi-cercle autour de sa statue, nous chantions le *Regina ceali*, Reine du ciel. « *Regina caeli laetare alleluia qui a quem meru isto portare alleluia resurexite sicut dixit alleluia ora pro nobis deus alleluia.* » Enfin, la mère supérieure, mère-prieur comme on disait, aspergeait chacun d'une giclée d'eau bénite.

Nous avions fini par connaître chacune des sœurs, dans son tempérament et ses singularités : sœur Placide, la plus sérieuse, sœur Marie-Béatrice, sœur Myriam et sœur Marie-Thérèse qui venaient des Antilles françaises et avec qui il était impossible de couper à la messe du dimanche, sœur Marie-Hubert qui était passée par les Jeunesses ouvrières catholiques et qui parlait souvent de scoutisme avec mon père ; sœur Monica, la plus jeune, au tempérament fougueux, et sur laquelle on apprit plus tard qu'elle persécutait parfois les autres en leur volant des choses. J'avais fait un jour l'admiration de mon père en parvenant à l'amadouer au point de lui faire éplucher ma pomme.

Ma préférée était sœur Marianne. Son français était maladroit, même si elle le comprenait correctement. J'ai encore dans l'oreille le timbre de sa voix et les éclats de rire enfantins qui ponctuaient souvent ses phrases quand ce n'était pas des *ya*, *ya*. Quand, bien plus tard, devenu étudiant, je garderais l'habitude de revenir au béguinage pour préparer mes examens, j'aimais passer un peu de temps avec elle autour d'une tisane après les complies.

On se sentait là-bas hors du temps. Les deux grandes portes de l'enceinte étaient d'ailleurs closes tous les soirs, à dix-huit heures en hiver, à dix-huit heures trente en été, et le parc nous était alors réservé, à nous les résidents ; ce magnifique parc aux peupliers penchés qui se tapissait de narcisses et de jonquilles à Pâques. Entouré de bâtisses de brique peintes en blanc du XVIIe siècle, il est le cœur de ce hameau ceint de murs qu'est le béguinage de Bruges.

Là-bas, mon père passait le plus clair de son temps à travailler et écrire. Nous profitions ma mère et moi de la matinée pour nous promener en ville, bifurquer des rues du centre saturées de visiteurs comme *Katelijnestraat*, traverser le vieil hôpital Saint-Jean, *Oud Sint-Jan*, afin d'explorer de nouveaux quartiers, comme celui de la petite église de Jérusalem avec son plan carré en croix grecque et son autel macabre représentant le Golgotha, ou celui de Coupure avec son port à péniches, derrière le parc de la reine Astrid. Souvent, nous terminions nos embardées par ces grandes artères commerçantes ou ma mère me gâtait d'un nouveau sweat ou d'une paire de chaussures. Nous retrouvions mon père après les Vêpres pour un goûter en ville, chez Michelangelo juste en face de l'église Notre-Dame, chez Maximilien à la porte du béguinage ou sur la grand-place en face du beffroi.

L'après-midi était le moment de mes balades solitaires.

Je repassais incessamment par les mêmes itinéraires, place Simon-Stevin, puis le long du *Dyver* et par le musée *Groninge*, parfois autour du parc du *Minnewater*. La ville n'était plus alors le lieu de la découverte, elle devenait plutôt le ruban sensoriel d'une exploration mentale dont la musique était l'objet. Casque sur la tête, j'expérimentais ces musiques que Dro et moi touchions du doigt par la percu,

Stan Getz et la bossa nova, et celles que Thomas me faisait découvrir, Chick Corea, Henri Texier... Sony Rollins, album *The Bridge*, ou John Coltrane, *Africa Brass*, resteront d'ailleurs toujours pour moi des musiques d'hiver, car c'est en hiver, et à Bruges, que mon esprit s'en est saisi.

C'est particulièrement vrai pour l'interprétation que propose Coltrane du thème de *Greensleeves*, un chant traditionnel anglais qui remonte au XVIe siècle. L'album *Africa Brass*, dans sa réédition en 1995, en propose deux versions différentes (contrairement à la version originale de 1961), d'une dizaine de minutes chacune, variant surtout par les solos de Coltrane et de McCoy Tyner au piano. Je passais ainsi inlassablement d'une version à l'autre, fasciné par cet esprit de recherche qui animait le quartet de Coltrane, par l'aura de quête spirituelle qui en émanait. Il en allait de même pour les trois versions différentes proposées du thème d'*Africa*. C'était comme si Coltrane nous chuchotait à l'oreille qu'ils cherchaient quelque chose mais qu'ils ne l'avaient pas encore trouvée, même s'ils nous faisaient partager le voyage.

Je garde encore l'empreinte de ce ruban sensoriel qu'était Bruges sur *Greensleeves*.

Les deux versions débutent par le groove ravageur de Reggie Workman à la contrebasse, vite rejoint par la batterie, jouant en 3/4, une métrique de valse swing dont le batteur Elvin Jones était un maître, je passe alors sous la porte principale du béguinage, « *Sancta Elisabeth ora pro nobis* », sainte Élisabeth, prie pour nous, et au-dessus du pont sur le canal, je longe le petit square aux cygnes et arrive là où stationnent les calèches en attente de touristes à promener. Coltrane a commencé son solo. Des odeurs de crottin se mêlent à des relents de gaufre alors que je tourne dans *Wijngaardstraat*, le fracas des sabots sur les pavés me fait comprendre que je dois serrer à droite.

Je bifurque vers *Walplein*. Dans la ruelle qui rejoint *Katelijnestraat*, McCoy Tyner entame son solo, hors des sentiers battus, là où l'esprit ne sait plus si les notes sont justes ou fausses, conférant à ses envolées une bizarrerie et une puissance inégalées. Dans la foule des corps qui me frôlent, je me sens drapé d'une délicieuse solitude, toute de contemplation et de mystère.

Des sensations à jamais imprégnées et qu'une seule écoute réactive.

*

La musique, même avant le jazz, a toujours été un lien entre mon frère et moi.

Après avoir raté une fois son bac, Thomas est parti vivre chez notre demi-frère Gilles à Bagneux qui lui fit connaître plein de titres et d'albums. Jeune prof de philosophie, Gilles vivait dans une grande maison en colocation avec quelques amis. Mes parents s'étaient décidés à sortir Thomas de l'aquarium enfumé qu'était sa chambre du grenier, bocal qui faisait le bonheur de Frédo, Romu et les autres qui y avaient leur rond de serviette. C'était l'époque où mon frère s'était laissé pousser les cheveux, épais et bouclés, qu'il tirait en chignon et dont on sentait qu'il pourrait bientôt faire des *dreadlocks*. On hallucinait de le voir dénicher dans sa tignasse des mégots de clope le matin tandis qu'il se grattait la tête en maugréant.

L'idée avait aussi été de faire cesser les disputes avec notre mère.

Celles-ci avaient eu tendance à s'intensifier les derniers temps, surtout les lundis soir lorsque mon père finissait tard et restait dormir au cabinet. Je n'en comprenais pas plus les enjeux que Darwin, qui avait au moins le privilège de pouvoir sortir la queue basse rejoindre le salon pour plus de tranquillité. Si la famille est un arbre, comme on demande aux écoliers de primaire de la représenter pour expliquer leur généalogie, certaines branches de la mienne étaient d'un bois pourri. C'était à ce constat que me renvoyaient ces disputes.

Le suicide de notre vraie mère, mon corps, ma taille, mes dents à rafistoler, mon incapacité à arrêter les conneries au collège, le caractère difficile de Thomas, tout ça était pour moi les fruits pourris de ce bois malade. Mais la souche avait pu aussi donner de beaux rameaux aux feuilles vertes et pimpantes comme les premières pousses du mois d'avril : Darwin, maman, les samedis ensoleillés où une ribambelle de copains se pressaient à la maison, le bon repas du dimanche midi, la gloire de mon père qui était de plus en plus sollicité par les journalistes et fut invité par deux fois chez Jean-Luc Delarue et son émission *Ça se discute*...

Le départ de Thomas de la maison fut pour moi un soulagement.

J'appréciais même d'aller le voir là-bas, à l'autre bout de la banlieue, dans la maison de Bagneux, d'essayer de faire rire Gilles et ses colocataires, d'écouter de la bonne musique. Lui et moi nous sentions grands, une page s'était tournée. La brutalité avait laissé place à la complicité. En vacances en Grèce, l'été, toujours en balade en moto ou en scooter, Thomas m'aidait à dépasser mes complexes en me certifiant que ma maigreur me donnait des airs de sage à la Gandhi, de prophète.

Même s'il fumait encore, il s'était mis à bosser sérieusement et comptait bien réussir sa deuxième terminale. Avoir été un excellent élève au collège ne l'avait pas empêché de baisser complètement les bras arrivé en classe de première. Il voulait remonter la pente. Finalement, il était lui aussi en train de tourner le dos à la contre-culture de la déconne.

Le cambriolage de notre garage en avait été le révélateur. On en força l'entrée une nuit et on n'y retrouva plus mon Chappy ni la moto *Diversion*. Ils avaient été volés et Thomas a toujours été persuadé que c'était son ancien pote Rod et sa clique qui avaient fait le coup, eux qui cambriolaient déjà la charcuterie du père d'un de leurs potes.

On me chourait mon Chappy. Un peu plus tard, ce fut le tour de mon vélo, dans le parking du lycée, mais je parvins à le récupérer en faisant jouer les relations de ce Nunus que j'étais de moins en moins. Jean-Baptiste F. me fit savoir que le coupable était son voisin et cela me permit de le récupérer...

Je remerciai mon intercesseur comme l'aurait fait Nunus : en lui offrant une bouteille de Jack Daniel's.

*

Ce Jean-Baptiste était typique de la relève des soirées de beuverie, de ces anciens du collège qui commençaient à se biturer le week-end et à se rouler des joints, tandis que je levais le pied et ne fumais quasiment plus. Leur acharnement à se faire mal me laissait souvent pantois. Ainsi de J. Viames qui se soûlait à gerber tous les samedis et finissait ses soirées accroché d'un bras à la cuvette des chiottes, jurant avec la sincérité d'un condamné à mort qu'on ne l'y reprendrait plus, que c'était la dernière fois. Beurk... J'écoutais en frissonnant le récit que me faisait Dro des vœux réitérés de ce malheureux, ne connaissant que trop bien cette certitude éphémère que vous donne la nausée, celle que c'était la dernière biture.

Cette nouvelle sobriété revendiquée me mettait parfois en porte-à-faux auprès des potes, lorsque je passais mon tour sur les bédos qui pouvaient tourner ici et là. C'était en fait un nouvel avatar de cet atavisme social qui nous saisissait par-derrière.

*

Me revient ainsi un samedi matin au tout début de mon année de première.

Romu, Frédo, Julien et moi avions l'habitude d'aller chaque année à la fête de l'Huma en septembre pour ses concerts et son ambiance de kermesse baba cool. On adorait patauger dans la cohue, la fumée des merguez et la boue. Il pleuvait immanquablement. Aurélien arriva ce jour-là à la maison pour attendre que le père de Frédo vienne nous chercher pour nous emmener. Comme Romu, c'était un pote que je ne voyais plus au bahut, eux ayant bifurqué en filière pro, la vente pour Romu, l'hôtellerie pour Aurélien. Il me trouva en train d'écouter Henri Texier, l'album *An Indian's week*.

« Tiens, écoute ça », lui dis-je en mettant le morceau *Laguna Veneta* qui était mon préféré. Je le sentis curieux, intéressé même, mais ça venait trop d'ailleurs pour lui, et je le vis alors avoir un sourire tendre sur ce que nous étions devenus. Les potes s'abreuvaient désormais du Wu-Tang Clan et d'Oxmo Puccino.

Peut-être se remémorait-il la fois où il m'avait tourmenté, lors de ma première cinquième, en me répétant : « Tu vas rire, t'es avant-dernier, tu vas rire, t'es avant-dernier. » Le décalage fut plus patent encore pendant les vacances d'été, lorsque je partis avec lui et Julien en Espagne. Depuis toujours, Julien nous parlait de ses étés en Espagne, dans sa famille sur la côte près de Valence. Nous partîmes en camping, partageant une maigre tente. Il m'arriva plusieurs fois de casser l'ambiance certains après-midis en lisant *Les Rêveries du promeneur solitaire* de Rousseau, les jambes croisées sous les feuillages, quand eux préféraient la plage. Ayant troqué les joints contre les glaces Magnum, je me singularisais aussi parmi les autres fêtards français venus passer leurs vacances là-bas.

Je me souviens de l'un d'eux, au look de surfeur, de surfeur qui se serait trompé de mer, tentant de m'amadouer : « Tu sais, ça ne te fera pas de mal. »

En fait, je n'avais la tête qu'à Audrey, partie dans sa famille en Guadeloupe pour l'été, qui me manquait au point de compter les jours. Alors bien sûr, il fallut parfois relancer la pompe pour ne pas finir par devenir rabat-joie. J'enfilai donc à nouveau le costume de Nunus. Nunus sautant depuis un pont dans une espèce de canal à l'eau à moitié croupie, Nunus soulevant la jupe d'une fille en boîte de nuit...

...SYMÉTRIE DU RAPPORT DÉTACHÉ...

Tout cet été 1997, l'été de ces vacances décalées en Espagne, fut douloureux de ce manque du corps d'Audrey, du goût de sa peau, de ces recoins où je l'embrassais, de l'odeur de la racine de ses cheveux, du fumet qui émanait d'elle quand nous faisions l'amour et que je lui caressais le dos. J'avais retrouvé Audrey en classe de première et je vivais alors avec elle ma première vraie histoire d'amour, partagé, consommé.

Il fallut néanmoins tout recommencer.

La première idylle avait eu lieu au collège, avec Nunus, et Nunus avait fauté. Elle me retrouvait cette fois-ci en intello de la classe. Mais nos affinités secrètes étaient encore là et, après avoir réussi à l'inviter à la maison un pâle après-midi d'octobre, nous nous sommes à nouveau embrassés, au détour d'un innocent jeu d'approche. « Devine où je vais t'embrasser ? »

Ce fut elle qui voulut que nous fassions l'amour.

Après une première tentative maladroite dans ma chambre, la pièce située exactement à l'aplomb du bureau de mon père recevant des patients, elle insista pour que nous recommencions le lendemain après les cours. La suite dit bien l'inégalité qu'il y avait entre les filles et les garçons sur ces questions de sexe. Nous avions tous deux pris goût à ces premiers ébats, et je me souviens de la tarabuster en rentrant du lycée pour qu'elle marche plus vite tellement j'avais envie d'elle.

C'était avec fierté que j'allais demander mes préservatifs à la pharmacie du coin, content de montrer aux jeunes pharmaciennes que malgré mon allure de collégien imberbe (elles auraient sans doute été surprises de me savoir déjà au lycée), il ne fallait pas qu'elles se fassent de souci pour moi. Le jeudi soir, qui était un de nos moments avec Audrey, conditionnés que nous étions par les horaires de travail de sa mère, j'accueillais ma mère, fier encore, en robe de chambre, ce qui était une façon de lui signifier ce qui venait de se passer entre Audrey et moi. Mais ma copine devait rester discrète et n'aurait jamais pu en faire autant devant sa mère à elle.

L'appétit sexuel n'était jamais une honte ou une tare pour les garçons chez qui il est encore assimilé à la puissance. Je me souviens d'ailleurs encore de mon étonnement lorsque, enfant, j'appris le terme d'impuissance pour désigner l'incapacité à avoir des érections. Étonné de voir le rapprochement ainsi opéré, avec la caution du sérieux des adultes, entre le fait d'avoir le zizi dur et cette notion de puissance qui, dans mon imaginaire d'alors, relevait du champ lexical des super-héros, Sangoku de *Dragon-Ball* ou autres chevaliers du Zodiaque.

Un soir de réminiscences adolescentes chez Stan, où, délaissant femme et enfants, j'allai le retrouver dans ses vallons du Vexin autour d'un joint de cette herbe locale qu'il fait pousser et d'un whisky, j'y rencontrai ce qu'il est convenu d'appeler un jeune couple. D'environ vingt-cinq ans, ils logeaient dans la grande maison rustique de Stan en attendant de construire eux-mêmes la leur. L'évocation des souvenirs partagés avec Stan nous conduisit au sujet de la masturbation et la discussion prit un tour post-féministe. C'est-à-dire que toute retenue patriarcale à évoquer ce type de sujet devant une femme n'était plus de mise et nous pouvions parler en égaux.

Égaux ou presque, car ce fut justement l'occasion de mesurer l'écart qui persistait. Après avoir tenté de dissimuler un certain écœurement éberlué à l'évocation de nos brochettes de branleurs, la jeune colocataire de Stan convint que non, elle ne se masturbait pas quand elle était ado. Plus tard, oui, cela avait pu lui arriver, mais pas ado. L'explication qu'elle en faisait était intéressante : au collège, des copines lui avaient dit que c'était sale, dégoûtant, et cela avait suffi. Elle s'en était tenue là.

Mais chacune est différente et Audrey, quant à elle, n'avait pas cette retenue. Lorsqu'elle me fit la confidence de ses premières expériences, comme cette fois en quatrième où elle avait partagé un soixante-neuf avec sa voisine Astrid, une petite Camerounaise que je connaissais bien. Cela ne m'étonna pas plus que ça, je savais qu'Astrid était coquine ; il lui arriva de te caresser le torse, Nunus, sous le T-shirt, dans la cour de récré du collège. Nous fîmes d'ailleurs une fois l'amour un soir où je l'avais croisée, étudiant, à la bibliothèque Sainte-Geneviève.

Ce n'était donc pas de la surprise que je tirai de l'aveu d'Audrey mais plutôt la confirmation de notre commune humanité. Déchue de ses ailes d'ange, Audrey n'était plus de ces êtres supérieurs, si désirables, les filles, planant au-dessus des turpitudes libidinales qui nous trituraient les entrailles, à nous, les garçons. La suite de cette première exploration était un peu minable puisque Audrey ne parvint plus après cela à regarder sa copine pendant des mois, mal à l'aise, ce que je comprenais parfaitement.

Nunus, tu as passé ton collège, et il en fut de même pour moi devenu un étudiant sérieux, à rêver que les filles puissent être aussi libres que nous sur la sexualité. Qu'elles puissent s'y adonner aussi facilement que nous nous paluchions après le skate, sans en faire une histoire de sentiments ou même d'attirance physique particulière. À la façon dont j'en proposais à ma voisine de chambre à Châlons-en-Champagne, alors que nous passions les oraux du CAPES d'histoire. « Non, tu ne veux pas ? D'accord. »

Me plaisait-elle ? Non, pas particulièrement. Nous avions discuté, c'était une fille, j'étais un garçon, et nous avions un peu de temps à passer pour nous détendre. Voilà tout.

Une partie de nous rêvait de cette symétrie du rapport détaché au sexe quand une autre la redoutait. Que les filles soient enfin libres si c'était pour nous céder, mais qu'elles ne le soient pas si c'était pour céder à d'autres. Les garçons étaient d'ailleurs toujours là pour veiller à ce que les filles ne se sentent pas trop en confiance, prêts à brandir la menace infamante d'être traitées de putes ou de salopes. Ces menottes qu'on leur passait étaient plus fortes que n'importe quelle force de caractère, ce n'était pas quelque chose dont elles pouvaient passer outre par grandeur d'âme. Il fallait avoir très peu à perdre pour laisser peser sur soi ce type de réputation.

Audrey m'avait confié en avoir fait les frais, comme plein d'autres avant elle, et après elle... En troisième, sa première troisième avant qu'elle ne redouble, elle avait organisé une boum chez elle et était sortie avec un garçon de sa classe, un solide gaillard portugais au physique de papa que je connaissais de vue. Dans la salle de bain d'Audrey, la musique des *Boyz II Men* tamisée par la porte fermée, il lui avait prodigué un cunnilingus qu'il lui avait ensuite fait payer cher. Elle comprit en effet qu'il s'en était vanté en tombant plus tard sur Selim à la piscine qui l'insulta et se moqua d'elle à ce propos devant ses amis. C'était une blessure cuisante pour elle et elle ne comprenait pas que je puisse « bien aimer » Selim et garder un bon souvenir de lui. Ce dernier était pourtant déjà loin, éloigné dans quelque bac professionnel je ne sais où, et ce n'est bien que par fidélité envers toi, Nunus, que je pouvais le qualifier de pote.

...SILHOUETTE EN OMBRE PORTÉE...

La fidélité envers toi, Nunus...

Qui t'en allais.

Attablé à une minuscule table en bois au fond du Rookies, un *coffee shop* d'Amsterdam, drogué aux champignons hallucinogènes, j'eus un jour la sensation quasi physique d'une mue achevée, la sensation de pouvoir te regarder de l'extérieur comme une ancienne peau qui n'était plus la mienne.

*

C'était à la Toussaint de mon année de terminale.

Audrey m'avait quitté en rentrant de Guadeloupe après les vacances.

Elle m'avait trompé là-bas et à la rentrée scolaire de septembre, elle s'y projetait déjà pour ses futures études supérieures en droit. Mais l'attirance qui nous reliait encore avait été la plus forte et la relation venait de reprendre.

Je m'assoupissais devant *Mario 64* sur la nouvelle Nintendo quand Stan m'appela et me proposa l'idée d'un week-end de trois jours à Amsterdam. Il avait trouvé un petit hôtel pas cher et se disait que le plus simple serait d'y aller par le bus de nuit d'Eurostar, départ à vingt-trois heures, arrivée sept heures du mat.

Stan et moi nous étions retrouvés à la faveur des percussions. Après ces deux ans de séparation, je le retrouvais aminci, toujours en couple avec de magnifiques copines. Il faisait encore du piano, de la guitare, et s'intéressait maintenant au djembé qui avait, comme la plupart des percus, cette capacité à produire quelque chose à plusieurs, à rendre en somme, sans requérir pour cela une maîtrise particulière de la musique. Tout l'inverse du violon finalement, l'instrument ingrat par excellence. Il arrivait que l'on se fasse tous les deux des petites sessions en forêt. Je nous revois nous chamailler sur des riens qui en disent tellement sur nos personnalités jusqu'à aujourd'hui. Moi l'appelant à la rigueur pour que le rendu soit meilleur, lui s'en foutant et appréciant surtout l'aspect convivial du moment.

Stan conservait à cette époque une forme d'autorité sur moi. Quelque chose en moi était toujours flatté que le grand qu'il était puisse s'intéresser à ma personne. Aussi essayais-je de me mettre à son niveau. Il suffisait le plus souvent pour cela de s'abandonner à l'expression de ses sentiments, de son ressenti, le genre de posture proscrite avec les potes de Nunus, Frédo, Romu, Julien, Aurélien qui gardaient un côté meute de louveteaux guettant les faiblesses.

Comme avec mon père ou toute autre personne dont je m'enorgueillissais un peu d'avoir l'attention, je guettais le contact. Il arrivait que l'on se voie, Stan et moi, que l'on se parle, se raconte des choses, sans que le contact ne se soit fait. Cela donnait l'impression pénible de pédaler en côte, même si, de l'extérieur, rien n'aurait paru. Personne n'aurait alors vu que nous étions comme deux clampins dans un jardin se renvoyant une balle qui chaque fois tombait par terre. C'était très souvent le cas avec Frédo mais je n'y mettais pas le même enjeu.

Un rien me revient sur l'arrivée à Amsterdam après cette nuit en car durant laquelle nous avions à peine dormi. Une enseigne figurait le mot *metaal*, en néerlandais évidemment. Je dis à Stan, « tiens regarde, c'est con, ils ont fait une faute d'orthographe », et cela le fit rire. Je sus alors que le contact était là, ce qui plaçait ce séjour sous les meilleurs auspices.

À peine après avoir déposé nos bagages dans notre chambre d'hôtel donnant sur un canal, escalier biscornu, fenêtres étroites et hautes, et dégusté un copieux petit-déjeuner de *muffins* dans une minuscule boulangerie semi-enterrée mais fort chaleureuse, nous nous mîmes en quête d'un *coffee shop*.

Nous évitâmes d'un commun accord le Bulldog trop touristique de *Leidseplein*. Je ne pensais même pas bédave (notre expression pour fumer des joints), étant devenu abstinent en la matière. L'idée était pour moi de trouver un endroit confortable. Cossu ? Non, les *coffee shops* le sont rarement. À l'exception du Dolphins et de quelques autres, on n'y trouve jamais de banquettes, les gérants redoutant trop que les clients s'y affalent. Le tabouret est l'assise réglementaire de ce type d'établissements. Je voulais juste un endroit agréable pour converser.

Notre premier *coffee* fut justement le Rookies. Une décoration à l'américaine tout en boiseries foncées, une table de billard (était-elle déjà là à l'époque ? Je n'en suis plus sûr). De petites tables carrées en bois, d'autres rectangulaires, des lumières orangées, un copieux comptoir aux couleurs chaudes. On y retrouvait tout à fait l'ambiance de la chambre-grenier de mon frère. Ce *coffee* avait un peu l'ambiance d'un bar pour bikers. Les Doors y auraient eu toute leur place. On aurait pu y trouver le grand écusson noir Jack Daniel's que mon frère avait en drapeau. Je m'y sentis tout de suite chez moi. Et quand je vis Stan consulter la carte des mets, haschisch ou herbe, et commander au comptoir, je sentis bouger mes résolutions.

« Bon, on dirait que je ne bédave plus, d'accord, mais seulement quand je suis à Amsterdam. »

Ainsi me remis-je à fumer et ce fut délicieux. N'avoir rien d'autre à faire qu'à s'alanguir en discussions à perte de vue d'un *coffee* à l'autre. Nous adorions aussi le Global Chillage, minuscule et en longueur, décoré d'une magnifique fresque psychédélique avec champignons et force lutins magiques qui auraient été parfaits pour accompagner un trip sous hallucinogènes. Nous adorions surtout en chercher de nouveaux, entrer dans l'ambiance toujours spécifique qu'ils proposaient.

Au fil de nos conversations, je revins sur ma relation si tumultueuse avec Audrey qui venait de recommencer, ce trop d'amour qu'elle me tirait du cœur.

Avec Audrey, je ne maîtrisais rien. Tous les clichés les plus éculés sur l'amour passionné qui émaillaient les chansons de variété s'appliquaient alors pathétiquement à ma situation. Surtout lorsqu'elle se faisait poser ses tresses, sept heures de travail, et que j'en devenais fou. La rupture finale entre nous, quand elle eut lieu au début de mon année d'hypokhâgne, serait un réel traumatisme. Je me revois remonter hagard la rue Mouffetard, sentant mon cœur battre fort et lentement dans ma poitrine, pourtant un jour complet après le coup de fil fatal.

Un traumatisme au sens propre qui entraînerait une réorganisation définitive de ma personnalité... Ne plus jamais se mettre en dépendance affective d'une fille. Rester toujours celui qui pourra quitter. Promesse stupide faite à soi-même, là encore un fruit pourri de la souffrance, j'en conviens volontiers. Il n'empêche, que je le veuille ou non, que je m'y complaise ou non, mon cœur s'est fait cette promesse à lui-même et je le sens depuis tendu vers cet effort. Au point qu'il me nargue encore parfois : « Tu vois ? Promesse tenue. »

S'il était toujours en vie, mon père détesterait lire cela. Il me prévenait souvent contre cette tendance, cette illusion de croire possible de maîtriser les choses par la froide rationalité. Avec ses yeux de psychiatre, il tenait la vénération de la raison pour un boitement de l'âme, le symptôme d'accidents ou de chocs passés, à corriger si possible.

La jalousie était un sujet qui revenait souvent dans nos discussions avec Stan. Lui aussi avait morflé plus qu'à son tour. Amsterdam avait d'ailleurs déjà été pour lui le théâtre de mauvais délires. Avec sa copine du moment Laetitia, au cours d'un week-end comme le nôtre, sous l'emprise d'une paranoïa toute cannabique, il s'était figuré qu'elle était sortie nuitamment de leur chambre d'hôtel pour aller rejoindre d'autres hommes. Je lui confiai pour ma part cette fois où il avait suffi qu'un copain de classe me dise « Tiens j'ai vu Audrey hier près du Mac Do, vous êtes plus ensemble ? » pour que je sente mon cœur s'affoler à presque défoncer mes côtes.

Nous avions Stan et moi trouvé un cossu bar à vins, sur *Leidseplein* elle-même, qui se prêtait bien à ces confessions. Nous n'y fumions pas de joints mais l'ambiance y gardait un moelleux auquel ceux de la journée n'étaient pas pour rien. Nous passâmes ensuite la soirée dans un club de jazz où la réalité revint doucement à elle-même.

Nous décidâmes d'embarquer le lendemain pour un trip sous champignons hallucinogènes.

*

Amsterdam compte encore plusieurs de ces *headshops.*

On y trouve différentes sortes d'hallucinogènes, des stimulants, des aphrodisiaques, des petites pipes en verre pour la beuh et tout plein de curiosités. Dès le matin, nous y étions, histoire d'être encore à jeun pour avoir un effet plein. Les champignons étaient exposés dans une vitrine sur le comptoir, assemblés en petits paquets assortis d'une légende. Certains étaient filandreux, d'autres avaient l'air de truffes, marron ou vert foncé. Les descriptifs signalaient leur origine, mexicaine, hawaïenne... et leurs effets, très visuels, très riches, pour usager averti...

Le vendeur nous suggéra un produit qui lui semblait adapté pour des débutants. Des champignons que les gérants de l'échoppe avaient nommés *philosopher's stone*, jeu de mots sur pierre philosophale et sur l'idée de défonce du philosophe. « Ceux-ci vous donneront peu d'effets visuels, nous dit l'homme, mais vous enverront loin dans la méditation intérieure et l'introspection. » Je devais constater quelques heures plus tard que ce n'était pas une publicité mensongère... Stan et moi avons acheté deux sachets.

« À jeun ? demanda le vendeur.

- Oui, oui.

- Tenez, lisez ceci maintenant, ajouta-t-il, en nous tendant un petit papier cartonné disant qu'il fallait s'abstenir de consommer ce produit en cas de dépression, troubles psychiques ou grossesse. L'humeur est importante quand on prend des champignons.

- Tout va bien.

- Non, prenez quelques secondes pour vraiment consulter votre humeur, tristesse, angoisse, soucis ? »

On prit alors quelques secondes, menton levé.

« Non, vraiment, tout va bien.

- Alors c'est bon. Si ça tourne mal, pensez à changer de décor, un simple changement de musique peut vous faire passer de l'enfer au paradis. Attention à la circulation si vous déambulez dans la rue. C'est plutôt déconseillé avec ce type de produits, les vélos, les voitures, les canaux... Posez-vous plutôt quelque part où vous vous sentez bien. »

Nous avons alors gobé chacun notre sachet.

Une dose copieuse, bien plus copieuse que ce que j'aurais osé avaler si on m'avait vendu ces champignons sous le manteau. Ils faisaient partie de ceux qui ressemblaient à des truffes. Je garde encore leur goût en bouche. Pas franchement dégoûtant... plutôt étrange. Un goût de terre, de forêt humide et de champignon, quand même, mais assorti d'un puissant goût de moisi, qui n'était pas pour autant écœurant. Étrange est vraiment le mot. C'était comme manger un morceau de forêt magique. « L'effet arrivera dans quarante-cinq minutes, nous dit l'homme, et durera de six à huit heures avec de possibles retours par bouffées le lendemain ou le surlendemain. Dans ce cas, n'ayez pas peur, mais soyez prudent sur la route. Vous verrez, tout ira bien. »

En quittant l'échoppe, Stan et moi gardions le nez sur la montre. Quarante-cinq minutes.

« Et si on allait visiter le musée d'art moderne ? » proposa Stan qui préparait à l'époque le concours des Beaux-Arts. L'aiguille avançait sur le cadran tandis que nous rejoignîmes le musée et que nous fîmes la queue. Quarante-cinq minutes plus tard exactement, je me trouvais au guichet du musée pour payer mon ticket où la dame de l'accueil me houspillait vertement car je ne parvenais pas à payer. C'est que la montée était violente.

Il en était bien sûr de même pour Stan qui se marrait en me voyant si démuni. Notre premier réflexe fut ensuite d'essayer de communiquer à l'autre cette soudaine déréalisation qui nous saisissait par la peau de la nuque, comme le fait une lionne avec ses lionceaux, pour nous emmener ailleurs. Mais la partager était peine perdue. Autant se parler d'un avion à l'autre à travers le hublot. Ce fut la première fois où je m'aventurais dans les coulisses chimiques et organiques de ce petit théâtre que l'on retrouve chaque matin au réveil, la réalité. Ou peut-être était-ce plutôt que le décor en carton-pâte de cette même réalité s'était cassé la gueule, révélant les coulisses. Pourtant, en pleine montée dans le musée, le trip ne prit pas tout de suite le tour d'un voyage intérieur. C'était plutôt l'extérieur qui me remplissait. Les œuvres du musée m'envahissaient l'âme, elles me happaient comme jamais elles ne l'auraient fait si j'avais été sobre et je crois que c'était la même chose pour mon ami qui s'était dispersé ailleurs.

Une d'entre elles me retint longtemps. Il s'agissait d'une minuscule télévision, très profonde, peut-être cinquante centimètres, mais dont l'écran n'en dépassait pas quinze. Un modèle rétro ou bricolé par l'artiste lui-même. L'écran montrait des mains, paume vers le bas, se faisant verser, l'une, puis l'autre, une sorte de savon liquide dessus. Comme nous l'avait dit le vendeur au comptoir des champignons, je n'avais encore aucun effet visuel. Seule une hallucination auditive me saisit. Un bourdon musical, comme dans la musique classique indienne, mais au timbre métallique, accompagnait ces mains et leur savon. Et il se trouvait que l'ensemble se révélait merveilleusement... émouvant. Au point que je fus gêné lorsqu'une visiteuse entra dans la salle où se trouvait l'installation que je contemplais. Lorsque Stan vint me chercher, une larme coulait sur ma joue.

Nous passâmes devant d'autres œuvres mais c'était bien ce bourdon métallique qui me hantait. À la sortie du musée, sur le trottoir, une nouvelle frénésie de communiquer nous saisit encore.

« Oui, c'est comme si... ou plutôt comme... mais ça va, ça va... Ça va toi ?

– C'est fort... c'est fort quand même... »

Personnellement, je m'accrochais au professionnalisme de l'homme au comptoir des champignons : encore cinq ou six heures, nous en avions déjà passé une, et l'effet se dissiperait. Ce retour à la normale à une échéance aussi proche, au vu de l'état où je me trouvais, me semblait pourtant tout à fait incroyable. Dans les rues, je me répétais donc comme un mantra : « D'accord, alors c'est ça l'effet, d'accord, d'accord », comme pour déjouer ses pièges et maîtriser la déréalisation.

Il nous fallait un endroit où nous poser pour triper tranquillement pendant les longues heures qui nous attendaient. On essaya d'abord un restaurant pour touristes, mais à peine entrés, la vue des casseroles pseudo-anciennes accrochées au plafond, me fit tourner sur moi-même et m'attira des regards réprobateurs des clients. Stan m'agrippa par le bras et me fit sortir. C'est ainsi qu'on échoua au *coffee shop* le Rookies où nous avions déjà nos marques.

L'installation fut compliquée : Stan voulut commander des thés à la menthe mais demanda en anglais des *infusions*. Le barman lui répondit, un peu excédé, qu'*« infusion is what you get in hospital ! »* en montrant la veine de son bras. Stan me regarda paniqué, « Il croit qu'on se pique ! » On finit par comprendre que nous ne demandions que des *mint herb teas*.

Au fond du *coffee*, une petite table en bois sombre n'attendait que nous. Nous nous y sommes installés pour y rester quatre ou cinq heures, sans rien dire ou presque, échangeant seulement à intervalles réguliers des regards effrayés d'approbation : « Ouais, putain, c'est violent… » Car chacun était alors en lui-même. Là commença l'introspection. La vraie. Mon regard restait fixé sur le volumineux bar aux lumières jaune orangé qu'il percevait bombé.

Et je t'ai vu, Nunus.

Tu semblais défiler telle une silhouette en ombre portée, pied nickelé, un personnage de lanterne magique à l'abat-jour rotatif et orné de motifs à projeter. Le décor était plus ou moins celui de la chambre de mon frère. Je revoyais ta pathétique épopée. La résistance aux moqueries, la brutalité de Thomas, la frustration sexuelle, les conneries… C'était tout le devenir Nunus qui passait là, mis à distance en deux dimensions comme sur la tapisserie de Bayeux. Je revoyais cette ambiance virile à la con que je pouvais brocarder chez mon grand frère quand il se prit de passion pour les Harley-Davidson mais qui avait fini par se tatouer sur mon maigre corps. Comme elle s'était tatouée sur celui de mon père, et avant lui de son père. Et aujourd'hui, je peux regarder le tatouage de cette incubation du masculin, en décrire les formes, les contours et les contrastes, mais l'enlever n'est plus guère possible. Il en va sans doute ainsi pour tout le monde.

*

Je suis allé visiter un mercredi d'hiver la tombe de mon père.

La tentation était là de l'accabler de reproches.

Toi, papa, qui te reposais trop sur maman. Je ne dirais pas que tu m'as laissé seul... Mais pourquoi m'avoir laissé si... libre ? Pourquoi ne venais-tu pas plus souvent dans la taverne à table unique de Thomas ? Pourquoi pouvait-on y fumer des joints quand tu travaillais en bas ? Pourquoi me laissais-tu sortir des après-midis entiers à skater dehors ? Pourquoi était-il si facile de déjouer votre vigilance, à vous les parents, pour s'arracher par la fenêtre de ma chambre ?

Pourquoi avoir laissé l'âge ingrat me tatouer de la sorte ?

Quand la colère ou l'angoisse me cernent et me harassent, je ne peux m'empêcher d'y voir la trace des blessures de cet âge. Alors je repense au petit garçon que tu fus, papa, réellement abandonné cette fois-ci, dans cette pension où ta mère te faisait signe de loin en loin quand ton propre père avait quant à lui disparu pour de bon. Plus encore que pour nous peut-être, l'adolescence fut pour toi un territoire autonome. Mais c'est une autre histoire.

Il y a longtemps de cela, quand je dis un soir à Romu que je comptais faire un jour le récit de nos quatre-cents coups, sais-tu ce qu'il me répondit ? Il me dit qu'il n'y aurait rien à raconter car c'est l'histoire de tout le monde. Et il n'avait pas tort.

On apprend à marcher à ses enfants alors que l'on boite soi-même.

C'est bien l'histoire de tout le monde. Alors ne t'en fais pas, papa, je continuerai à avoir plus peur de la vie que tu ne l'aurais voulu, à vénérer la raison comme tu me le reprochais, mais ça va... Ne t'en fais pas, ça va.

Et ça ira.

FIN

Cet ouvrage a été achevé d'imprimer sur Roto-Page
pour le compte des éditions Aux forges de Vulcain
par l'Imprimerie Floch, à Mayenne,
en mars 2024.

Imprimé en France
Dépôt légal : mars 2024
N° d'édition : 178 – N° d'impression : 104490